无奈的永生

常薇——著

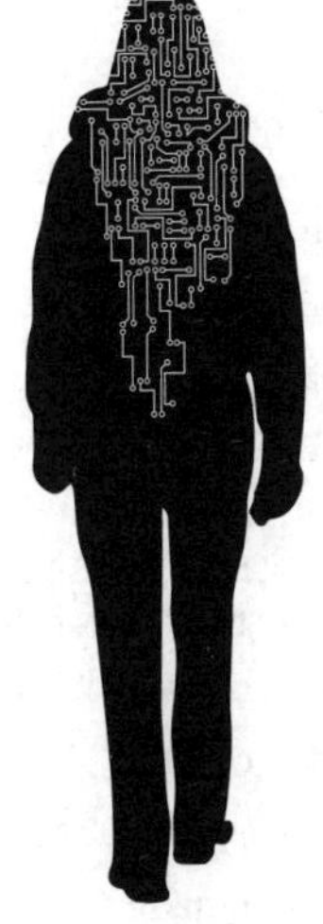

CHANG WEI
HELPLESS ETERNAL LIFE

山西出版传媒集团 山西人民出版社

图书在版编目（CIP）数据

无奈的永生 / 常薇著 . —太原：山西人民出版社，2021. 10

ISBN 978-7-203-11874-9

Ⅰ. ①无…　Ⅱ. ①常…　Ⅲ. ①幻想小说－小说集－中国－当代　Ⅳ. ①I247. 7

中国版本图书馆 CIP 数据核字（2021）第 152223 号

无奈的永生

著　　者：常　薇
责任编辑：王新斐
复　　审：吕绘元
终　　审：梁晋华
装帧设计：张永文

出 版 者：山西出版传媒集团 · 山西人民出版社
地　　址：太原市建设南路 21 号
邮　　编：030012
发行营销：0351-4922220　4955996　4956039　4922127（传真）
天猫官网：https：//sxrmcbs.tmall.com　电话：0351-4922159
E - mail：sxskcb@ 163.com　发行部
sxskcb@ 126.com　总编室
网　　址：www.sxskcb.com

经 销 者：山西出版传媒集团 · 山西人民出版社
承 印 厂：山西出版传媒集团 · 山西人民印刷有限责任公司

开　　本：880mm×1230mm　1/32
印　　张：8. 875
字　　数：200 千字
印　　数：1—3000 册
版　　次：2021 年 10 月　第 1 版
印　　次：2021 年 10 月　第 1 次印刷
书　　号：ISBN 978-7-203-11874-9
定　　价：58. 00 元

目　录

白松露　/　001

复乐园　/　034

肆型基因　/　064

解脱　/　092

失物招领处　/　120

田鼠的故事　/　153

我的同事我的猫　/　181

无奈的永生　/　208

扬垒大马戏团　/　226

一万年　/　251

白松露

看着锅里焦煳的丸子，厨师长抡圆了胳膊对着小东的大腿就是一炒勺。

只听“哎哟”一声惨叫，小东顿觉大腿上火辣辣的疼。小东不服气地把手里的锅往灶台上一撂，头也不回地跑出了厨房。

一口气他跑出了七八条街，大汗淋漓的小东站在马路牙子上大口地喘着粗气。现在正是下班时间，街上到处都是神色匆匆赶着回家的行人，小东心里觉得有点儿凄凉，自己可去哪呢？最后他走进了路边一家麦当劳餐厅，小东心里有数，在这里即使不点餐也不会有人过来轰他，刚进城打工那会儿，小东一时无处落脚，就曾在麦当劳里“住”过一个星期。

麦当劳里的空调温度开得很低，乍一进来小东不由得打了个冷战。他特意找了个不起眼儿的角落坐下，从裤兜里掏出他那个屏幕已被摔出几道裂痕的手机，小东本想玩会儿手机游戏打发时间，却发现手机因为没电已经关机了。

百无聊赖的小东只得往桌子上一趴，不一会儿工夫便沉沉睡去。

肚子叽里咕噜的一阵乱叫，把小东从睡梦中唤醒，他揉揉惺忪的睡眼，看窗外天色已是一团漆黑，小东决定回餐馆去。

小东打工的这家餐馆规模中等，两层小楼，楼上是包间，楼下是散座。小东站在餐馆外，透过落地玻璃看到店里已经打烊，服务员和厨师们正三三两两地分散在各个餐台上吃晚饭。

小东不想撞见同事，他们准会笑话他跑了还有脸回来，于是小东蹲在马路对面的一棵大树下观察着餐馆里的动静，直到同事们吃完了饭陆续离开，小东才向餐馆的后门走去。

小东灰溜溜地走进后门，没想到却和正坐在废纸箱上抽烟的厨师长撞了个正着。看到小东，厨师长瓮声瓮气地说道："脾气还真不小，有本事别回来呀！"

见小东低头站着不言语，厨师长的口气稍微缓和了些，用手指了指厨房操作台上的一碗菜："给你留的，先吃饭去吧！等我有空儿再找你算账。"

小东紧走几步拿起那碗菜，又盛了冒尖的一碗米饭，走到餐厅里位置最偏僻的一张餐台坐下。

小东闷头吃饭，很快一大碗米饭就见了底。厨师长迈着方步走了过来，他一屁股坐到小东对面的椅子上，数落小东道："你们这帮孩子，本事没多大，脾气可不小。我以前当学徒的时候，师傅拿炒勺把后脑壳都砸破了，我赌气跑回家，可结果怎么样呢？我爸妈还不是买了烟酒带着我给师傅去赔礼道歉。你要明白一个道理，师傅打你那是为你好，你将来成了大厨师挣的钱难道给我花呀？"

小东依然闷头吃饭，只是把头埋得更低，他不想让厨师长看到在他眼里打转儿的泪水。

"你这个孩子就是好赖不分，成天拉丧着个脸，就没见你有过笑模样儿，从来都是三锥子扎不出个屁来！"厨师长见小东不肯向他服软，骂骂咧咧地走了。

小东去洗碗间洗了自己的碗筷，又帮着值班的服务员关好水、电闸门，便从餐馆出来独自一个人往宿舍走。

餐馆给员工租的宿舍在一栋八十年代建的老楼里，外观已经相当破旧，楼道里也是黑漆漆的，墙上布满了油烟和一缕一缕的塔灰，一个小灯泡悬在楼梯口，让人勉强能看到楼梯的位置。小东他们的宿舍在这栋楼的一层，七十来平米的三居室里见缝插针地塞满了高低床，空气中混杂着卫生间的腥臊味儿，男人们的脚臭味儿和潮湿带来的发霉味儿。除了厨师长和几位成了家的厨师自己租房另住，后厨里其余的十几个男员工都住这间宿舍里。

小东平时寡言少语，不大合群，他不愿意跟那些同事挤在一起，便自己捡了一块别人扔掉的旧床板，又在床板下面垫上几块碎砖头，凑合着搭在了阳台上。阳台已经被铝合金窗子给封上了，勉强可以住人，只是那些窗子的做工相当粗糙，连接处漏着不少大缝子，所以阳台上冬天冷得像冰窖，夏天热得像蒸笼，但小东不在乎，阳台便成了他一个人的天地。

宿舍里这会儿闹哄哄的，有躺在床上给女朋友打电话的，有捧着手机玩游戏的，还有几个人凑在一起打扑克牌。

小东回到宿舍的头一件事，是先拿起那个放在墙角的空啤酒瓶子，去洗手间接满一瓶子水，然后回来倒在阳台上那个两尺来宽的大花盆里。

花盆连同花盆里的泥土都是小东从老家带来的，宿舍里的人都说他精神不正常，出来打工本就居无定所，他还带个大花盆在身边，也不怕累赘。别人说什么小东从不反驳，照样每天一如既往地往花盆里浇水。

这花盆可算是年代久远，还是小东儿时在老家的院子里找到的。花盆是红色陶瓷的，盆的边沿儿处勾着一道细细的金线。直到现在小东也没想明白，在他老家那残垣断壁的院子里，怎么还能找到这么一个完好无缺、做工考究的大花盆？

小东在这个花盆里种下他四处淘换来的花种子，虽然他从没断过浇水，可花盆里除了偶尔长出个嫩绿的小芽儿，大多数时间就只有黑乎乎的泥土。但有两次例外，花盆里居然长出了清香扑鼻，形状和大小如小鸡蛋似的白蘑菇。

虽然那是很多年前的事了，但小东直到现在依然记得很清楚。第一次长出蘑菇来，大概是在小东五六岁的时候，小东爸从城里打工回来，给小东带回了一把锃亮的玩具手枪，那是小东第一次拥有属于自己的玩具，他威风凛凛地把手枪拿在手里，在全村小朋友面前神气了一回。

第二次长出蘑菇来，是在小东十三岁的时候，生下他就嫌家里穷跑了的小东妈回到了村里，她是来和小东爸补办离婚手续的。小东记得妈妈哭哭啼啼地把自己搂在怀里，弄的已是半大小子的他难为情地直往后躲。但无论如何小东见到了自己的妈妈，从小在心里打着的结总算是解开了。

从那之后，小东的花盆里再也没长出过什么来。

这时候小东的发小强子走到了阳台上，把湿答答的袜子、背心、短裤一股脑儿都搭在了晾衣服的铁丝上。

小东看到强子袜子上滴下的水正淋在自己的花盆里，不满地瞥了他一眼道："把你的臭袜子挪开。"

"从小就看你抱着这个花盆儿，可到现在别说花儿，连棵像样的小苗儿都没长出来过。"强子不情愿地把袜子往铁丝的另一端挪了挪。

小东不说话，盯着自己的花盆发愣。

强子走过来坐到小东的床板上，低声对小东说："听说你今天下午挨揍了？"

小东含含糊糊地"嗯"了一下。

强子把头凑过来："要不咱俩辞职不干了吧？"

小东听了吃惊地转过头来望着强子："你瞎说什么呢？"

强子把声音压低说道："我可不是瞎说！你想想，咱俩在这个餐馆一晃几年了，才从打杂升到配菜，我到现在连炒勺的把子都还没摸过呢！你虽然比我强点儿，可顶多也就是让你上灶炸点儿东西，准备个半成品什么的。咱们得熬到什么时候才能正经八百地学炒菜呀？"

"不这样一点点儿熬又能怎么着？我还不像你有个好爸好妈，给你在县城把房子都买好了。我只能靠自己，最苦的几年都过来了，我不想半途而废。"小东的态度十分坚定。

"你以为上灶当了大师傅好日子就来啦？这么热的天，你没看那些个炒菜的大师傅每天从灶上下来的惨样吗？从里到外全都是湿透的，汗水流成河！"强子一脸苦相，好像汗水流成河的人是他。

小东不说话了，他当然明白手艺再好的大师傅也不过是挣个辛苦钱。

"前几天我在网吧认识了一位大哥，是做理财产品的，他跟我说他原来也是做厨师的，后来觉得没前途才改做了金融，现在人家混得要房有房、要车有车，日子过得别提多滋润了。他还告诉我他们那儿现在正招人卖理财产品呢！按比例提成，我算了一下，做成一单就够咱们在餐馆干几个月的了。"强子说得口沫横飞，两眼直放光。

"那位大哥还给了我一张名片呢！"强子说着从兜里掏出张印刷精美的名片递给小东。

"富豪，投……资……金融……有限公司。"小东结结巴巴地念着名片上的字，心想这名字倒是挺霸气的，像是个有实力的公司。

“包吃住吗？”小东有点儿动心。

强子听了“扑哧”一声乐了，“你以为那儿是餐馆呀？去那儿干咱就是白领了，干白领都不包吃住，懂不？”

“那自己租房子的话，底薪能给多少呀？”小东想得很实际，要是不包吃住，底薪高点儿也行。

“没底薪。”强子眯着眼睛故弄玄虚地说道：“那位大哥跟我说了，要想当个好销售就要有破釜沉舟的勇气，绝不能给自己留后路，这样做销售才能成功，才能有大单。明白了吧？”

“可咱们在城里谁都不认得，找谁去卖理财产品呀？我不去，要去你自己去吧。”小东说完站起来，拿起一条破了洞的毛巾准备去洗澡。

“你先别走呀！你不就是怕还没挣来钱就得先自己花钱租房子吗？”强子一把抢下小东手里的破毛巾说道：“这就叫舍不得孩子套不着狼。咱俩今年虚岁都二十二了，照这样混下去到啥时候是头儿呀？”

小东又不说话了，过了半天才对强子说道：“行，你容我想想，明天给你准信儿。”

这一夜，小东怎么也睡不着，他想要是真像强子说的那样，趁着年轻拼一把倒也值得，要是真挣到了大钱呢！那他就能翻盖老家的房子了。老家的房子是小东的一块心病，因为村里几乎家家户户都盖了新房，有的还起了二层的小楼，只有小东家还是几十年前用碎砖头盖的老房子，弄得全家人在村子里都抬不起头来。

小东做配菜工工资不高，好在餐馆包吃住，他又比较节省，但小东把大部分积蓄都寄回了老家，自己手里留得不多。小东也是不得已，谁让他爷爷常年瘫在床上，他爹早年出去打工又伤了一条胳膊。要不是家里实在困难，小东也不能只念完小学，十四岁就进城打工了。

天蒙蒙亮的时候，小东还在计算着自己手里的那点儿积蓄，他琢磨着要是租个地下室，吃得再简单点儿，手里剩的钱坚持个半年应该没啥问题，更何况他觉得自己总不至于半年都做不成一单那个啥理财产品吧？

干了！小东给自己鼓着劲儿，他不能就这么碌碌无为一辈子，不能像爷爷、爸爸那样永远过穷日子。

小东和强子一同去找厨师长辞职，厨师长只对强子说了句："去办离职手续吧，告诉李经理我一会儿去签字。"

打发走了强子，厨师长对小东说："强子那孩子心浮气躁，学东西也慢，走就走了。可你不一样，干活踏实，上手也快，你不是记恨我昨天打了你吧？那是恨铁不成钢，你要不是个好材料我还不管你呢！我看你还是不要走了，我下个月就教你上灶炒菜。"

"不了，谢谢您！我一直都知道您对我好，但我想出去闯闯，等我混出个模样儿来，我一定回来孝敬您。"小东垂着眼皮，不敢和厨师长的目光对上。

厨师长听了叹了口气，没再说什么，转身找李经理签字去了。

强子和小东租了个地下室的单间，放好了行李，强子就催着小东赶快走，说那位大哥已经在公司里等着他们俩了。

按照名片上的地址，强子和小东来到一栋办公大楼的二层。强子用手机打了电话后，被称为大哥的男人很热情地从公司里迎了出来。

“欢迎，欢迎。我姓吴，在公司里做经理。”吴经理人很随和，“你就是小东吧？强子早就跟我提起过你。”吴经理说着向小东伸出手去。

小东长这么大还没跟人握过手，他有些不知所措，先是伸出左手，一看不对，又赶忙换成右手。吴经理握着小东的手用力地摇了两下：“来，我先带你们参观一下公司。”

跟在吴经理身后，小东和强子就像刘姥姥进了大观园似的，办公室里一排排整齐的工位，冷飕飕的空调，穿着正装的青年男女，和他们以前在餐馆后厨里的环境简直是天壤之别。

“这后面的两个位子是给你们预备的。”吴经理用手指着两个空着的工位给他们看。

小东和强子看着工位上崭新的电脑，没开封的笔记本和文件夹，橘红色的工牌，不由得兴奋地对望了一眼。

“走，我再带你们去看看会议室。”吴经理说完走在前头。

强子难掩激动地对小东说："待会儿我坐在工位上你帮我拍张照，我要把照片发给我爹和以前餐馆的同事，让认识我的人都看看我坐办公室了。"

走廊另一端的会议室很大，布置得也很气派。椭圆的会议桌摆放在会议室的中间，二十几把牛皮质地的靠背座椅随着桌子的弧线依次排开。

"平常我们开例会，汇报业绩都是在这儿。"吴经理说完带着他们接着往前走。"这是教室，用来给咱们的员工培训，给潜在客户办讲座。"吴经理打开实木双扇门中的其中一扇。

强子和小东探头进去，强子不禁赞叹道："摆的桌子椅子真跟上学的教室似的，但可比我小时候在村子里上学的教室大多了。"

"普通的学校教室可比不了咱们，这间大教室能坐下两百人呢！"吴经理不无夸耀地介绍着。最后，吴经理把他们俩带到了自己的办公室。

强子和小东没想到吴经理的办公室不过就是个三平米见方的小隔断间，摆着一套跟外边普通工位一模一样的桌椅，唯一的区别是桌子的另一边多摆了两把椅子而已。

"您这办公室可够窄的。"小东脱口而出。强子连忙朝小东挤挤眼睛，示意他别说人家不爱听的话。

吴经理倒是一点都不在意，笑着说道："我虽然叫经理，但在公司里充其量就是个小组的组长，能有一个小单间就算不错啦！”

“您还只是个小组长？您可别跟我们谦虚。”强子一脸的奉承。

吴经理夸赞道：“强子很会讲话，干我们这行就要头脑灵活，能说会道。你们现在就是我小组里的组员了，我跟你们说一下对你们的进一步安排。从明天开始，公司将对你们进行为期两周的培训，让你们了解咱们公司的产品，掌握销售的技巧。你们看有什么问题吗？”

小东和强子俩人赶忙说：“没问题，没问题。”

吴经理满意地点了点头：“这两周你们要好好学习，该记的记，该背的背，一定要把我们产品的种类烂熟于心，至于销售的技巧也一定要反复琢磨，大胆实践，千万别抹不开面子。还有，就是你们的穿着……”吴经理说到这儿，嘿嘿地笑了两声，欲言又止。

“我们的穿着怎么啦？”强子低头看了看自己身上的衣服，没有破洞的地方呀？

“看看你们穿的，变了形、起了毛球儿的大背心，上面一堆油点子的牛仔裤。我要是有钱想做理财或投资，能放心把钱交给穿成你们这样的人吗？你们自己都这么穷，我能相信你们能给我挣来好的收益吗？”吴经理盯着俩人问道。

看俩人一脸的羞愧，吴经理继续说：“这就是你们的第一课，要把自己打扮得‘高、大、上’，每人最少要有一套西装，还不能是地摊货，穿上一点儿都不合身的那种。要用名牌包放文件，比如 LV、GUCCI 的公文包。当然，如果现在买不起，买仿得好的 A 货也行。总之，务求让投资人觉得你们混得好，有钱，能放心地把钱交给你们。”

吴经理见俩人都不表态，冷笑了一下，说道：“你们现在进入金融行业，就一定要懂得只有肯投资才能有回报的道理，如果你们连这点儿小钱都不愿意花，怎么能有赚大钱的机会呢？放心吧，只要你们努力干，不出半年我保证让你们开上自己的车。”

吴经理最后这句话就像一针强心剂，小东和强子俩人立马觉得浑身热血沸腾，赶忙表示他们按照吴经理说的去做。

“很好，那今天下午你们就去准备。明天早上九点准时参加培训。”吴经理说完彬彬有礼地起身送客。

从公司出来，小东和强子俩直奔了商场。但俩人到底还是舍不得多花钱，在商场逛了足有三个小时，比较来比较去，最终才决定一人买了一套正在打折的西装。

拎着购物袋的强子问小东：“也不知道咱买的包儿是不是吴经理今天说的牌子，他说的那是啥牌子来着，外文字我可一个也不懂。”

小东皱着眉头道：“记住了我也不买，本来盘算着我的积蓄够撑半年的，这下可好，要是做不成单，三个月我都撑不了了。”

“哪能做不成单呀？你刚才没听吴经理说，只要咱努力，半年内保证能开上自己的车吗？”强子对吴经理的这句承诺念念不忘。

从这天起，俩人的白领生活算是拉开了序幕。

小东和强子为了省钱，每天都是走路去公司，常常是一手拎着西装上衣，一手托着煎饼边走边吃。西服不挨身穿不用勤洗，但衬衫和裤子却是每天从早穿到晚，又是三伏天儿，一天不洗就会有一股子馊味儿。可小东和强子都是只有一件衬衣、一条西裤，无奈之下，俩人明知道地下室里潮湿，洗的衣服不容易干，也还是洗了，然后第二天再穿着半湿的衣服去上班。好在是夏天，俩人身上的湿衣服用不了一会儿就腾干了。

“你看咱们这方法多好，每天都有干净衣服穿，走在路上还起到了降温的作用。”强子自鸣得意地对小东说道。

“现在是夏天，还能凑合，天冷了咋办？”小东没好气儿地反问道。

“等天冷了，那是几个月以后了，说不定到那会儿咱连车都买上了，还能买不起几件衣服吗？”现在强子动不动就把买车挂在嘴边。

因为有动力，所以强子和小东在公司的培训课上学得格外起劲儿，即使在课下，俩人也常常互相督促着把学到的东西反复练习。

走在回家的路上，强子会冷不丁问小东：“让投资人相信你的关键是什么？”

“拍胸脯保本保收益，强调我们公司的实力，展示给客户看公司的网站，让他们看我们的高收益率。”小东对答如流。

躺在地下室的单人床上，还没睡着的小东会忽然坐起身，推推躺在另一张床上的强子问：“我们的目标客户是谁？”

已经迷糊了的强子先是打了个激灵，然后含混地答道：“老年人群。”

功夫不负有心人，两个星期的培训课结束，小东和强子都以优异的成绩通过公司的考核，开始正式工作。

一个月下来，小东和强子除了回公司开会，无论高温酷暑，还是暴风疾雨，俩人都是拿着理财产品的宣传单在高档小区、证券营业厅、银行门口，这些公司告诉他们可能有目标客户出现的地方度过的。

两个月过后，俩人的成绩骄人，小东做成了一单，强子更厉害，居然做成了两单。

又过了半个月，俩人终于盼来了公司发提成的日子。头天晚上，小东和强子决定出去大吃一顿。自从来这家公司卖理财产品，他们俩的晚饭经常就是吃个素炒饼，或是馒头就咸菜。哪像以前俩人在餐馆打工的时候，卖不动的鱼和肉都做成了职工餐，而且后厨的厨师们真要是馋了，随时可以在没人的时候抓几个丸子、吃块炖肉什么的。

小东和强子选了一家看上去生意十分兴隆的烧烤店，根据俩人以往做厨师的经验，生意越火的店，食材就会越新鲜。俩人在店外的空地上站了半天才等到位子，一坐下，强子就擅作主张地点了四十串羊肉串、六瓶啤酒、一个凉拌黄瓜，还有一份炒饭。

“差不多就行了。”一旁的小东一个劲儿地朝他使眼色。

“怕什么？今天咱俩把身上的钱都花光，反正明天就拿提成了。”强子满不在乎地说道。

小东瞪他一眼：“不是还没拿着呢吗？”

“不就是明天了吗？明天咱就有钱啦！说实在的，我觉得咱俩的运气真不错，居然碰上了这么好的工作，照这样下去，咱离买上车可真就不远了。”强子笑呵呵地抓起一瓶刚摆上桌的冰镇啤酒递给小东，然后自己也拿起一瓶跟小东手里的酒瓶碰了一下。

“我怎么心里这么不踏实呢？这也太容易了，虽说辛苦，还看人脸色，可一下子就挣了相当于咱以前干好几个月的钱。这要是干久了，那咱俩可就真要发财了。”小东说完喝了一大口啤酒。

“有啥不踏实的，凭什么咱就得干又苦又累还挣不了几个钱的活儿？”强子白了小东一眼，然后一脸得意地说道：“我早就说过，咱们村就咱俩将来能有出息。”

肉串上来了，俩人顾不得再说话，一通风卷残云将饭菜吃了个精光。结了账，俩人身上就剩下了几块零钱，但俩人谁也不在乎，心满意足地打着酒嗝儿，互相搀扶着回到了住处。

小东和强子俩人没什么酒量，第二天都睡过了头。俩人慌慌张张来到公司，看到硕大的培训教室里已经坐了不少人，好在公司的领导都还没到，大家有的在低头玩手机，有的在交头接耳地聊天，小东和强子看到每个人脸上都是喜气洋洋的。

小东和强子找了空位坐下，小东四下里张望了一圈问旁边的强子："你看怎么这么多人拿着大口袋呀？不会是用来装钱的吧？"

强子也伸长脖子往周围看了看："可不就是装钱呗，听说为了刺激大家的积极性，提成都是成捆成捆的给现金。"看着小东目瞪口呆的神情，强子拿胳膊肘捅了捅他，"用不着眼馋，咱俩下次也得带口袋来。"

"对！咱带比他们还大的口袋来。"尽管培训教室里乱哄哄的，小东依然清晰地听到自己的心在怦怦狂跳。

离开会的时间已经过去一个小时了，公司里的领导们还是没有现身。培训教室里慢慢地安静了下来，大家都不约而同地望向门口，盼着领导们拎着整麻袋的钱赶快出现。

又一个小时过去，培训室里的人们开始鼓噪。

"怎么回事呀？难道公司的领导们集体出车祸了？"

"不会赖咱们的提成不给吧？"

"走半路领导们被打劫啦？"

大家正你一言我一语地发着牢骚说着怪话儿，培训教室外也响起了嘈杂的人声，有几个男同事出去查看，跑回来的时候脸色都吓白了。

“老板跑了！今天是咱们的理财产品到期还本付息的日子，投资人堵在门口要钱呢！”一位男同事神色慌张地说道。

“我们也快跑吧！要是被我们的客户逮到，肯定不会放过我们，还不得进监狱呀！”

“对！快跑吧！我可不想被打个半死。”

小东和强子正慌了神儿，不知该怎么办，听大伙这么说赶快跟着其他同事就往公司门口跑，可门口已经被一群大爷大妈们堵得死死的。

一位手里拿着棍子的大爷怒喝着：“你们一个也别想出去，我们已经报警了，你们这帮骗子！快把我们辛苦了一辈子攒的钱交出来！”

眼看着从门口肯定是出不去了，有几个男同事从培训教室的窗户跳了下去，小东和强子俩也把心一横，一前一后地从窗户跳了下去。

强子脚一粘地撒腿就跑，小东也想赶快跑，可他的右腿却疼得钻心，不听使唤。强子回头见小东没跟上来，又折返回去搀起小东继续跑，但小东只能靠一条腿往前蹦，哪里能跑得起来，俩人都急出了一身汗，还好身后没人追上来。

回到租住的地下室，小东忍着疼痛闭眼躺在床上，强子则目光茫然地坐在床上发呆。也不知过了多久，强子终于叹了口气说道：“这次是我把你给坑了，你的腿伤了，得赶快上医院。”

“没钱怎么去医院看腿？”小东沮丧地把手攥成拳头，一下一下地捶着自己的头，“白辛苦了几个月不算，把以前好不容易攒下的那点儿钱也都搭上了。”

俩人谁都不说话了。

过了一会儿，强子站到小东的床边儿，耷拉着脑袋说道：“要不你回餐馆吧？咱们厨师长一直都挺喜欢你的，说你干活实在，学东西也快。你也在那干了几年了，不会不收留你的。”

“那你呢？”小东瞧着强子问。

“我先回老家了，我妈给我说了个女朋友，我正好回去相看一下。而且我从餐馆走的时候把牛都吹下了，我也没脸回去。”强子说完呜呜地哭了起来。

小东没去劝他，小东自己也想哭。

小东回了以前打工的那家餐馆，厨师长跟李经理通融了一下，让小东从餐馆预支了一个月的工资。到医院拍了片子后，医生告诉小东他的腿只是骨裂，打上夹板，养一个来月也就好了。

强子陪了小东几天就回了老家，强子走后小东搬回了餐馆的宿舍。还好小东是配菜工，切菜有手就行，腿伤并不耽误他在餐馆上班。

“几个月没动刀，手可是明显比以前慢多了。”厨师老李走过来拿起小东切的土豆丝举到眼前看了看。

小东没说话，继续干手里的活。

“人家去坐办公室挣大钱了，用不着练刀工。”在一旁切腰花的厨师小齐跟着打趣道。

打杂儿的小孙也凑过来笑着说：“小东你把挣的钱都藏哪儿啦？咋就只抱着你那个花盆回来了呢？”

小东被他们说得心烦，他用力把刀“铛”的一声剁到菜墩子上，拄着拐一蹦一跳地从餐馆后门走了出来。

正是两点多太阳最晒的时候，小东坐在餐馆后门的台阶上，额头一个劲儿地冒汗。

“大热天的你怎么坐在这呀？”一个甜美的声音从小东身后传来。

小东不由得回头去看，原来跟他说话的是服务员黄艳艳。她可是餐馆里最漂亮的女孩儿，平常小东没少听厨房里的这帮男人们谈论她。只是小东从没跟她说过话，今天她主动先开口，小东难免有点儿受宠若惊，他想不出该怎么回答她，只得尴尬地朝黄艳艳咧了咧嘴。

黄艳艳被小东哭不像哭，乐不像乐的表情给逗乐了，甩下一句：“原来你还会笑呀？不过你笑起来怎么比哭还难看呢！”说完黄艳艳轻灵地一扭身，就像一阵春风似的飘走了。

小东愣愣地发着呆，说不上是个什么滋味儿在他心里翻腾了起来。这新奇的感觉让小东有些不安，他拿起身边的拐，准备回厨房干活，希望借此能把这令他不安的感觉摆脱掉。当他支撑着站起身，却看见黄艳艳又宛若仙子般从远处飘了回来。

黄艳艳的手里多出了两根冰棍儿，她拿了一根举到小东眼前："给！"

小东深吸了口气才把手伸出去，仿佛拿那根小小的冰棍得用上他全身的力气。一接一递间，小东碰到了黄艳艳的手，小东像触了电似的赶忙松手，冰棍掉到地上摔成了八瓣。

"瞧你！"黄艳艳撅起了小嘴嗔怪道，把自己手里的那根又递给小东。

"我不吃。"小东也不看黄艳艳，丢下这几个字转身就要回厨房。

"哎！你等等。"黄艳艳叫住他。

小东立马像被武林高手点了穴位似的定格不动。

"我还以为再也见不到你了呢！你走后我跟厨房里的师傅们打听过，可没人说得清你去了哪个公司？住在哪？我没想到你还能回来。"黄艳艳说着涨红了脸，她把冰棍往小东的手里一塞就跑走了。

晚上小东回到宿舍，竟一反常态地嘴里哼着歌儿。

"今天太阳打西边儿出来了吧？你居然有笑模样啦！"小孙看出了小东的反常。

小东没搭理他，自顾自地一手拄拐，一手拎着刚在洗手间灌满的啤酒瓶去浇他的花盆。小东刚要把水往花盆里倒，手却停在了半空，他看见花盆里竟有个白色的东西破土而出，小东连忙端起花盆在灯泡下仔细辨认，那白色的东西居然是在他小时候也长出来过的蘑菇。小东用手一点点把那个形状、大小都如乒乓球似的蘑菇从花盆里刨出来，顿时一股清香在宿舍里蔓延开来。

“什么味呀？这么好闻。”老李闻到香气后不明就里，问周围的人。

“是呀！我也闻到了。”睡在老李上铺的小孙说道。

小东拿着蘑菇从阳台走了出来：“是我花盆里长出的蘑菇的香味。”

他托着蘑菇给宿舍里的人看。宿舍里的人看后都啧啧称奇，他们香菇、草菇、茶树菇见得多了，却没人认得这是个什么蘑菇。

“也不知能不能吃？听说蘑菇很多是有毒的。”老李好奇地打量着小东手里的蘑菇。

“这蘑菇我小时候花盆里就长过，不过当时我也没想到要吃。”小东说道。

“看着应该能吃，有花纹的才有毒。”

“谁试试吃一口，闻着这么好闻，味道肯定错不了。”

大家七嘴八舌地说，却都不敢尝试，最后还是小东掰了一小块放进嘴里。

“太好吃了，鲜美极了。你们谁尝尝？”小东吃完兴奋地举着蘑菇问宿舍里的人。几个嘴馋的跟着尝了尝，也都说从没吃过这么鲜美的蘑菇。一个小蘑菇很快被吃光，小东忽然想道，自己怎么没给黄艳艳留一点儿呢！

这些日子里，黄艳艳经常来后厨找小东，以至于同事们都在传小东和黄艳艳谈恋爱了。转眼间一个月就过去了，黄艳艳陪小东去医院拆了腿上的夹板，经过复查，医生告诉小东他的腿已经好利落了。

从医院回来的路上俩人都很高兴，小东迫不及待地用手机在网上订了电影票。餐馆下班晚，小东特意选择了夜场，他要请黄艳艳去看电影。

夜场放的通常都是一些老片子，小东和黄艳艳看的是周星驰主演的《功夫》，这是部喜剧片，俩人不时被影片幽默的情节逗得开怀大笑。电影演到一半，小东忽然低声叫黄艳艳，黄艳艳把头扭向小东的一刹那，小东快速地在黄艳艳脸上吻了一下。

黄艳艳被小东这突如其来的举动吓了一跳，她板着小脸瞪着小东，电影院里很黑，但屏幕的光亮反射在她眼眸上，倒显得她乌黑的眸子格外的明亮。

小东本以为黄艳艳要发火，却没想到黄艳艳瞪了他几秒后，竟甜笑着温柔地把头靠在了他的肩上。小东感觉到自己整个人都僵住了，他一动也不敢动，只是在心里暗暗叫苦，保持这坐姿可比他在后厨切土豆累多啦！

小东看完电影回到宿舍，其他人都已经睡下了，宿舍里响着此起彼伏的鼾声。小东蹑手蹑脚去洗手间接了一啤酒瓶水，雷打不动地去浇他的花盆。

当小东走到花盆前，借着明亮的月光，他看到花盆里居然又长出了一朵蘑菇。小东又惊又喜，他决定今晚先不把蘑菇挖出来，他要等到明天，把这个好吃的蘑菇拿去给黄艳艳和厨师长尝尝。

第二天一早，小东小心翼翼地把蘑菇用纸包着带到了餐馆。这次这个蘑菇个头比上次的足足大了一倍，清香味也更加浓郁。

厨师长看到小东手里的蘑菇，居然惊得半天没说出话来，过了好一会儿才问小东："这不是白松露吗？你从哪儿弄来的？"

"我花盆里长的。"小东如实回答。

"怎么可能？你的花盆里居然长出了白松露！"厨师长一把将那个蘑菇拿在手里，放到鼻子底下闻了闻。"没错！就是白松露。小子，你发财了！这可是号称白色钻石的蘑菇，能称为白色钻石，你想想它得多值钱吧！"厨师长把握十足地说道。

餐馆里的服务员和厨师们听厨师长这么说，所有的人都跑了过来看这稀奇的宝贝。

"您不是瞎说吧？"李经理也凑过来半开玩笑地说。

厨师长不爱听了，耸了耸鼻子说道："我瞎说？你可不要狗眼看人低呀！想当年我在五星级大酒店做厨师的时候，一次酒店承办了一场大型的宴会，要用中西合璧的创意菜，那次请客的是一位大富豪，他为了彰显自己的身份和财富，就为这次宴会提供了一块白松露菌王，我们这些参加宴会菜品制作的厨师都看见了那个宝贝，只有七百克，才一斤多点呀！居然是那位富豪用将近两百万人民币拍回来的！”

“我就听说过黑松露，好像是挺贵的。”厨师老李说道。

“黑松露算老几？白松露跟黑松露比，就好比汽车里的劳斯莱斯跟夏利，豪华别墅跟土坯房，厨房里的我跟小孙！根本没法儿比。”厨师长妙语连珠地打着比方。

“哇，那小东这次可是真发了。”

“这一块还不得卖好几万呀！”

“我看卖十万都不止。”

大家你一言我一语，说多少钱的都有。

“我没想到这蘑菇竟这么贵，我就是想拿来让您尝尝。”小东一脸憨厚地说道。

“傻子！这么贵的东西我吃下去连个响儿都没有，不是浪费吗？等着我给以前那个大酒店的经理打个电话，看看他们收不收。”厨师长说完分拨开众人，走到个僻静处去打电话了。

“行了，行了，大家都别看热闹了，赶快去做餐前准备，马上就到饭点儿要上人了。”李经理催促着。大家本都在原地没动等着听下文，但既然李经理发了话，也就只得不情愿地散开了。

过了一会儿，厨师长兴冲冲地回来对小东说："你今天下午别值班了，我给你个地址，你把这个白松露给送过去，我跟他们说了这个白松露大概一两多，那个经理说他们愿意给一万五。"

小东听了一个劲儿地向厨师长道谢，心里是说不出的高兴。

当天下午小东把白松露给那个大酒店送了过去，酒店的经理看了货后二话没说，爽快地叫财务人员把钱打到了小东的银行卡上。

回来的路上，小东去了趟商场，给黄艳艳买了一个玩具熊和一条镀金的手链，给厨师长买了两条好烟。小东晚上还和黄艳艳一起，请厨师长和后厨里的同事们去烧烤摊喝了一顿大酒。不知是小东多心，还是大家本来就都是势利眼，从那天起后厨里的人一下子都不再拿他开玩笑了，而且还在他的称呼"小东"后面加上了"师傅"两个字。

又过了些日子，厨师长开始教小东上灶炒菜。小东和黄艳艳在一起的事，黄艳艳的父母也同意了。小东长这么大也没过过像现在这么舒心的日子，他觉得幸福极了。

这天中午，小东午休的时候赫然发现自己的花盆里竟长出了一堆大大小小的白松露。

小东的第一反应就是这回他可是真的发财了！他把白松露一个个地挖出来，掂量着怎么也得有八九两重。小东不敢耽搁，他向厨师长请了假，直接就去了上次那家五星级大酒店。不出小东所料，那家酒店果然全都要了，还说小东送来的白松露质量特别好，以后有多少他们就要多少。

这次小东拿到了十五万。

小东没回餐馆上班，而是径直去了宿舍取了他的花盆，就近找了一间快捷酒店租了个房间。他不敢再把花盆放在宿舍里，害人之心不可有，防人之心不可无，万一有人起了歹心把他的宝贝花盆偷走呢?

小东将花盆安顿好后才回厨房上班，等餐馆打烊后他向厨师长提出了辞职。小东已经想好，他要歇息一阵子，把他和黄艳艳的婚事办了。既然小东辞职是要去结婚，厨师长自然不好说什么，只是言语中透着一点儿惋惜。

从餐馆出来，小东给黄艳艳打了个电话，告诉黄艳艳他在餐馆后门等她。

见到黄艳艳，小东把白松露卖了十五万和自己已经辞职的事都告诉了她，还提出想把俩人的婚事办了。小东本以为黄艳艳听了会高兴得欢天喜地，谁知黄艳艳却生气了。

“这么大的事儿你怎么也不跟我商量呀?”黄艳艳埋怨小东道。

“都有那么多钱啦!先歇些日子吧!咱俩先去你的老家提亲，再回我的老家把婚事办了，然后咱们再出去旅游一圈儿。”小东兴致勃勃地向黄艳艳说着他的计划。

“那花盆还能老长出白松露来呀?这点儿钱要是花光了呢?咱们厨师长待你多好呀!你上次瘸着腿回来，人家收留了你，还帮你预支了工资，现在又在教你炒菜，眼看你就要当大师傅了，你怎么说辞职就辞职呀！学了手艺多好,走到哪儿都不怕没饭吃。你这叫半途而废,叫不务正业！以后你别来找我，我可不喜欢好逸恶劳的人。”黄艳艳说完也不等小东回答，转身就跑了。

“艳艳！艳艳！”小东喊了两声儿，见下班路过的同事都在看他只得住了口。

回到酒店的房间，小东连发了几条信息给黄艳艳，黄艳艳很决绝，一条也没回。小东只得又拨了黄艳艳的电话，黄艳艳不接,小东就一直打,直到最后黄艳艳把手机关机了。

自从黄艳艳不理他，小东连着几天茶不思饭不想，觉也睡不踏实，他觉得要是不能跟黄艳艳在一块，活着都没啥意思了。不过这几天无论小东心情有多么沮丧，他依然坚持每天给花盆浇水，小东希望能再有白松露长出来，他想要是自己手里的钱多了，黄艳艳可能就不觉得他不务正业了，只可惜花盆里这些天什么也没长出来。

和黄艳艳分手后的第四天，小东终于忍不住了，他趁着夜色站在餐馆门外一处路灯照不见的地方，等着黄艳艳下班从餐馆出来。结果正赶上那天是黄艳艳值班，虽然餐馆已经打烊了，但二楼包厢里还有客人没走，黄艳艳和另一名服务员就只能在餐馆里等着客人走了才能下班。

小东在餐馆外边一直站着，一晃就是几个小时，其间还赶上了一场雷阵雨，他因为怕错过黄艳艳出来就没找地方避雨，结果被淋了个透心凉。等黄艳艳从餐馆出来看见瘦了一圈、浑身湿透的小东，又是感动又是心痛。小东也不管旁边有没有同事看见，将黄艳艳一把抱住，不管黄艳艳说什么他就是不松手。这晚黄艳艳没回宿舍，跟着小东一起去了他租的那家快捷酒店。

当强烈的阳光照在小东的脸上，他才发现昨晚睡在他身边的黄艳艳已经去餐馆上班了。闻着黄艳艳留在枕头上的淡淡清香，心满意足的小东再次进入了梦乡。

再次从睡梦中醒来，小东想着这一天怎么安排，他决定先出去剪个头发，然后再等黄艳艳下班后俩人去美美饱餐一顿。拿定了主意，小东坐起身准备穿衣服，他下意识地瞥了一眼摆在床头的花盆，小东顿时愣住了，他简直不敢相信自己的眼睛，一夜之间，那花盆里长了好几朵比以前都要大的白松露。

在欣喜若狂之后，平静下来的小东突然意识到了其中的奥妙，每当他觉得幸福快乐，感到满足的时候，花盆里就会长出白松露，他越快乐、越幸福、越觉得满足，花盆里长出的白松露就越大越多。

发现了这个秘密，小东决定不再把白松露只送去一家酒店，因为小东坚信以后的日子他的白松露会越来越多，小东担心一家酒店承受不了他如此大的“产量”，毕竟这不是随便一个人就能消费得起的东西。于是小东把白松露小心翼翼地分装到几个瓶子里，用了一整天的时间，小东去了几家大酒店和高级西餐厅，并向这些商家表示他可以长期供货。

不久，黄艳艳也从餐馆辞职和小东结了婚。正如小东所料，他的花盆里从此不断地长出或大或小的白松露。他们很快在城里买了房，买了车。小东还在自己老家那块宅基地上建起了全村最大、最豪华的二层小楼。

几年后，小东决定不再给各个酒店供货，而是自己开起了中西餐合璧的创意餐馆，他把花盆里产的白松露都用在了自家餐馆的菜品上。他还高薪聘请了当年他在餐馆打工时的厨师长和李经理，还把强子也叫来做自己的副手。因为有了白松露的加持，有了厨师长、李经理和强子的鼎力相助，小东的餐馆开一家火一家，很快他的企业就成为餐饮界的龙头老大。各地的投资公司纷纷向他抛出橄榄枝，希望入股或把他的餐饮企业包装上市。

黄艳艳婚后给小东生了一儿一女，他们把家里的老人都接到了城里，一家人和和睦睦，尽享天伦之乐。幸福的日子似乎总是过得很快，一晃眼小东的儿子都已经上到高中了。小东管教儿子的时候常说："我当年进城打工的时候还没你现在大呢！"在小东眼里，儿子、女儿没一个听话的，现在的孩子都太有主见，哪怕小东现在是拥有上千员工的企业的大老板，但他知道自己说话在儿子、女儿面前比放屁强不了多少。

黄艳艳近几年发了福，早没了当年的轻灵劲儿，她现在一天到晚不是管孩子就是应酬乡下来的亲友，对小东反而没有早些年那么上心了。

小东现在是彻底大松心了，企业有人帮他打理，家里有人帮他操持，他现在每天唯一要做的事就是给花盆浇水，再挖出花盆里的白松露。但不知道为什么？最近花盆里长出的白松露一天比一天少了。

“东总，这点儿量恐怕不够咱们这么多分店用的。”来取白松露的李经理担忧地提醒。

“每个菜里减少一点儿用量，也差不多。”小东不耐烦地回答道，他最近总是觉得心烦，做事儿也打不起精神。

“就怕客人会有意见，说咱们偷工减料。”李经理硬着头皮又说了一句。

“好,我想想办法。”小东摆摆手,示意李经理别再说了。

李经理走后小东进了书房，坐在宽大舒适的老板椅上，他开始苦思冥想，为什么自己最近总是打不起精神，高兴不起来呢？要不买辆新车？小东在心里问自己，却是一点儿兴趣都没有。小东不由得感叹，自己要是能像十几年前那样，一想到买车就浑身热血沸腾该多好呀！

但小东必须得让自己快乐起来，因为那么多间分店在等着用白松露呢！想来想去，小东想到了强子。

“不早说，您现在是大老板了，只要有钱，还怕买不来高兴？”强子胸有成竹地说道。

在给小东做副手前，强子做过好长时间的销售，他带着小东一通吃喝玩乐，就连打德州扑克赌钱、上夜总会叫小姐，强子都带着小东亲身体验了一番。总之，强子是把他做销售时用在客户身上的十八般武艺都拿了出来，统统用在了小东身上。

小东这下可开了眼，要不是每天必须去给花盆浇水挖白松露，小东连家都懒得回了。

黄艳艳因为小东总回来的很晚跟他吵了几次，小东刚开始还听，在家里老实待上几天。但一来是只要他待在家里，白松露的产量就明显减少，二来是小东已经把心玩野了，忍不住地想往外跑。到后来黄艳艳根本管不住他了，架吵得多了还伤了彼此的感情，小东索性包了个夜总会的小姐，玩起了金屋藏娇。

本来包二奶的事儿小东是瞒着黄艳艳的，可没想到那个小姐却一心想上位，偷偷来找黄艳艳摊牌。黄艳艳在听明她的来意后，二话没说就带着两个孩子走了。没几天就有律师打电话找小东，通知他黄艳艳已经在法院起诉离婚了。

不过现在的小东可不是二十年前了，他现在莺莺燕燕见得多了，心想反正只要自己高兴花盆里就能长出白松露，有了白松露就有了钱，只要有钱还怕没有漂亮女人？有了女人还怕没有孩子？她黄艳艳拿离婚、拿孩子吓唬谁？离就离吧！就这样小东和黄艳艳办理了离婚手续，俩孩子和他的一半资产归了黄艳艳。

刚离婚那会儿，没了顾忌的小东痛痛快快地玩了一阵子，花盆里白松露的产量创了这几年来的新高。但是渐渐地，无论小东怎么变着花样地玩，他都觉得不过如此，又高兴不起来了，于是花盆里的白松露产量日益减少，终于有一天，花盆里彻底长不出白松露了。

没有了白松露，小东各连锁店的生意一落千丈，于是小东改菜品、搞转型，钱没少投，但最后都是以失败收场。为了能继续维持，小东只得拿自己以往的积蓄出来贴补，但这些年小东拉的战线太长了，近百家门店每个月的巨额亏损，让小东的家底很快就捉襟见肘了，最后无以为继的小东还是没能逃脱关闭所有门店的命运。

小东的企业倒了，强子、厨师长、李经理只能各奔东西。他的二奶一看小东大势已去，带着自己的私房钱跑得没了影儿。

一败涂地的小东为了麻醉自己便整天混在牌桌上，结果赌注越下越大，越输他就越想捞本儿。小东在一个豪华会所连赌了三天三夜之后，终于把他手里最后的一点儿钱，以及他的车子、房子，所有值钱的东西都输光了。

无家可归、身无分文的小东现在就跟傻了似的，整天抱着他的花盆坐在马路牙子上发呆。

一天一个小女孩经过小东的身边，看到被烈日晒得口唇爆裂的小东，好心地递了一瓶冰镇的矿泉水给他。几大口清凉的矿泉水喝下去，小东忽然觉得他的心里掠过了一丝久违的满足感。过了一会儿小东无意中低头，竟发现他怀里的花盆中长出了一朵小小的白松露！

小东用颤抖的双手把花盆捧到眼前，不住地端详着那朵白松露，是白松露！他的花盆里终于又长出了白松露！激动得满脸是泪的小东又是叫又是笑，路上的行人过来围观他也毫不在乎。

终于，小东抱着花盆，晃晃悠悠地朝他第一次出售白松露的那家大酒店走去。在一级级上一处过街天桥台阶的时候，小东突然感到一阵头晕目眩，他栽倒在台阶上，手中紧抱的花盆顺着台阶滚落，摔成了粉碎。

复乐园

悠长的海岸边，帅气的丈夫和漂亮的妻子正坐在沙滩椅上享受着温暖的日光浴。他们身边有个三四岁的小女孩，她光着的脚丫陷在松软的沙子里，小手努力地翻找着埋在沙下面的贝壳。

一对青年男女依偎着从这里经过，看到小女孩后他们不由自主地停住了脚步。

小女孩也注意到了他们，她忽闪着大眼睛，朝他们露出了一个灿烂无比的笑容。

“天啊！她简直太漂亮、太可爱了！”女人发出了由衷的赞叹。

“是呀！太可爱了！她的笑容让我想到了天使。”男人补充说。

女人扬起脸兴奋地望着男人道：“就让她做我们的女儿吧！”

“为什么不呢？亲爱的，你这个提议太好了。”男人紧搂着女人的腰，在她嘴唇上轻轻地吻了一下。

于是他们向那对坐在沙滩椅上的年轻夫妇走去。

女人开口道："冒昧地打扰两位，你们的女儿实在是太可爱了，我们也正想要个女儿，如果你们不介意的话，可以告诉我们这个小女孩是哪个公司的产品吗？当然要是你们还记得提供细胞者的姓名那就更好了。"

"你没有打扰到我们，我的女儿是奇迹基因公司的产品，她的细胞提供者的名字叫辛蒂。"坐在沙滩椅上的那位妻子友善地回答。

她的丈夫这时插嘴道："你们现在看到的是我们最小的女儿玛丽，她还有一个哥哥和一个姐姐，这三个孩子都来自同一家公司，每一个都称得上完美。不得不说你们非常有眼光。"

"这我们就放心了，其实我们早就有要个孩子的打算，但一直都没有实施，我们觉得还是谨慎点儿好。不是有这么一句话吗？当你拥有一个劣质孩子，也就拥有了无数的麻烦。"男人说完做出了个极度恐惧的表情。

大家都被他滑稽的样子逗乐了。

"奇迹基因公司的信誉非常好，你们可以放心地去挑选自己未来的女儿或是儿子。不过你们得抓紧时间，他们公司的产品非常抢手，而且每个'人种'提供的可克隆细胞都是限量的。"那位妻子好心地提醒着他们。

"听您这么说我简直一刻也等不了了，但愿我们还能有机会。"男人有些惴惴不安地说。

“祝你们好运！”夫妇俩由衷地祝福着他们。

青年男女道了谢，又依偎着向远处走去。

一切都是那样的美好，这片海滩亿万年来一直保持着它的美丽，也见证了一代又一代的人们在这里享受幸福和快乐。不过如今在沙滩上享受这一切的却不是传统意义上的人类，而是人类的克隆人，或者也可以称他们为复制人。沙滩上享受日光浴的夫妇，可爱的拾贝壳的小女孩，还有那对路过的青年男女，无一例外都是人类的克隆人。

如今地球上的辐射值已经远远超出了人类所能承受的极限，反而是各大基因公司生产的克隆人，由于做了基因改良，倒是可以自由自在地生活在地球上，构建着属于他们的世界。而那些数量少得可怜的人类幸存者，为了存活就只能待在各基因公司提供的密闭环境里，他们失去了自由，放弃了自身的所有权，并作为基因公司的“人种”，为克隆人的世界提供人类的细胞，供基因公司“制作”克隆人的“后代”。科学有时会是一把双刃剑，克隆人在被改良为能够抵抗超强辐射的同时，也永远失去了生育的能力。

现在的人类和以前相比无疑是悲惨的，不过好在大多数基因公司并没有因为拥有“人种”的所有权就不顾及他们的感受和利益。

比如目前地球上规模最大的奇迹基因公司,就认为“人种”们为克隆人的世界得以延续做出了不可磨灭的贡献，

“人种”们是一群如殉道者般崇高和伟大的人。这家公司出巨资在地球与月球之间建造了一颗叫作复乐星的小型卫星，它的体积虽然只有月亮的五分之一大，但那里的环境被设计得与地球十分相近。最主要的是它被一个人造苍穹包围着，这个人造苍穹就如同一个罩子，既有效地防止了宇宙中的辐射,同时还能制造出人类所需要的氧气。“人种”们到了那里就可以逃出“牢笼”，再也不用被禁锢在密闭的环境中生活了。

按照奇迹基因公司的规定，属于他们公司的“人种”只要年满三十周岁，或是身体细胞被克隆了一百次之后，作为奖励，会被送到可以无拘无束生活的复乐星上。公司里的“人种”从小就被告知，他们将来会在复乐星上过着衣食无忧、尽情享受的生活。

奇迹基因公司有三大部门，育婴中心：专门负责将人类受精卵培育成婴儿，并将婴儿抚养长大到十八岁；“人种”基地：从育婴中心送来的年满十八岁的人类将在这里被克隆人挑选,为克隆人的下一代提供细胞；产品部：从“人种”身上提取的细胞在这里被培育成克隆人婴儿。

在“人种”基地，基地里的辅导员经常提醒“人种”们，保持身体的强健和身心的愉悦是他们每天最重要的工作。要想被来挑选自己未来儿女的克隆人看上，就要时刻保持最佳的状态。

此刻，在“人种”基地的餐厅里，瑞克挑选好食物后向一个身材健硕的大块头走去。

“嗨！杰森，今天没胃口吗？怎么就拿了点儿蔬菜！”瑞克说着坐在了那个大块头的对面。

被叫作杰森的大块头显得有些无精打采：“可能是我最近加大了运动强度，累得没有食欲了。”“好吧！反正你的肌肉已经够完美了，少吃一顿不会有什么影响的。你被选中了多少次？五十次？五十五次？”瑞克眼露嫉妒地望着杰森问。

“六十八次。”杰森简单地回答。

瑞克自嘲地说：“跟你生在同一个时代做‘人种’真是悲哀，我只被克隆了十次，看来我在三十岁之前去复乐星享福的美梦是做不成了。”

杰森继续埋头吃着没任何味道的水煮蔬菜，好像根本没听见瑞克在说话。瑞克见杰森不理他，于是又换了个话题：“要是去了复乐星，你最想做的是什么？”

瑞克等了半天，杰森依然连眼皮都没抬。好在瑞克并不在意，只听他自顾自地接着说：“要是我，我下了航天飞机就先冲向酒吧，尝尝有酒精含量的真啤酒到底是什么味儿，那肯定比我们基地供应的啤酒味的水要好喝得多。”

瑞克自己说的起劲儿，杰森却依然一声都不言语。杰森今天也太反常了！瑞克心里纳闷，平时一谈起将来在复乐星上的生活，杰森总是兴奋地说个没完没了。

瑞克不甘心，又换了个话题问道：“我们这轮挑选是被安排在周六吗？你在队列中的位置是几号？”

“我们这个基因组被安排在周六下午，我是18号。”这次杰森总算做了回答。

“天啊！杰森，你是故意要和我作对吗？我是19号，已经连续三次了，我都是挨着你站，而每次被选中的都是你。”瑞克自嘲地拍了一下自己的脑门，“站在你旁边我只能是个陪衬，能被选中才叫怪呢！”

“我才不在乎被不被选中呢！”杰森突然冒出一句。

“你今天到底是怎么了？”瑞克盯着杰森问。

杰森低着头，不停地摆弄着手里的叉子，一副心烦气躁的样子。“我喜欢辛蒂。”杰森终于开口了。

“辛蒂。”瑞克重复着，脑子里瞬间浮现出一张美丽而精致的面孔。

辛蒂可以称得上是基地里最漂亮的女孩。只要她一出现，所有在场的女人都会黯然失色，而所有男士的目光一定都会投到她的身上。虽然她只有二十二岁，但她在上个星期已经完成了第一百次克隆，今天晚上公司就要为庆祝她去复乐星开一个隆重的大Party。

“你怎么可以爱上辛蒂呢？公司规定在去复乐星生活之前我们是不能恋爱的。”瑞克低声质问着杰森。

瑞克平时可是严格按照公司规定行事的，他连和女孩子说话都会有种罪恶感。可现在杰森居然告诉他自己爱上了辛蒂！他觉得杰森的胆子也太大了，要知道“不容许恋爱”可是公司反复告诫过的。

但看到眼前的杰森一副生无可恋的样子，瑞克又有些同情他。像辛蒂这样的女孩，要是到了可以恋爱结婚的复乐星，一定会被很多人追求，那杰森的内心得多煎熬呀！

下午瑞克去找杰森打篮球，可他不在健身房，平时常去的游泳池和保龄球馆也没有他。瑞克只得自己一个人去了篮球场。在那里他遇到了正在练习运球的彼得。

“晚上的 Party 可别迟到。”彼得手上做着运球的动作，气喘吁吁地对瑞克说。

“我肯定准时。我下午到处也找不到杰森，你见过他吗？”瑞克问。

彼得嘿嘿地笑了两声：“你不用找他，他现在心里一定正为辛蒂走了难过呢！不过开 Party 的时候你准会见到他。”

听了彼得的话瑞克觉得自己也太后知后觉了，彼得居然都觉察到杰森喜欢辛蒂，自己以前竟一点儿没看出来。

晚饭的时候瑞克依然没有看到杰森。直到宴会厅里为辛蒂开的 Party 开始，杰森都没有出现，这家伙可别想不开吧？瑞克越想越不放心，决定去杰森的宿舍找找看。

来到杰森的宿舍门口，感应器辨识了身份后将门自动打开，瑞克看到杰森正躺在绿油油的“草地”上，对着头顶那一小片蔚蓝的“天空”发呆。瑞克走过去把产生草地和天空影像的 VR 关了，宿舍里又还原为单人床和天花板。

瑞克推了推床上的杰森：“别想不开了，起来去吃点儿东西，或者去喝一杯吧！宴会厅里现在热闹极了，所有人都到齐了，就差你了。”

杰森不耐烦地翻了个身，背对着瑞克说：“我不去，我不想凑这个热闹，也对喝这些啤酒味的水没兴趣。”

“等到了复乐星上，我们就再也不用为了保持健康和身材，喝啤酒或威士忌味的水了，我们还能吃到各种垃圾食品，汉堡包、炸鸡、冰激凌，吃一切我们在介绍复乐星的宣传片里看到的美食！想想我都要流口水了。”瑞克充满向往地描述着，“我们得争取多被选上，才能早日去复乐星享福。”

“在这里多待些日子未必不是好事。”杰森的语气十分消沉。

“我看你今天是疯了，辛蒂是不是把你迷得大脑紊乱了？”瑞克讽刺道。

杰森从床上翻身坐了起来，看了一眼瑞克道：“我最近总在想一个问题，为什么我们不可以和去了复乐星的朋友们联系，比如塞门，比如瑞秋，你想过这是为什么吗？”杰森神情忧郁地望着瑞克。

“这我可没想过。”瑞克实话实说。

“我总觉得这里面有些怪异，但又说不太准。”杰森叹了口气道：“我们在这里过着与世隔绝的生活，我们只知道克隆人生活在地球上，而我们这些‘人种’则生活在一个个基因公司里。我们几乎每个月都会有欢送会，欢送那些去复乐星的人。可是……”

不等杰森说完，瑞克不耐烦地打断了他，说道：“可能是公司怕我们知道他们在复乐星的美好生活，在这里待得就不安分吧？”

“你觉得是这样吗？那这规定就太多余了，因为复乐星越好，我们不就越有动力去自我完善，争取早日去复乐星吗？”杰森反驳道。

“但是基地里的管理员不是说过，去了复乐星后，会告诉我们以前去的那些朋友们的联系方式吗？”瑞克道。

“也许是我想多了吧？我只是觉得有哪里不太对。”杰森说完又躺下了。

“行了，别想这么多了，Party 已经开始了，跟大家一块儿去玩会吧？你难道不想再看一眼辛蒂？”瑞克故意逗着杰森。

“我不去。现在多看一眼又有什么用？明天以后就音信全无了。”杰森没好气地用胳膊挡住了脸。

瑞克只得自己回到了宴会厅。也许是杰森的话影响了瑞克，他也觉得有些莫名其妙的不安。不过瑞克的不安并没有持续多久，当他看到基地里的人是那样开心地在宴会厅里又唱又跳，发自肺腑地为辛蒂高兴，瑞克也很快被这幸福快乐的氛围感染融入其中了。

“请大家安静一下，下面我们请辛蒂跟大家讲几句话。”基地里的辅导员说完后带头鼓掌。

辛蒂在众人的掌声、口哨和欢呼声中走到那麦克风前，她用因激动而颤抖的声音说道：“我觉得我真是太幸运了，这么年轻就可以去幸福的复乐星，过上无忧无虑的生活。任何词汇都无法表达出此刻我内心的喜悦。我爱你们，爱你们每一个人，我希望很快就可以在复乐星和你们见面，加油吧！我的朋友们！加油吧！”

随后辛蒂满含热泪，在两名基地辅导员的陪同下，走向身后的电梯。辛蒂不停地向大家招手，直到电梯关闭，她消失在银光闪闪的金属门里。

大家赶忙涌向宴会厅的落地窗前，这里是“人种”基地唯一一处能看见外面世界的地方。轩敞的落地窗外，大家看到一架流线型的航天飞机正在停机坪上缓缓滑动，大家知道它将载着美丽的辛蒂飞向幸福的复乐星。

自从辛蒂走后，杰森总是一副闷闷不乐的样子。

“你最近又被选中了几次？”瑞克一边用毛巾擦着汗，一边问在跑步机上慢跑的杰森。

“两次。”杰森面无表情地回答。

瑞克听了不由得吹了声口哨：“那你加起来已经被选中七十次了！真是同人不同命呀！这周日我又被安排站在你旁边，我真是太悲惨了！”

瑞克话音未落，一名基地辅导员朝他们走了过来：“杰森，最近你消瘦了很多，我发现你每天摄入的热量和蛋白质都太少了。我查看了你这周的体检报告，虽然现在身体还没有出现什么问题，可如果这样长久下去不但会让你的肌肉含量减少，还会影响你的健康，明白吗？”

“好的，我会注意的。”杰森机械地回答。

“好好准备，为早日去复乐星而努力！”基地辅导员微笑着拍拍杰森的胳膊。

“我为什么不能现在就去复乐星？”杰森的声音很大。

健身房里的人纷纷扭过头朝他们这边看。瑞克被杰森吓了一跳，心想这家伙简直是神经不正常了。

基地的辅导员倒是相当的淡定：“亲爱的杰森，你没有达到公司规定的要求，所以现在你还不能去。公司之所以这样规定，是因为我们要把优质‘人种’资源的用处最大化，最大限度地为克隆人世界的延续做出贡献。这理由不是已经跟你们说过无数次了吗？你们的牺牲是光荣而伟大的，而且作为回报，你们会在复乐星过上无忧无虑、幸福无比的生活。”

杰森紧抿着嘴唇，没有说话。

“别多想了，现在公司的规则定得是最合理的，没有人能改变什么，你要做的就是保持自己的巅峰状态，让自己尽快被克隆人选中。”辅导员说完露出一个非常职业的微笑，转身走开了。

星期日到了，瑞克从衣柜里拿出那件参加挑选时的指定服装，一件蓝色的金属塑料紧身衣。瑞克并不喜欢蓝色，他觉得自己皮肤有些黑，这颜色让他穿起来很没有自信。

可为了公平起见，公司规定在参加挑选时每个人的衣服，甚至发型都是整齐划一的。

瑞克今年二十岁，从十八岁成年到现在已经参加了很多场挑选，但他依然会觉得有些紧张。换好衣服后瑞克频繁地看着时间显示器，其实这完全是多余的，因为宿舍里的中央广播系统会适时地提醒每一个参选的“人种”。

瑞克所在的这个基因组共有二十人，大家在见面室门外按站位号码排好队，然后在辅导员的带领下鱼贯而入。

见面室是一个并不宽敞的长条形的屋子，虽然叫见面室，但“人种”们并不能见到来为自己的下一代挑选基因的克隆人。他们一字排开坐在椅子上，面对的只是一块硕大的屏幕。隔着这块屏幕，克隆人能在另一端看到“人种”们的一举一动。

挑选马上就要开始了，但瑞克看到他旁边的十八号座位还是空的，那是杰森的位置。瑞克焦急地不时向门口张望，最近杰森总做出些“特别”的举动，如果他无故不参加挑选会被禁止挑选三年，对一心想早日去乐复星的“人种”们来说，这可是相当严重的惩罚。

见面室的广播开始倒数：“十、九、八、七……”

坐在椅子上的待选“人种”们开始调整自己的姿态，挺胸、坐正、面带微笑。瑞克在心里叹了口气，看来杰森要有麻烦了。

当倒数到三的时候，门突然开了，杰森在辅导员的陪同下走了进来，他的脸色苍白，眼睛里布满了血丝，状态看起来非常糟糕。

瑞克长出了一口气，心想无论如何杰森总算是赶来了，即便这次选不上也总比三年都不能参加挑选要好得多。

“请大家向左转头，谢谢！”播音器里传出指令。

于是大家向左转头，杰森就坐在瑞克左边，他的动作显然比大家慢了半拍。瑞克看得出这家伙今天完全不在状态。

“请大家向右转头，谢谢！”

“请大家张开嘴，谢谢！”

“请大家眨眼，谢谢！”

大家虽然觉得这些指令十分滑稽，但还是按着指令一一照做了。

“下面是自由提问时间。”

“18 号站起来。”一个比播放器的声音还要怪异的声音说道。

瑞克知道这应该是某个克隆人在说话，只是他的声音被处理过了，所以听起来有点儿滑稽。

被单独提问或被要求做什么动作，是有克隆人对你感兴趣的信号，不过“人种”们从来不知道有多少克隆人在挑选他们。因为有时候只有一个人被选中，有时候能有六七个，但现在被要求站起来的杰森却坐在椅子上纹丝不动。

“18 号，我让你站起来。”那个声音生气地命令道。

杰森终于站了起来，他最近虽然消瘦了，但他那健美的体型还是很引人注目。

“你转一个圈。”杰森照做了，只是动作十分迟缓。

“他的手臂是不是过长了，有点儿像猩猩，哈哈哈……让他把手臂举起来就看清楚了。”

尽管那个克隆人压低了声音，但传声器的灵敏度太好了，“人种”们依然听得非常清楚。

其实这在挑选的时候是常有的事。基地辅导员早就告诉过大家，只要是付得起钱的克隆人都可以来挑选自己的下一代，无论他或她是什么样的素质。

但今天瑞克有点儿担心杰森，他偷瞄了杰森一眼，看见杰森果然是眉头紧锁，不过他还是按要求把双臂平直地高高举过了头顶。

“看，这么看更清楚了，果然比平常人的长，我可不想要个猩猩当儿子，你要吗？”又是一阵笑声传了出来。

看到杰森的胸膛开始剧烈地起伏，瑞克有种不祥的预感。

传声器那头依然叽叽喳喳地讨论着，杰森一直保持着举起双臂的姿势。在没得到指令前，杰森不能把手臂放下，因为公司规定“人种”们必须按照克隆人的指令去做。虽然公司也规定“人种”可以投诉行为失当的克隆人，但通常都不会有什么效果。就像今天，哪怕明明是克隆人忘记了让杰森放下手臂，但依然可以狡辩说是在考验杰森的耐力。

瑞克突然觉得时间过得好慢，似乎每一秒都是煎熬，瑞克在心里默默祈祷着，希望今天可以安然度过。

终于，传感器那头停止了嬉戏，问道："18 号，你最爱吃的食物是什么？"

还没等杰森回答，传声器里响起另一个克隆人的声音："还用问，猩猩当然是爱吃香蕉了。"紧跟着传声器里传出一阵笑声。

杰森的呼吸越来越急促，终于，他抓起椅子狠狠地向面前的屏幕砸去，一下、两下、三下，屏幕在重击下出现了无数条裂纹，传声器里传来一片尖叫声。杰森依然没有停手，而是抡起椅子更用力地向屏幕砸下去。

警报响了，几名辅导员蜂拥而至，他们分开众人，用手里的激光枪把杰森击倒在了地上。瑞克见状扑上去用自己的身体护住杰森，声嘶力竭地喊着："是那些克隆人太过分了，不能怪杰森。"

瑞克被拉开了，杰森又挨了几下激光枪后，被辅导员们像拖死狗一样拖了出去。

出了这件事之后，瑞克这个基因组所有的选拔都被暂停了，公司要求他们这一组人参加辅导课并接受心理辅导。

杰森被隔离了。瑞克向辅导员打听过他什么时候可以回来，管理员告诉瑞克说杰森得了狂躁症，什么时候能回来就要看他恢复的程度了。

对瑞克来说辅导课从来都是枯燥的，全是一些老生常谈的内容。

“请你们牢记，所有人都会记住你们为克隆人世界得以延续所做出的贡献，你们的献身精神将被永世称颂！而作为回报，你们去到复乐星后会过上优渥的生活，生儿育女，尽享天伦之乐。”辅导员像唱歌似地说教着。

三个星期后，无聊的辅导课终于结束了，一切又都恢复如常。只是杰森还在接受治疗，瑞克觉得自己有点儿形单影只。好在一名辅导员告诉瑞克，杰森经过治疗已经大有好转，虽然还要在治疗室观察一段时间，但很快就容许瑞克去探望他了。

这些天瑞克很是忙碌，两天参加了五场选拔，因为精神持续紧张，瑞克觉得有些疲惫。今早他没有去健身房锻炼，而是留在宿舍里听音乐。忽然，耳机里的音乐声停止了，取而代之的是辅导员的声音，通知瑞克到二号会议室去。瑞克听了心里一阵狂喜，根据以往的经验，他知道自己应该是被某个克隆人选中了。基地的辅导员会在二号会议室同被选上的“人种”签意向书，安排提取细胞的时间和流程。

瑞克进门的时候，二号会议室里已经有三名辅导员在等他了。见到瑞克，他们连声向瑞克表示祝贺。

“我被选中了？”瑞克激动地问。

“是的，而且比那还要好！”一名辅导员故作神秘地说。

“比选中还要好？”瑞克疑惑地重复着。

“是的，你被一个超级富有的克隆人看中了，他肯出大价钱买断你的基因！这可是千载难逢呀！”辅导员兴奋地说。

“买断我的基因？”瑞克似懂非懂。

另一名辅导员答道：“是的，买断你的基因，也就是别人不能再提取你身上的细胞去克隆，大富豪可不想别人跟他有一模一样的孩子。所以你在完成细胞提取后，就可以去复乐星了！恭喜你！”

“我可以去复乐星了！”瑞克激动地从椅子上跳了起来，他紧紧地拥抱住那个辅导员，眼泪夺眶而出，“难以置信！我简直不敢相信这是真的！复乐星！我要去幸福的复乐星了！”瑞克语无伦次地重复着。

接下来瑞克签署了相关的法律文件，并和辅导员们商定了提取细胞的时间。

一切手续完毕，走在回宿舍的路上的瑞克依然不敢相信这是真的。幸福来得太快，也太突然了，他简直无法承受，他想喊，想叫，想逢人便说他要去复乐星了。到了复乐星后他一定要尽情地享受生活，把这些年只能待在与世隔绝的基地里的损失补回来。

第二天，瑞克接到通知，他被容许去治疗室看杰森了。

瑞克做过登记后，护士将他领到杰森的病房门前，告诉他因为杰森还在康复当中，所以探视的时间不能超过十五分钟。

瑞克点头答应，然后轻轻地推开了病房的门。杰森还在床上睡着，也许是没做运动的原因，他比以前胖了整整一圈。瑞克不忍心叫他,就坐到了病床边的椅子上等他睡醒。

眼看十五分钟马上就要到了，杰森还在睡着，瑞克实在想把自己就要去复乐星的事告诉杰森，让他也高兴高兴，于是他摇了摇杰森的胳膊。

杰森打了个激灵，猛地睁开眼睛，惊恐地看着眼前的瑞克。

“杰森，是我！我就要去复乐星了！”瑞克兴奋地看着他的好朋友，迫不及待地告诉杰森这个好消息。

杰森听了脸上却全无笑意,他“腾”地从床上坐了起来，大手有力地抓着瑞克的手腕。“不！你就要死了！”杰森双目圆瞪，从喉咙里吼出这几个字。

瑞克不知所措地看着他，心想自己是不是听错了。

杰森压低声音，急切地说道：“这里的一切都是骗局，没有人被送去复乐星！没有！”

“杰森，你疯了吗？”瑞克尽力控制着自己的情绪。

杰森头上的青筋突突狂跳着：“我没有疯，相信我，我听到他们的谈话了，没有人被送去复乐星！”

瑞克心里更是着急，但又无计可施，他深吸了口气对杰森说:“休息吧！我明天这个时间再来看你。”

“让他再多待一会儿吧！就一小会儿。”杰森哀求着护士。

护士斩钉截铁地答道:“这可不行，杰森。”

“放心，我明天一定会来看你。”瑞克朝杰森用力点了点头，想让他安心。

但是杰森却拽住瑞克的手腕不放。护士严厉地说："杰森，要遵守规则，你这样做只能在这里多住些日子了！"

杰森听了只得无奈地松开了手。出了病房，瑞克发现自己的腿竟在发抖！

"没有人被送去复乐星！没有！"杰森的话在瑞克的脑中嗡嗡作响。

"你怎么了，脸色怎么这样苍白？不会是高兴过头了吧？你被买断基因的事基地里的人都知道了，大家都为你感到高兴。祝贺你！马上就能去复乐星了。"正好路过的彼得看到瑞克后笑意盈盈地说道。

瑞克不知该怎样回答，他很想把从杰森那里听到的话告诉彼得，但看到彼得一脸灿烂的笑容，听着他真挚的祝福，瑞克犹豫了，他会相信自己吗？会相信杰森吗？一旦被他告发，那自己和杰森可就都完蛋了。

"没什么，可能是昨天太兴奋了，没有休息好吧！"瑞克勉强地笑了笑。

这一路不断有人向瑞克祝贺。瑞克却是有苦自知，多么讽刺和可怕呀！瑞克心想。他相信杰森说的一定是真的，虽然目前他还不知道杰森到底知道了什么？如果没人被送去复乐星，而人又在这里消失，那岂不是……瑞克忽然觉得自己在不住地打战，未知的恐怖令他毛骨悚然，他不敢再想下去了。

这天剩下的时间瑞克都待在他的宿舍里，他一遍一遍地在脑中回想着去见杰森时的场景，仔细揣度着每一个微小的细节，瑞克希望能从中捕获到更多的信息，十几个小时过去却是毫无头绪。瑞克不得不放弃，心想反正明天就能见到杰森，一切就都水落石出了。

瑞克在极度的恐惧与忐忑中熬过了这漫长的一夜。第二天一早，为了不让人起疑心，瑞克特意洗了澡，换了衣服，又修饰了一番才来到医疗部。

接诊台坐着三位护士，其中一位正是昨天接待瑞克的那位。瑞克语调尽量自然地对昨天见过的那位护士说道："您好！我是来探望杰森的，昨天我来过。"

"是的，我记得您。不过很抱歉，今天杰森不接受探视。"护士礼貌地回答，脸上不带任何表情。

听了这话瑞克急了，大声质问："为什么？为什么不可以见？你们凭什么不让我见？"

话一出口，瑞克意识到了自己的失态，赶忙缓和口气道："我昨天和他约好了今天来看他，他在等我，请让我见他一下吧，哪怕几分钟也可以。"

"昨天你走后杰森的情绪有些不稳定，所以医生暂时停止了对他的探视。你回去吧！这是医生的决定，我们必须遵从。"护士十分肯定地说。

难道他们知道杰森知道了什么？所以今天才会阻止探视，瑞克的心一沉，如果这样不但自己无法了解事情的真相，恐怕连杰森的性命都有危险了。

瑞克明白再说什么也是徒劳，他试着做最后努力："那我后天可以过来探视他吧？"

"什么时候能够再探视，还要看医生的决定。"护士答道。

瑞克绝望地走出了医疗部。他决定去找彼得，这事太蹊跷了，他必须得找人商量，哪怕是冒着被告发的风险。

瑞克按动了镶嵌在衣领上的呼叫器，说出了彼得的名字。

彼得很快就来到了瑞克的宿舍。

听瑞克讲他去看望了杰森，彼得憨笑着说："我还以为那家伙因为辛蒂受了刺激，情绪真的出了很严重的问题，不能探视呢，嘻嘻！原来你已经去过了，看来没什么大不了的。"

瑞克一脸严肃，压低了声音凑在彼得的耳边说："我告诉你个秘密，但你一定要保持冷静，而且不能说出去。"

彼得好奇地看着瑞克，点了点头。于是瑞克把昨天去见杰森的经过告诉了他。彼得聚精会神地听着，额头、鼻尖不知什么时候渗出了一层细密的汗珠。

"没有人被送去复乐星？这都是骗局，怎么会这样，那，那，那我们该怎么办？"彼得结结巴巴地说道。

"我们绝不能坐以待毙！绝不！我们得想办法见到杰森。"瑞克语气坚定地说道。

"那我们偷偷溜进去，或是，或是我假装崴了脚混进去？"彼得出着主意。

"溜进去是不可能的，除了门诊台的护士，还有感应器和监视器。装病也不行，因为在你看病的时候全程会有护士陪同，倒是我后天会在手术室提取细胞，而且提取完还会在病房观察一天，所以我可以溜到杰森的病房，而且即使里面有摄像头拍到我也不怕，只说我想见他就好了。”瑞克想了一下又接着说，“但我们这两天也别闲着，我们要尽量让大家知道这个消息，大家集思广益，总比只有我们两个想办法强。”

抽取瑞克细胞的日子到了，瑞克在经过一系列检查之后，被几名护士带进了白色的手术室。

医生示意瑞克躺在床上，然后安慰他道：“别紧张，我们会给你麻醉，然后从你身上不同的部位取出十枚细胞进行克隆。”

“我不会被麻药弄得再也醒不来了吧？”瑞克想用开玩笑来掩饰自己的紧张。

“当然不会，只是局部麻醉而已，你的头脑是清醒的。”医生温和地说。

“医生，您是克隆人还是人类？”瑞克突然问。

正在将一根细长的针头插进瑞克腹部的医生不假思索地答道：“当然是克隆人，现在世界上什么工作都是克隆人在做,人类太稀少了,稀少到要保护起来,做珍贵的‘人种’。”

“是的，所以我们要被圈禁起来，为克隆人世界的延续做贡献。”瑞克用讥讽的口吻说。

“这也是没办法的事。”医生说。

瑞克感慨地说：“好在复乐星上的环境和地球一样，

蓝天白云、森林河川，地球上有的那里全有，我马上就可以去那里了。”

医生略微顿了一下，极不自然地说道：“当然，当然。”

瑞克仔细观察着医生的表情，医生的眼神在躲避瑞克的目光。瑞克感觉冰冷的针头刺进皮肤，但他并不觉得疼痛，麻醉针开始起作用了。

“今天就先取五枚细胞，剩下的五枚你休息一周后再取。”医生微笑着说。

“这个有钱的克隆人难道想要十个一模一样的孩子？”麻药的劲儿还没过，瑞克觉得舌头不是太听使唤。

“当然不是，只是为了确保万无一失，我们会培养十个受精卵，然后挑选最强壮的那个。”医生也许并不想和他多交谈，他一边解释，一边做手势示意护士将瑞克送去观察室。

瑞克心里暗暗高兴，因为这间观察室离杰森住的病房很近。等护士走了以后，瑞克试着活动了一下自己的腿，虽然有点儿使不上劲，但已经能动了。他心想不能再等了，于是踉踉跄跄地从病房里走了出来。

瑞克扶着墙一步一步地挪动着，好在他在楼道里并没有碰到任何人。

来到杰森住的病房门前，瑞克迫不及待地推开门，却看到病房里空无一人，没有杰森，没有！

傍晚瑞克被容许从治疗室出来的时候，他看到彼得和一群人正在门口等着他。

看他们那渴望的眼神，瑞克明白他们想知道什么，但他却只能让他们失望了。

瑞克和大家一一握手，然后对彼得小声说："杰森已经不在房间里了，要不被转移，要不就已经被……"瑞克忍住眼中的泪水没再往下说。

"让大家先回去，我们的一举一动应该都在监控之下，叫上平时一起打篮球的队友和身体特别强壮的，我们一会儿去餐厅喝杯啤酒味的水。"瑞克吩咐彼得。

餐厅的长条桌旁，十几个男人围桌而坐，一个长着一头红发的男人小声问坐在他旁边的瑞克："我们真的被欺骗了吗？真的没有人去了复乐星吗？"

瑞克说："我现在已经肯定，公司一定有一个大阴谋，我们大家都被欺骗了，否则杰森不会在告诉我那两句话之后就消失了。"

"但你为什么没消失呢？"一个脸上长着雀斑的男人问。

"那只能说他们认为我并不知道实情，那两句话也并不足以令我相信，不足以推翻我脑中从小就被灌输的观念。"瑞克回答道。

"如果没有人去复乐星，那可去了哪里呢？"坐在彼得旁边的一个男人问。

"你怎么这么笨呢？那就只有一种可能。"说完彼得用手指在自己脖子上划了一下。

“被杀死！”彼得旁边的男人脱口而出。

“其实我早就怀疑过，为什么我们不能联系去了复乐星的朋友，也不让我们放个假去那里旅游几天。”手里拿着瓶啤酒味的水的男人说道。

他说完，在座的许多人也都跟着附和。

“杰森以前也有过这种怀疑，现在一想到美丽的辛蒂向大家笑着挥手的那一幕，我就想哭。”彼得动情地说。

“会不会是公司觉得送我们去复乐星成本太高呢？”长着雀斑的男人说出自己的看法。

“不会因为人类稀少所以再把我们送去别的地方做实验吧？”红头发男人脸上现出恐惧的神情。

“不管怎样，我们现在唯一要做的就是逃到复乐星去。”瑞克说。

“但我们怎么能去到哪里呢？我们又没有航天飞机。”一个高个子男人说道。

“怎么没有，每次我们都可以通过大厅的玻璃看到航天飞机升空。”一个看着十分强壮的男人分析道。

“但我们连出口在哪里都不知道。”红头发男人愁眉苦脸地说道。

“在升降机那里。”彼得信誓旦旦地说。

“如果没人被送走，那里就不一定是出口。”红头发男人否定了彼得的说法。

“我们为什么不砸碎宴会厅的玻璃，那多简单。”那个长得十分强壮的男人说道。

“亏你想得出来，那是连激光枪都打不坏的特殊材质的玻璃，就凭我们赤手空拳的，还想打碎那玻璃。”高个子男人说道。

“见面室？会不会是那里，克隆人每次都是到达那里进行挑选，我觉得应该离门口不会远。但是那些辅导员一定会来阻止的，他们手上有武器，而我们却手无寸铁。但如果人多的话，可能就还有机会，辅导员的人数没有我们多。而且上次杰森把那屏幕砸出了裂纹，说不定再用力砸几下，那屏幕就碎了。”瑞克说着自己的判断。

“这似乎是条出路，没准儿也是唯一的出路，那我们现在就约定时间，然后分头通知大家。但不能用电话，那是被监听了的，我们只能用最古老的方法。”彼得说着拿出便签本，用极小的字写上“去复乐星只是骗局，没有人去到那里，在被利用完后，我们将被杀死，所以我们必须采取行动。看完请继续传阅”。随后把纸条分发给大家。

大家约定第二天行动。男人在前面，女人跟在后面。就定在晚饭的时候，那个时候辅导员最少，管理最松懈。

晚饭的时间一到，硕大的餐厅里已经坐满了人。“今天怎么都是这个点儿来吃饭呀？”一个辅导员纳闷地说。

“是的，有点儿奇怪，平时几点来的都有，今天倒跟约好了似的。”另一个辅导员说。

瑞克数了数餐厅里只有四名管理员。他故意咳嗽了几声，基地里最强壮的男人们开始向离自己最近的管理员靠拢，一切就绪，瑞克率先把自己面前的餐桌推翻了，大理石餐桌发出轰然巨响，这是动手的信号。

几个回合，没有来得及反应的管理员就被制服了。有人摘下辅导员腰间的激光枪，大家朝见面室的方向跑去。

警报在整个基地响起，辅导员们挥舞着激光枪，从各个方向向“人种”们扑了过来，红头发的男人和另外几个人被激光枪击倒了，但大多数人都跑到了见面室。

大家开始砸见面室的屏幕，眼看屏幕摇摇欲坠就要砸碎的时候，大批穿着防护服的辅导员出现了。他们向人群发射了麻醉弹，几秒之后，所有人都倒下了。

当瑞克再次醒来的时候，发现自己被锁在一间会议室里的椅子上。

“你醒过来了。”一个陌生的苍老声音说道。

瑞克这才看到在自己对面的椅子上坐着一位老者，正在向他微笑。

“你是谁？”瑞克警觉地问，在这个陌生的环境里他十分不安。

“这间奇迹基因公司是我的。”老者答道。

“是你的？是你为我们这些人类提供了这个‘避难所’？”瑞克说完苦涩地笑了笑，内心说不出是一种什么样的情感在涌动。

“是的。你称这里为‘避难所’也并不为过。”老者点点头。

“你为什么要欺骗我们，没有人被送去复乐星，是你杀了他们，对吗？你杀了辛蒂！杀了杰森！还有刚才和我一起的同伴们现在都在哪里？你是不是也杀了他们？”瑞克悲愤地质问着。

“我的确杀了辛蒂和其他号称被送去复乐星的人，但杰森和昨天那些人可并没有被杀死。”老者轻描淡写地说道，仿佛他不是在谈论生死，而是在闲话家常。

“杰森还活着？”瑞克激动地喘着粗气问。

“当然，他可是一位非常优质的‘人种’，还可以再被克隆三十次，我相信他会为公司带来不错的利润。”老者毫不掩饰地回答着。

“可你为什么要杀死辛蒂他们？”瑞克带着哭音问。

“这是因为我们是一家有信誉的公司，既然承诺给顾客每个‘人种’只会被克隆一百次，就绝不能食言。而且给产品限量，也是我们公司的核心竞争力。至于美丽的辛蒂，她已经完成了自己的使命，留着已经没有意义了。”他娓娓道来，言语中却毫无感情色彩。

如果不是被锁在椅子上，瑞克一定会朝他冲过去暴打他！可现在瑞克只能朝他怒吼道：“他们已经为你赚了钱，为什么不送他们去复乐星，为什么还要杀死他们呢？你太残酷了，你是个魔鬼！”

“这里涉及成本核算的问题，跟你说了恐怕你也不懂。

我只能简单地告诉你，维持我们这个密闭的环境供‘人种’生活是非常昂贵的，我们需要减少不必要的开支。辛蒂是死了，但你也可以理解为她是为了让你们能继续活着而死的。”老者平静地阐述着。

看着不知所措的瑞克，老者接着说：“说我太残酷？那请你看看别的基因公司是怎样对待‘人种’的吧！”说完老者打开虚拟影像的开关。

瑞克眼前突然出现了如地狱一般的场景，一个个被铁链锁着脖子的人，赤身裸体地匍匐在肮脏阴暗的笼子里。有人正被穿着制服的人从笼子里拉出来，用鞭子抽打。

瑞克难过地闭上了眼睛。

老者关掉影像，对瑞克说：“看到别的公司是怎样对待‘人种’的了？我一直都觉得哪怕是对待自己的产品，哪怕是注定要杀死他们，也要尽量保持人道。当然，我一直认为让‘人种’保持愉悦的心情，是产生出优质细胞的最好方法，所以我们公司的产品质量一直是最好的。但现在看来，如果我的财产安全都不能保证的话，我就要换一种经营思路了。”

“其实你现在的经营理念不是很好吗？只要把没有利用价值的我们送去复乐星，这一切不就非常完美了吗？”瑞克眼神中充满了祈求。

老者听完后笑得前仰后合，对旁边的助手说：“把他解开，我带他去看样东西。”

被松绑的瑞克跟在老者身后走进一个巨大的礼堂。瑞克目瞪口呆地看着眼前的一切，整个礼堂里摆满了各式各样的微缩景观。

瑞克的眼泪顺着眼角缓缓滑下，他看到了那个在复乐星上杰森向往的酒吧、看到了彼得想去的汉堡店，看到了自己希望去徒步旅行的热带雨林……他还看到了花园、剧院、航空站、摩天大楼，这一切居然全部都是微缩景观！

“看到了吧，根本没有什么复乐星，有的只是这些微缩景观，我是个模型迷，所谓的复乐星上的一切都是我制作出来的，之所以叫复乐星，我的灵感来自《圣经》……”老者还在喋喋不休地说着，在微缩景观的世界里，他的心情似乎格外得好。

“在我抽完细胞以后，可以把我送到外面吗？”瑞克神色凝重地看着老者。

“有必要吗？离开这个密闭的环境，你出去不足五分钟就会被射线杀死。”老者幽幽答道。

“我想自由自在地站在蓝天白云下，哪怕这一生只能站五分钟”。瑞克说完走出了礼堂。

肆型基因

金鼎大厦的空调温度开得很低，冻得坐在走廊沙发上的周宇不停地瑟瑟发抖。

周宇曾半开玩笑地跟同事小吴说：“写字楼的档次与空调温度成反比，档次越高则温度越低，像咱们上班的这个破写字楼，空调就只是个摆设，夏天楼里又闷又热，简直就是个大蒸笼。”

但现在周宇倒是十分怀念那热气腾腾的“蒸笼”，恨不得马上就能把自己放进去。早上他出门时艳阳高照、晴空万里，怎么看都不像是会下雨的天气，周宇便犯懒没把雨伞带上。可没想到走到半路下起了雷阵雨，没地方躲避的他被浇了个透心凉。要回家换衣服肯定是来不及了，周宇只得找了个没人的地方，把上衣脱下来用力拧成麻花状攥了攥水，裤子是不能脱的，就只能将就了。

此刻，周宇的衬衣和裤子都湿漉漉地紧贴在他身上，浅色的衬衣更是如同透视装露出里面的肉色。当大厦里那些穿着合体西装或高档套装的人们从周宇身边经过，都会忍不住向狼狈不堪的他多看两眼。

如果今天不是三十一号，公司八月份的业绩截止日，周宇早就不在这儿受精神与肉体的双重折磨了。

周宇任职的公司是一家代理台式电脑销售的小公司，主营业务是为企业用户做批量定制。周宇在这家公司上班已经三个月了，但一来他没什么人脉，二来他的脸皮也不够厚，到目前为止他还一单都没做成过。眼看着三个月试用期已到，周宇心急如焚地四处拜访客户，但总是无功而返，今天拜访的金鼎大厦的这个客户是周宇最后的希望。

看看表，已是上午十点，距周宇和李经理约定的时间已经过了一个小时，可李经理仍然没有出来召见他。

好心的前台小姐倒了杯热水递给周宇，他低着头道谢，不愿意看到对方眼中的怜悯。

作为一个肆型基因人，人类基因型号里的最低等级，二十三岁的周宇对这种怜悯的眼神十分熟悉。

周宇平生第一次见到这种眼神是在他六岁的时候，当时小周宇表现优异，通过了一所重点小学的考试，本以为胜券在握，他能毫无悬念地被学校录取，却没想到主考老师在看到他的基因等级测试报告后，怜悯地拍拍他的头，“这么聪明的孩子怎么会是肆型基因人呢？很遗憾，我们不能录取你！你还是去普通小学报名吧！”

之后，周宇在考中学、大学、申请加入篮球队、报名参加数学比赛——直到他大学毕业开始找工作去各单位面试，这种怜悯的眼神都如幽灵般伴随着他。以至于透过这眼神周宇感受到的已经不是同情与友善，而是羞辱，甚至伤害。

又过了一个小时，周宇的衣服已经差不多被他的体温腾干了，他觉得身上好受了些，但面颊却烫得厉害，周宇不禁在心里嘀咕，离乡背井一个人在这座城市里，可别生病了。

前台小姐在接到一个电话后，走到周宇面前："不好意思，李经理打来电话说他今天临时有个很要紧的会议，和你的预约只能取消了。李经理还让我转告你，向你们公司采购电脑的事他暂时不考虑了，以后有需要再跟你联系。"

周宇有如游魂般回到了自己的公司，一筹莫展的他把自己重重地摔到座位上。

"发什么呆呀！一会儿就开会了，你这个月的业绩完成得怎么样？"同事小吴走过来问他。

小吴比周宇早几个月来公司，人很热情，也许都是初来乍到，小吴是公司里唯一一个会主动和周宇打招呼的同事。

"一单都没签成，只能听天由命啦！"周宇无精打采地答道。

"走吧，老板叫开会了。"小吴捅了捅耷拉着脑袋的周宇，向会议室的方向努了努嘴。

周宇磨磨蹭蹭地跟在小吴身后，他此刻觉得不是去公司的会议室，倒像是去刑场。

周宇的老板何经理年龄不大，三十来岁，留着平头，虽然做着和高科技沾边的生意，但举手投足间却带着那么一股子匪气。

“大家的业绩都完成了吗？汇报一下这个月的工作情况吧！”何经理跷着二郎腿，眼睛贼溜溜地扫视着屋子里的一众销售员，见没人响应，他有些不耐烦地说道：“都别渗着啦？谁先来？”

“我先来吧！”坐在何经理对面的莉莉主动请缨。

周宇虽然在这家公司的时间不长，但也早就听说莉莉是何经理的爱将，公司里的王牌销售，最有含金量的大客户几乎都是由莉莉来负责的。

不过周宇对莉莉一向是敬而远之。周宇刚进公司那会儿，有一次恰巧和莉莉在办公室里面对面地碰上，周宇红着脸跟穿着暴露的莉莉打招呼，没想到莉莉却只是用眼角的余光扫了他一眼，便翻着白眼儿一仰头走了。这大大伤害了周宇的自尊心，之后再碰上莉莉，周宇总是头一低双脚紧捣立即闪人。

小吴曾私下里跟周宇讲过不少有关莉莉的江湖传闻，“她是咱们这个圈子里出了名的骚货，大家都说她的单子全是靠她不要脸拿下来的。告诉你一个在公司里流传最广的故事，莉莉有一次陪客户在 KTV 喝酒唱歌玩骰子，结果输到酩酊大醉、一丝不挂，之后……”讲到这儿，小吴不肯再往下说，只是一脸猥琐地笑个不停。

其实小吴大可不必卖关子，因为周宇对这些少儿不宜的部分压根儿就不感兴趣。让周宇动心的是小吴最后说的故事结局，小吴说莉莉第二天签下了这家上市公司全部电脑设备更新的大单！周宇听着呼吸都变得急促了，因为他明白那将意味着莉莉靠这一单就已经完成了全年的业务量，可以什么活儿都不干了。

“这个月我主要做的工作有，为四家潜在客户做了采购解决方案，其中有三家已经明确表示下个月将与我们签约……”莉莉开始用嗲声嗲气的声音汇报着这个月的工作情况。

周宇羡慕地偷看着莉莉，只见莉莉手肘撑在会议桌上，身体前倾，被紧身牛仔裙勾勒出浑圆曲线的臀部，有意无意地在椅子上扭动着。总之，她从内而外透着放松、慵懒，周宇甚至觉得她不像是在开会，倒像是来喝下午茶的。

莉莉汇报完毕，何经理带头鼓掌，莉莉抛给老板一个媚笑算作感谢。

珠玉在前，后面没人再自告奋勇了。

何经理见大家都不说话，抖着二郎腿说道：“既然没人主动，那我可就点名了。”何经理将目光投向坐在会议室角落里一个长得非常漂亮的女孩子，用大灰狼哄小白兔开门的口气柔声问道：“小敏，你这个月的情况怎么样呀？”

被点名的小敏和周宇一样也是今年新毕业的大学生。小敏性格腼腆，平时讲话不多，但她很爱笑，甜甜的微笑总是挂在她的脸上。公司里的不少男同事都爱给她献殷勤，就连何经理平日里对她也是呵护备至，仿佛她是个雪人，一阵风都能把她吹化了似的。

周宇对小敏很有好感，有意无意间，在他和小吴聊天的时候就会提到小敏："小敏文静内向，可不是那种会来事儿、见什么人说什么话的女孩子，你说她做得了销售吗？"

没想到小吴听了周宇这么问竟"扑哧"一乐道："你别替古人担忧啦！有空还是想想你自己吧！人家小敏第一个月就完成了公司分配给她的业务量，据说比当年莉莉刚来公司的时候还厉害呢！"

周宇觉得纳闷："她有那么厉害？她是靠什么做到的呢？"

小吴卖关子让他猜。

周宇只好闭着眼睛猜："小敏做事认真、努力，对咱们公司代理的电脑产品和客户需求都能做到了如指掌，知己知彼，有的放矢。"

小吴听了忍不住用鼻子"哼"了一声："你也很认真，很努力，你怎么一个客户都没谈成呀？告诉你吧！人家小敏哪用拉客户呀！简直就是客户捧着单子往她手里送。你不知道吧？小敏从不请客户吃饭、唱歌，更别说像莉莉那样跟客户献媚了。小敏见人永远都是一副羞答答的模样，但很多客户还就吃这一套。公司里的人开玩笑常说，别的销售是去客户公司拜访客户，小敏是客户来咱们公司拜访她，还经常有客户给她送礼物呢！不可思议吧？总之，在小敏这儿，销售员和客户的关系完全颠倒啦！”

周宇听小吴这么说，对小敏更有好感了，以至于后来不惜为了小敏去得罪公司的客户。

准确点儿说，周宇得罪的是小敏的一个客户。那个人追求小敏，想让小敏做他女朋友，小敏不同意，本以为这件事就这么过去了，却没想到那个人不死心，来公司里纠缠，弄得小敏无处躲藏，狼狈至极。公司里很多人都觉得那个人做得太过分，但又碍着他是公司客户的身份不敢替小敏出头，最后还是周宇挺身而出，把那个人连推带搡地赶出了办公室。

但那个人脸皮厚得很，居然不依不饶地找到了何经理，狠狠地告了周宇一状。何经理虽然没因为这件事开除周宇，但还是把他狠狠地骂了一顿。小敏过意不去，特地请周宇在公司楼下的小餐馆里吃了顿饭。小吴事后捶胸顿足地后悔不迭，怪他自己当时怎么没挺身而出，否则和小敏共进晚餐的就是他而不是周宇了。

小敏汇报完，何经理点了豪哥的名字。豪哥同何经理年纪相仿，却已经是腹大如箩。他的业绩在公司也是名列前茅，而他的撒手锏则是特别能喝酒，号称千杯不醉。

周宇看豪哥那紫黑的脸色，断定他必是重度脂肪肝患者，周宇在心里不由得想，自己销售做久了莫非也要变成豪哥这副模样。可怕又有什么用？自己倒是想找专业对口的工作呢，也得有公司要自己呀！

再下来就一个不如一个了，有的业绩将将完成，有的差得很远，何经理的脸色越来越难看，嘴里开始骂骂咧咧、不干不净。

周宇觉出自己的手心出汗了，有一单的同事都要挨骂，他三个月试用期的销售额可是零蛋呀！

轮到小吴了："新科的单子这个月签了，他们定了我们八台高端机。"

"怎么就这么个小单子呀？上个月说的枫华证券两百台那个单子呢？"何经理不满地追问。

小吴小心翼翼地说："枫华跟另一家代理商签了。"

"你是猪呀！都谈到这份儿上了居然没签下来，要他妈的你这样的员工有个屁用！只拿工资不干活是吧？"何经理对小吴劈头盖脸地骂开了。

"另一家公司可以多让给他们五个点。"小吴小声地辩解着。

"这种鬼理由你也信呀？那公司又不是采购部经理家的，你觉得他会那么为公司着想吗？还是你工作没有做到位，我要是你，只要给我单子，我给他跪下都行，让我叫妈我叫妈！让我叫爸我叫爸！懂吗？"何经理气得满脸通红。

周宇觉得这地方他连一秒钟都不能待了，他的头在嗡嗡作响，仿佛立即就要炸开了。他顾不得何经理和同事们投向他的诧异目光，猛地站起来，没头没脑地说了句："我不干了！”就头也不回地一口气跑出了写字楼。

站在大街上，周宇喘着粗气，望着面前熙熙攘攘的街市，他心中有了一丝后悔，毕竟这份工作是他花了很长时间才找到的。再有一个更实际的问题，这个月的薪水他还没拿到，下个月的房租可拿什么交呢？

摸摸口袋，里面还有十元钱，只够他吃几袋方便面的，虽然还有两百块钱压在他枕头下面，但那可是他的救命钱，除了病倒以外，那两百块是无论如何不能动的，要是实在混不下去了，他要用那点儿钱买回老家的车票。

万不得已，周宇拨通了舅妈的电话。

“舅妈您好！我是小宇。”周宇的口气充满了谦卑和殷勤。

“我这个电话号码怎么谁都知道呀！”电话那头儿传来一声有气无力地抱怨。

听了这话周宇吓得半天没敢出声儿，号码是舅舅给他的，给的时候还嘱咐他：“你没事儿给你舅妈打个电话问声好，跟她亲着点儿。她才会想着你的事儿。”

周宇不能把舅舅供出来，怕他回家挨舅妈的数落。

周宇背井离乡来到这座城市，本指望投奔在这里的舅舅、舅妈，希望在集团任职高层的舅妈能帮上他的忙，但眼看着舅妈娘家七大姑八大姨的孩子都进了集团上班，就是总轮不到周宇。

舅舅也为周宇着急，可无奈他做不了舅妈的主。谁让舅舅高攀，找了个壹型基因人做老婆。打舅舅和舅妈结婚起，舅妈就看不起舅舅这一家子肆型基因人。

见小宇不答话，舅妈透着不耐烦地问：“你找我有事吗？”

“我想问您我工作的事儿有眉目了吗？”小宇耐着性子，低声下气地问。

“这种事儿你不能着急，我虽然在集团里是个领导，但你也知道我们只招收壹型基因的人，所以你这事儿难度很大，只能等机会。”舅妈打着官腔说道。

“好的，那就请您多费心了。”小宇说完用有如逃命的速度挂了电话。

狗眼看人低，这是古来留下的真理，只是如果至亲骨肉间如此，会让人觉得格外扎心。

周宇的父系和母系很不幸，遗传的都是肆型基因。受基因等级的限制，家族里很少有人在社会上能混得比较如意。周宇的舅舅是家族里第一个大学毕业生，舅舅的运气比周宇好，因为舅舅毕业那会儿，各用人单位对基因等级的概念还比较模糊，所以周宇的舅舅被一家实力雄厚的跨国企业录用工作至今。但等到周宇大学毕业的时候，用人单位对基因等级的要求已经非常明确，即使周宇品学兼优，他也没有资格去有实力的大公司、大企业找份工作。

周宇沮丧地摇了摇头，想到父母对他寄予厚望的眼神，想到自己要出人头地的抱负，周宇实在不甘心就此认输，但他改变不了自己身上的DNA，改变不了自己是肆型基因人的现实。他觉得疲惫极了，决定先回到自己那间在城中村租的简易房去。

在这高楼大厦鳞次栉比，霓虹灯五光十色的大都市里，周宇所住的城中村却是另一番景象，外形有如火柴盒一样的简易小楼，一座座杂乱无章地分布在城中村里的各个角落，刚下过雨，泥泞的小路上散落着永远没人来清理的垃圾。

周宇沿着黑乎乎的楼梯走到三楼自己的房间，一股潮气夹杂着霉味扑鼻而来。房间里除了一张单人床垫和立在墙角的一个上大学时购置的行李箱，再没有其他任何家当。周宇把不多的几件衣物装进皮箱，他已决定明天买车票回老家去。收拾完毕，他一头栽倒在破了几个大洞的床垫上，仿佛失去知觉般，浑然睡去。

突然，周宇被一阵急促、嘈杂的噪音吵醒。他坐起身，定了定神，隐约中似乎听到有人在喊救命。周宇赶忙用耳朵寻找声音的方向，这简易楼并不太隔音，小宇很快听出是楼下在夜市卖宵夜的王奶奶在喊救命。

周宇顾不得穿鞋，赶忙冲出房门，他闻到楼道里已有很浓的焦煳味。到了楼下，他看到王奶奶的房门敞开着，浓浓的黑烟从她屋里不断地飘出来。小宇跑进王奶奶屋子里，瞬间被呛得一个劲儿地咳嗽。好在这种简易楼的房间都不大，小宇屏住气又往里走了两步，看到炉子上着火的油锅和拿着扫把一边扑打着从油锅里溅出来的火星，一边声嘶力竭地喊着救命的王奶奶。

周宇见状，一把扯下窗户上的厚绒布窗帘盖到着火的油锅上，然后又抢过王奶奶手里的扫把，奋力扑打四溅的火星。

好在火星没有烧着什么东西，很快就扑灭了。周宇又把油锅端到楼下一处空地上，这才算是松了口气。

“我今天也是大意了，本来想熬点儿辣椒油，结果火大了把锅里的油烧着了，还好赶上你今天下班早。”王奶奶感激地拍拍周宇的后背，“好孩子，看你，连鞋都没顾得上穿，没扎到脚吧？你救了奶奶的命，奶奶得谢谢你，你明天到奶奶家来，奶奶给你做好吃的。”

周宇听着心里有点儿发酸：“谢谢您，我打算明天回老家了。”

“为什么呀？”奶奶赶忙问。

“我把工作丢了。”周宇说完叹了口气。

“我明白，孩子，奶奶知道你在这里一个人闯荡有多不容易，但也不要轻易放弃，老话儿不是说没有过不去的火焰山吗？”王奶奶宽慰着他。

“奶奶，我先回去了，我今天可能是淋了雨，觉得浑身酸痛，想好好睡一觉。”周宇没精打采地转身要走。

“可别是感冒了吧？不吃药光睡觉可好不了！”王奶奶有些着急地说。

周宇勉强笑笑，口里说着“没事儿”便上了楼。

一阵敲门声将昏睡过去的周宇唤醒，还没等他说话，门竟被推开了，周宇吓了一跳，这才想起，他自己刚才晕头转向地进来忘记了锁门。

进来的是王奶奶，她手里还端着一个冒着热气的大海碗。

“我给你熬了姜汤，快喝吧！免得感冒。”王奶奶说着将碗递给他。

辛辣味夹杂着红糖的甜香味扑鼻而来，周宇感激地道了谢，将海碗从王奶奶手里接过来一饮而尽。

王奶奶却并没有走的意思，她蹲在周宇床头看着他问：“你是个肆型基因人吧？”

周宇被王奶奶这突如其来的发问给弄懵了，犹豫了一下，才有些不好意思地点了点头。

“我儿子在一家大医院做保安已经有好几年了，我知道他跟医院里的人串通，能弄到壹型基因测试报告卖给那些有需要的人。”王奶奶神秘兮兮地说道。

周宇听了顿时心跳加速，他有些不相信自己的耳朵：“您是说他能弄到壹型基因测试报告？”

王奶奶笑了：“知道你是个实诚、善良的好孩子，奶奶怎么会拿这种事逗你呢？”

“但那一定很贵吧，我恐怕没有钱买。”周宇的表情透着失望。

“这你不用管，有奶奶呢，你休息两天，等着奶奶的好消息吧！”王奶奶说完帮他盖上被子走出了屋子。

过了两天，王奶奶果然将一份医院的壹型基因测试报告交到了周宇的手里。

有了这份报告，周宇很快就在一家非常有实力的大企业找到了与自己所学专业对口的职位。经历了以前的挫折，周宇对现在这份工作异常珍惜，他勤奋刻苦、任劳任怨，这让他赢得了公司上下一致的认可和尊敬。

但也有美中不足，他不得不面对公司里同事不经意间对低等级基因人的调侃和讽刺。这时常令周宇觉得痛苦，但他必须忍受，而且为了避免引起同事对他的怀疑，有时他还要违心地随声附和几句。

周宇为自己编了从小学到大学，以及毕业后上班的第一家公司一套完整的假履历，但仍过得提心吊胆。他现在最怕的就是公司里哪个同事激动地跑过来问他："听说你是跟我一个学校毕业的，你是几班的？"如果在周宇随口说出个班级后，那个人接着说："真巧，我以前也是那个班的，可我怎么不记得你呢？"那恐怖与绝望的程度对周宇来说不亚于世界末日。

周宇为了能圆谎，只能让一个又一个新的谎言相继诞生。其实周宇并不善于说谎，可以说他在冒充壹型基因人以前从不说谎，但现在他只能顶着随时会被揭穿的巨大压力说着自己编的各种谎言。

有一天，人事部的齐主管突然找到他问："周宇，我好像听同事说你是重点大学毕业的，可你简历里填的却是一所普通大学，是不是填简历的时候填错了呀？你可真是粗心，现在公司的领导都很看好你，可别因为学历的问题影响你以后升职。对了，还得跟你说一下，咱们公司所有人的简历在第一次填写后就不能随意更改了，所以你得把毕业证书拿过来，人事部的人才能把你的学历改过来。”

周宇一时反应不过来，只得连说：“好，好的。”

那齐主管临走还不忘嘱咐他：“快点呀！你可别忘喽！”

周宇听了顿时发起愁来，后悔当初自己想得不周到，要是直接填上重点大学就好了，毕竟那会儿不用提交毕业证书，现在可好，自己能去哪儿弄个毕业证呢？

无计可施的周宇忽然想起了手机上经常能收到的各种广告信息，似乎推销什么的都有，他赶快拿出手机开始翻找，功夫不负有心人，居然让他在一堆卖发票、放贷款、提供色情服务的信息中，找到了一条代做假学历的广告。周宇如获至宝，等不及下班，他躲在公司一个没人的角落按对方在信息里留的电话打了过去。

可电话铃响了很久，对方却并没有接，周宇只得失望得挂了电话，一颗刚落地的心又悬在了半空。

下班后周宇推脱掉了同事们的聚会，径直回到了家里。

周宇现在租住的是一间设施完善，位于市中心繁华地段的公寓。他租住的单元在36层，虽然只是一室一厅，面积不大，但胜在视野开阔，从客厅的落地窗望出去几乎可以俯瞰大半个城市的美景。

可此刻站在落地窗前的周宇却无心欣赏都市旖旎的景色，他在心里琢磨着，既然自己已经被人事部的齐主管盯上了，不改简历会引起他的怀疑，改吧，可又到哪里去弄这假文凭呢？

就在周宇一筹莫展之际，电话铃突然响了。周宇习惯性地先看了看手机屏幕上显示的来电号码，见是个陌生号码，他本想不接，但又一想，万一是公司哪位领导心血来潮，要安排什么工作上的事呢，这在以前也不是没有过。

“您好，哪位？”周宇清了清嗓子礼貌地问。

“你今天打电话给我啦？”一个沙哑的公鸭嗓儿懒洋洋地问。

“我？没有呀！”周宇有点儿懵了。

“你打的不是这个电话号码，是另外一个。”说完公鸭嗓儿念出一串数字，“你是打过这个号码吧？”

小宇想起来了，这不正是自己打的那个办假证的电话吗！他赶忙说道：“对对，是我打的，你当时可能正忙，所以没接吧？”

对方发出“呵呵”的两声轻笑：“什么正忙，我是怕你是条子，最近抓得严，不得不小心呀！我特地等到下班后再打给你，你要真是条子这会儿就不接电话了。说吧，你是想办假证还是想刻公章，我这儿都能做。”

“我想做个假毕业证。”周宇迫不及待地答道。

“这容易，不过做法有两种，一种是不光给你做个毕业证，还会在学校电脑系统的档案里加上你的名字。这种做法比较彻底，一劳永逸……”公鸭嗓儿不疾不徐地介绍着。

周宇忍不住插嘴道："这能行吗？人家校方不会发现吗？"

公鸭嗓儿又笑了起来："有谁会去发现呀？每年那么多毕业生，你以为会有人有那个闲工夫没事儿检查档案玩儿呀！更何况每届的毕业生来自不同的班，不同的科系，还有各种名目的代培生，哪个学校也不可能有人认得每个学生，记住每个学生，所以这事儿绝不会有什么差错。"

"你们可真厉害！居然还能像黑客一样入侵学校的系统。"周宇没想到一个做假证的居然能有这样的神通。

"现在干什么不需要高科技呀！你以为我们还像十几二十年前那样，靠刻萝卜章活着呀？早就鸟枪换炮啦！"公鸭嗓儿不无得意地吹嘘着。

"那另一种方法是什么呀？"周宇问。

"另一种就是只给你做个毕业证，其他的不管，当然，不同的做法收费自然不一样，选哪一种你自己定。"公鸭嗓儿回答得很爽快。

周宇不假思索地说："我做第一种，一劳永逸。"

于是公鸭嗓儿向小宇报了个价格，因为周宇要得急，公鸭嗓儿又煞有介事地加了百分之五十的加急费。

没想到能这么快，这么轻易地就化解了危机，周宇心中一阵狂喜，他很想将这份喜悦跟别人分享。

周宇拨通了小敏的电话。

"你这会儿有空吗？我们找个地方坐会儿吧？"周宇语调欢快地问。

“我今天辞职了，正在网上浏览招聘信息呢！”小敏的语气中透着烦躁。

半个小时后，周宇带着小敏来到一家酒吧，俩人找了个僻静的地方坐下后，小宇给自己要了一杯啤酒，给小敏点了一杯甜口儿的鸡尾酒。

“说说吧，怎么辞职了？”周宇问。

小敏无奈地笑了笑：“何经理总是骚扰我，我实在是忍不了了。”

“早就该辞职！你准备再找份什么工作呀？”周宇看着小敏，目光中闪动着关切。

小敏说出几个公司的名字，周宇一个也没听说过。

“你不是一直想去学校当老师吗？你喜欢孩子，学的又是教育专业，为什么不试试呢？”周宇端起自己面前的啤酒杯与小敏的酒杯轻轻碰了一下。

“我是肆型基因人，学校不可能聘请一个低等级基因人当老师的，我去申请做保洁员他们倒是没准儿会要我。”小敏瞧着周宇，苦涩地笑着。

周宇端起啤酒杯一饮而尽，然后愤愤地说：“该死的DNA，真搞不懂人类世界为什么要把人的基因优劣量化，分为不同的等级？我一点儿都不觉得我们的样貌、智商、人品有哪里不如壹型基因人，但我们却是天生的二等公民，这是我们身上永世不可去除的烙印。”

“别想这些了，总之我们的基因是有缺陷的，认命吧！”

小敏怕他喝多了，温柔地劝解着。

只听“啪”的一声，周宇的手重重拍在桌子上：“我就不信这个邪！天无绝人之路，小敏我告诉你，我有办法。”

“你喝多了吧？我们这些微不足道的小人物能有什么办法？”小敏的话里满是凄凉。

“我真的有办法！”说完周宇把头凑到小敏耳边，向她低声耳语。

小敏边听边不住地点头，脸上因为兴奋，微微地泛着红晕。

几天后周宇如法炮制，他找到王奶奶的儿子从医院为小敏搞到了壹型基因测试报告书。有了周宇的帮助，小敏顺利地进入一所小学工作，如愿以偿地做了一名教师。

在公司里，周宇的努力和勤奋也没有白费，他很快得到了提升，成了公司最年轻的部门副主管。

这天下午，正在处理公司邮件的周宇接到秘书 Lucy 打过来的内线电话。

“有一位叫莉莉的女士现在在公司前台，说是两周前已经跟您预约好了，可以让她上来吗？”Lucy 的声音一向训练有素，通常不带任何的感情色彩，但今天周宇明显听出了她语调中的不快。

周宇想起两周前他出差的时候接到了莉莉的电话，电话里莉莉说好久不见，要过来找他，周宇有所顾忌，怕莉莉把他是以前同事的事说漏了，如果这样周宇为自己编的履历可就穿帮了。但周宇又一想，莉莉肯定无事不登三宝殿，既然她已经找上门来，一口回绝反倒可能得罪她，到那时保不齐她不胡说八道，不如见了，看看她有什么事找自己再说。

“让她上来吧！”周宇说完挂了电话。

不一会儿，随着一股刺鼻的香水味，浓妆艳抹的莉莉迈着模特步扭进了周宇的办公室。

“莉莉，好久不见，请坐。”周宇起身让座。

莉莉身姿婀娜地坐到沙发上，然后用目光扫了一圈儿周宇的办公室说道：“混得不错呀！都有自己的办公室了。我以前就觉得你不是凡人，果然年轻有为。”

周宇心里暗笑，她以前跟自己话都没说过一句，现在跑来马后炮。周宇不想跟她啰唆，开门见山地问：“找我有事？”

莉莉朝周宇妩媚地一笑，将身体凑向他的方向神秘兮兮地说道：“听说你们公司要换一批电脑，对吗？”

“是，刚刚决定的，你消息够灵通的呀！如果你有兴趣可以先报个价。”周宇回答得很坦荡。

“我知道这次采购是以你们部门为主，你现在是副主管，肯定说得上话。看在同事一场的份儿上，帮个忙吧！”莉莉说着绕过写字台双手揽住周宇的脖子，嗲声嗲气地说：“今晚来我家喝酒好不好？”

莉莉的举动把周宇彻底吓傻了，他一动也不敢动，过了好一会儿才缓过神来，他赶忙掰开莉莉缠在他脖子上的胳膊："快起来！会有人进来的。"

莉莉不情愿地松了手："那今天下班后我等你的电话。"

周宇胡乱答应着，只想她赶快离开。

走到门口莉莉又转回头对周宇说："那个叫 Lucy 的小妖精是你女朋友还是你的情人呀？"

"女朋友？情人？你在说什么呢！"周宇心想这莉莉的花样可真多，不知道这又是想干什么？

莉莉冷笑了一声："对，Lucy，您那位千娇百媚的小秘书！她居然敢问我，我来找你干什么？我认识你的时候她还不知道在哪呢！她算老几呀！我需要跟她说我来干什么吗？我不理她，她还朝我翻白眼，真讨厌！"

周宇越听越气，这都是哪跟哪呀！

"莉莉，公司采购的事我会尽我所能帮你说话，但请你不要跟任何人提起我们以前是同事，否则我就不好帮你了。"周宇说完摆摆手示意她赶快走人。

莉莉听周宇这样讲了，倒也知趣，说了声"多谢"便转身走了。

周宇长出了口气，总算是堵住了莉莉的嘴。

莉莉刚走不久，Lucy 嘟着性感的小嘴走了进来。

"我还是不是你的秘书呀？刚才来找你的那个半老徐娘是谁呀？这么牛，我就问了一句她来找你有什么事儿？她可好，当着前台女孩的面，噼里啪啦说了一堆难听的话，我都不好意思学。"Lucy 一副兴师问罪的样子。

这哪像是和领导说话的口气呀？周宇心中不快，未婚女下属和单身男上司的关系的确不好处理，他心知自己平时对 Lucy 比较照顾，她可别是会错了意。

周宇板着脸烦躁地说：“我还有事，你先出去。”

Lucy 气哼哼地把手里的一叠资料甩在了周宇的写字台上：“杨总让你去他办公室找他。”

杨总是公司的董事长兼总经理，周宇不敢怠慢，赶忙拎着自己的手提电脑诚惶诚恐地走进了杨总的办公室。

半小时后，当周宇从杨总办公室出来，他强忍着才没有喜形于色、手舞足蹈。杨总并不是分配给他什么工作要他完成，而是告诉周宇，他们部门目前的主管将要离职，公司决定由周宇来接替这个职位。

周宇下班后马上打电话给小敏，他希望能马上见到她，同她分享自己的喜悦。一直以来，周宇心里只有小敏。

但一连打了几个电话，小敏都没有接，周宇开始胡思乱想，小敏出门忘记带手机？还是正跟人约会，不方便接电话？想到这儿周宇顿时醋意大发，他烦躁地从冰箱里取出啤酒，一罐接着一罐地喝了起来。不知不觉，十几罐啤酒下肚的周宇已是神志不清、醉眼蒙眬。

周宇自说自话地胡言乱语着。鬼使神差地，他从抽屉里把那份壹型基因测试报告拿了出来：“壹型基因，我是壹型基因，哼！壹型基因有什么鸟用，部门里那么多壹型基因人还不马上就要被我管理，我将是公司里最年轻的部门主管！部门主管！”

他将那份报告捧到面前：“我真要感谢你呀！要是没有你，莉莉能朝我献媚，Lucy能为我争风吃醋，我舅妈现在见了我能那么客气？”

周宇晃晃悠悠地来到落地窗前，他打开窗子探出头去，挥舞着手中的报告，向着空中一遍遍大声地叫喊：“我是壹型基因人！我不是肆型基因人！我是壹型基因人！”

突然，一阵毫无征兆的大风刮过，将周宇手中的体检报告吹走了，周宇眼看着纸片在空中翻滚了几下，便飘得无影无踪。

第二天深夜，周宇来到了王奶奶经常摆摊的鬼市。

见到周宇，王奶奶马上拉着他说：“孩子你挺好的吧？我儿子可倒霉了，医院里有人打架，他去拉架，没想到别人失手反倒把他打成了植物人。”

周宇听了如同吃了一记闷棍，整个人呆在了原地。

“好在他们医院没推卸责任，治疗、护理都由他们负责，唉！也不知道还能不能醒过来。”老人说完用手抹着眼泪。

周宇把身上的钱都掏给了老人，黯然说道：“我过些天再来看您。”

接下来的日子，周宇都在惶惶不可终日中度过，他非常清楚如果没有这份壹型基因测试报告，他现在所有的一切都不会存在了。虽然暂时没遇到什么事会用到这份报告，但世事难料，谁知道哪天就会用到呢？周宇心里明白在这件事上他不容有失，他必须未雨绸缪，在事情来临之前把问题解决掉。

要不给公鸭嗓儿打个电话问问？周宇想到这儿，不禁眼前一亮。打过电话之后，不出周宇所料，公鸭嗓儿果然能做。几天之后，公鸭嗓儿给周宇发了个地址，让他下班来取。

下班后周宇懒得自己开车，就打了个出租车过去。出租车七拐八绕地走了好半天，终于在护城河边一处孤零零的小平房前停了下来。

“到了。”出租车司机瓮声瓮气地告诉周宇。

看着四周漆黑一片，连盏路灯都没有，周宇心里有点儿犯含糊。他给公鸭嗓儿打了个电话确认地点无误后，对出租车司机说：“师傅，我马上出来，您在这儿等我一下。”

“行，您先把账结了。”司机指了指表盘下方的计价器。

周宇掏出一百元给了他：“先别找钱了，等会儿回去一块儿算吧！”

周宇下了车，一个瘦长脸的中年人过来跟他打招呼：“周宇？”

周宇听出了公鸭嗓儿的声音，点点头，跟着他往屋子里走。公鸭嗓儿低矮的小房子里堆满了电脑、打印机、压模机和各种工具，在昏暗的灯光下，周宇好几次差点儿被地上乱七八糟的东西绊倒。

“你这地方也太偏僻了。”周宇嘟囔了一句。

“你知道最近抓得多紧吗？弄得我们跟过街老鼠似的，还敢在闹市里招摇？”公鸭嗓儿边说边在一摞纸张里翻找着。

“给你，这张是你的。”公鸭嗓儿将一张纸递给周宇。

周宇拿过来看了看，禁不住夸了公鸭嗓一句：“做得还真像。”

“绝对的良心出品，有朋友要做什么证尽管介绍过来，肯定保证品质。”公鸭嗓儿不忘兜揽生意。

付了钱，周宇从平房里出来，却哪里还有出租车的影子，周宇只得自认倒霉，硬着头皮往前走。

西北风呼呼地刮着，冷风卷着泥土、沙子一个劲儿往他嘴里、鼻子里、眼睛里灌。周宇这才意识到现在是隆冬季节，他每天坐在四季恒温的办公室里，很长时间以来已经忽略了季节的变化，今天他就只穿了一件更适合秋季的薄呢子大衣，没戴手套也没有帽子。

分不清东南西北，他顶着风，深一脚浅一脚地走在坑洼不平的土路上。周围没有一点儿光亮，周宇觉得他整个人马上就要冻僵了。也不知走了多久，总算走到了有路灯的大马路上。当他终于劫到一辆空出租车坐上去的时候，眼泪像断了线的珠子滴了下来。

他又给小敏打了几次电话，结果还是和前几次一样，不是关机就是没人接电话。周宇看得出来，小敏是有意躲着他。周宇想去找她把自己对她的感情说清楚，但又怕小敏会回绝他。就这样拖延着，转眼两个月过去了。

这天周宇正在杨总办公室开各部门领导会议，他的手机突然震动了，周宇正想把震动关掉继续开会，但一看屏幕上显示的是小敏的电话号码，周宇拿着电话三步并作两步跑了出来。

“终于肯跟我联系啦？这么长时间不接我的电话，我有什么地方得罪了你吗？”周宇的语气冷冰冰的。

小敏赶忙说：“没有，只是最近忙。”

周宇“哼”了一声：“别哄我了，我又不是三岁的孩子，不想跟我联系直说。”

小敏在电话那头沉默了。

周宇心里恼恨自己，明明巴不得小敏能来电话，为什么好不容易打来了自己却又和她拌嘴呢？可惜他心里虽这么想，嘴上说的话却还是在赌气：“找我有什么事吧？放心，我能办到的一定效劳。”

“想告诉你一声，我要结婚了。”小敏的话简单扼要。

“什么？你要结婚了。”周宇感到全身的血都在往头上涌。

“是的，我要结婚了，我男朋友是我学校里的同事，哪天你有空，我们请你吃饭。”小敏恳切地说。

“我一直喜欢你，难道你不知道吗？”周宇顾不得再掩饰，怒气冲冲地将话挑明。

小敏在电话那头顿了一下，悠悠地说：“周宇，我早就知道你喜欢我，但我不能嫁给你，我想找一个壹型基因人结婚，这样以后我的孩子就不会再经历我们的遭遇。”

周宇挂了电话，他已无话可说，他知道小敏说得对。难道以后要让他们的孩子也靠办假证来蒙混过关，终日在谎言中度过吗？可恶的DNA！可恶的遗传基因！

但这就是他的生活，日子毕竟还得继续。周宇让自己冷静了几分钟，然后准备回杨总的办公室继续开会，Lucy这时慌慌张张地朝他跑了进来：“会议室来了两个警察，说要跟你核实情况。”

周宇觉得蹊跷，但还是跟着Lucy来到了会议室，看到两位警官正襟危坐在沙发上，其中一位见他进来，便从公文包里取出一张照片递给他：“这个人你认得吗？”

他接过照片瞥了一眼，那不正是做假证的公鸭嗓儿吗？周宇心想警察既然能找到自己，就应该已经掌握了证据，他点点头，轻声说了句：“认得。”

“你的假证明都是他给你做的，对吗？如果你可以配合我们指正他，那我们就算你是戴罪立功，不再追究你的刑事责任。”警官用严厉的目光看着他。

“好的，我配合你们的工作。我去办公室拿点儿东西，这就跟您走。”周宇说完转身离开。

周宇回到自己的办公室拿了大衣，对守在办公室门外的Lucy说：“你帮我跟杨总说一声儿，等我去警局回来再跟他解释。”

Lucy脸上露出为难的神色，吞吞吐吐地说道：“杨总刚才交代说，你不用再回来了。”

周宇听了如释重负地笑着点点头：“没错儿，我不用再回来了。”

解脱

下午三点整，在位于市中心的一家大型超市里，上早班的收银员秦娟总算是熬到了下班，她弯下腰，从柜子底下够出那块印着“暂停服务”的塑料牌摆在传送带上，然后开始清点钱箱里的现金。现在是公元一九九八年，大部分顾客都还在用现金结账。

倾盆大雨足足下了一整天，很少有人会挑这种天气出来购物，所以钱箱里的钞票不多，秦娟很快就数完了，可钱数却和电脑里打出的销售记录对不上，而且差的还不是一星半点儿，居然少了一百元，秦娟正想将现金再数一遍，恰巧做保洁员的李姐扫到她的收银台旁边。

“准备下班啦！”李姐直起腰笑眯眯地跟她搭讪。

“钱数没对上，少了一百块钱，按咱们超市的规定，我得自己赔上，这一天算是白干了！唉！”秦娟长长地叹了口气。

李姐听了，非但没有对她表示同情，脸上的笑意反而更浓了。

她神秘兮兮地凑到秦娟身边，低声说道："你还在乎这点儿小钱？两万块到手了吧？你运气真好，有多少人想去呀，不用服药不说，他们家给的试验补偿金比其他家给的高出好几倍呢！"

"倒是不用服药，可一个大机器罩在头上也不好受。"秦娟有点儿发窘，仿佛被人揭了老底，把自己当成小白鼠让人家做试验毕竟不是什么光彩的事，除了李姐，超市里没人知道。

"知足吧！这毕竟比服药对身体损伤小。还不是我想着你，要不这么好的项目能轮到你这个新手头上。这钱挣得多容易呀！身不用动，膀不用摇。你说吧，你怎么谢我？"李姐摆出一副不依不饶的架势，从扫帚把上腾出一只手抓住秦娟的胳膊，生怕她跑了不认账似的。

李姐是"试药族"里的老手，她丈夫多年瘫痪在床，家里又上有老下有小，她在超市做保洁员的那点儿收入实在维持不了一大家子人的生活。没办法，几年前李姐就兼职做起了医院、药厂的"试药员"。一来二去，李姐与那些医疗机构的人拉上了关系，自己也就不再以身犯险，而是做起了靠介绍人头赚钱的"中介人"。

秦娟孤儿寡母，死了丈夫还拉扯着个就要考大学的儿子，日子过得捉襟见肘，自然就成了李姐发展的目标。

"我新给你介绍的那个医院的项目，你昨天去了吗？"李姐把话扯到正题上，这才是她真正关心的事。

“去了，可人家没要我，说我的体检报告不合格，贫血。白跑了一趟不说，还搭上了半天的倒休。”秦娟一脸的沮丧。

“你看，我几年前就劝你去，那会儿你比现在年轻，身体也好，可你那会儿死活就是不乐意。现在可好，你要是贫血的话，哪家也不能用你呀！”李姐埋怨道。

“您说我这可是什么命呀？好不容易看见了挣钱的路子，这就又堵死了。”秦娟烦躁地把手里的钞票丢回到钱箱里，“俗话说‘是药三分毒’，前几年我觉得孩子还小，又没了父亲，我就不能再有个好歹，谁想到碰上孩子上大学的事呢？”

三个月前，在市重点高中住校的儿子小博打电话吞吞吐吐地告诉她，自己被美国一所非常著名的大学录取了，只是可惜他没能考到全额奖学金，虽然不用交学费，但生活费是要自己负担的。儿子在电话里还说，他们全校有十几个人都报考了那所学校，但就他一个人被录取了。

本来兴奋地一个劲儿夸儿子有出息的秦娟，一听生活费要自己负担就立马变了哑巴，小博是个优秀的孩子，只可惜他投错了胎。秦娟心里埋怨儿子不懂事，她在儿子报考前就和他说好，如果想去留学就必须考上全额奖学金，否则就在国内上大学。

其实即使供小博在国内上大学，秦娟也已经很吃力了。为了能提前攒下点儿钱，这几年她除了在超市上班，每周还有三天下了班再去做钟点工。

如今豁出健康去试药，也是为了儿子。小博虽然没有直说，但秦娟从儿子的话里听得出来他还是很想去上美国那所大学的。

“秦姐，李姐，今天不忙吧？路上太难走，弄得我都迟到了，秦姐没骂我吧？”来接秦娟班的小王姑娘笑意盈盈地走了过来。

李姐见小王来了，说笑了两句便借故走开。

“越闲越出错，居然少了钱，你来帮我点一遍吧！”秦娟没好气儿地把钱箱钥匙递给小王。

小王接过钥匙却并不着急清点，她甩着发梢上的水珠，兴致勃勃地向秦娟讲述自己冒着大雨一路跋涉来上班的经历，非但不沮丧，倒仿佛经历了一次有趣的历险。

秦娟心里感叹，年轻真好呀！遇到什么事都不发愁。

平日里秦娟是很愿意跟超市里的小姑娘们闲聊几句的，好让自己疲惫的身心感染一下她们的快乐。但今天秦娟实在没有心情和精力，毕竟四十岁的人了，昨晚因为想着小博上学的事又整夜失眠，这一天八小时站下来，她觉得腰疼得跟要断了似的。

在秦娟的催促下总算是交接完毕，还好钱并没有少，只是有两张崭新的百元票子重叠在了一起，秦娟数的时候没有分开。两人在交接单上都签了字，秦娟去更衣室换下工作服取了包，径直走到超市门口处的服务台。

服务台里站着一位五十来岁，身穿西服套装的男人，虽然西服的款式和料子一看就是廉价货，但还是起到了和普通员工区别身份的作用。

超市规定所有员工下班的时候都要将书包拿给当班的经理检查，以避免有人私拿商品。秦娟虽然对这规定极其反感，但也只能照做。

“李经理，我下班了。”秦娟低着头，眼睛并没有看服务台里被称作李经理的男人。

超市里的同事开玩笑说李经理对她有意思，尽管她半信半疑，但从此见了李经理，秦娟就有些不大自然。其实李经理和她除了工作上的接触，倒也并不曾有过什么特别的表示。她还是听别人闲聊才知道李经理是离了婚的，孩子跟了女方。但不能否认李经理平日里对她是关照的，虽然不显山露水，但诸如调班、发奖金、员工评定这类的事，他从没亏待过她。

秦娟将儿子淘汰下来的双肩背包放到服务台上，带着歉意笑了笑，早上来的时候雨太大，虽然她尽量用雨衣的前襟盖住车筐里的书包，但雨还是将书包打湿了一大半，里外都是湿乎乎的，看着是那么的不洁净。

她尽量将包口撑大，这样掏东西的时候容易些，望着服务台上自己的东西，秦娟觉得有点儿难为情，揉成团的雨衣；断了齿儿的梳子；包在食品袋里吃剩的半个馒头和一丁点儿咸菜丝；充当钱包用的小塑料袋。

李经理只是瞟了一眼，便示意她可以把东西都收起来了。

秦娟将自己那堆“破烂”一股脑儿地塞回书包，每天下班被查包的这几分钟，让她觉得比在收银台站一整天还要煎熬。

“下这么大雨你还要去做钟点工吗？”李经理语气中明显带着关切。

没想到李经理竟然会记得她今天要去做钟点工，秦娟一时没反应过来，愣了一下才说：“还得去，请假要提前一天才行。”

“今天的雨实在是太大了，一会儿天黑了骑车更不安全，不如给那家打个电话请假，我想人家不会不通情达理吧？”李经理把服务台上的电话机推到秦娟面前。

秦娟并没有拿起电话，只是感激地看了一眼李经理：“没事，我会小心的。”

离开服务台，秦娟心里不由得想，要是真跟了李经理，倒是有了个能心疼自己的人。但小博这关能过去吗？她以前试探过一次，儿子信誓旦旦地说，她要是给他找个后爸，他就离家出走。男孩子脾气大，她可不敢跟他较这个劲儿，万一真走了，去哪里找呦，就这么一个宝贝儿子。

秦娟推着自行车来到街上，狂风裹挟着雨点立马将她团团围住，她不敢骑上车，因为根本看不清前方的道路。

要不等雨小点儿再走？但秦娟马上就打消了这个念头，她今天去做钟点工之前，还要先去趟城外的大菜市场，看看表时间已经很紧了。

咬咬牙，她骑上车冲进了风雨里。

昨天晚上嫂子特意来她的房间找她：“小英想吃樱桃，闹了好几天了，可咱们附近的这些小水果摊没有卖的，你明天下班从你们超市带点儿回来吧！”

那种外国进口的大樱桃，秦娟在收银的时候见到客人买过，小小一包没有几个就要一百多块钱。当然嫂子绝没有占她便宜的意思，买回来一定会把钱给她。但她不能要，这几年哥嫂暗地里没少给小博零花钱，更何况她们母子俩还白住着哥哥嫂子的房子，现在租房这么贵，这让她每月省了一大笔开销。小英是哥嫂的小女儿，一起住着，她这个做姑姑的很少给孩子买点儿什么，所以这钱她是愿意花的。只是她上班的那个超市什么东西都比别处贵，所以她宁可冒雨去大菜市场买。

城外这家菜市场的规模很大，一眼望不到头的大棚下面，挤满了卖各种农产品的货摊。这里的东西新鲜，价格还便宜，所以平时总是熙熙攘攘地挤满了人，不过今天大棚里空荡荡的，几乎没什么顾客。

几个水果摊的摊贩闲得没事，正凑在一起聊天，见秦娟走过来都赶忙招呼，弄得秦娟倒有些不适应，平时就凭秦娟的穿着，这些小贩哪里会这么热情，看来今天就算她买东西寒酸点儿，也不会招来白眼了，这对她倒是意外的收获。

进口的大樱桃被摆在水果摊最显眼的位置，一问价钱，早有心理准备的秦娟还是被吓了一跳，虽说比她上班的那家超市便宜，但也要四十多块一斤，一斤也就能称十来个，她哪里好意思就买那么几个？连问了几个摊位，都是这个价格，她怕迟到，便在一家老板看着比较和气的水果摊称了两斤，好说歹说让那老板把零头给抹了，这才歪着半个身子将胳膊伸到书包底，摸出塑料袋子付了钱。

所剩的时间不多，她再一次冲进大雨里，更用力地蹬着车子，心想可不能迟到，去别人家做钟点工迟到是要扣钱的，一想到钱秦娟就犯愁。

她在心里琢磨着，现在自己每周三天去做钟点工，要是一周七天都做，小博再节省点儿，说不定也就够了每月他在美国的生活费，但那边的生活费到底要多少钱一个月呢？听说那边的消费水平高得很，她就是不吃不喝把挣的钱都给小博能够吗？秦娟越想越犯含糊。

迎着风雨大力地蹬着自行车，秦娟的腿很快就感到了酸痛。

雨丝毫没有变小的意思，眼前的路仿佛没有尽头，秦娟觉得自己就快要坚持不住了。有那么一瞬间她甚至在心里想，要是小博没那么优秀，没准儿初中毕业，至多高中毕业就能出来工作了，她也就不用这样疲于奔命。

一张略带青涩的英俊面孔在她脑中闪过，那是她死去的丈夫梁辉。要是梁辉还在就好了，可惜他在小博十岁的时候得病死了。

要是当初她没嫁给同村的梁辉，而是嫁给城里人吴刚，这些年受的辛苦也许会少些，但即使现在让她选，她也还是会嫁梁辉，这就是命吧！

秦娟觉得脸上湿乎乎的，大概是雨水流到了脸上，她用手抹了一把，嘴角露出一丝苦笑。

当年为了嫁人的事她跟父母闹了好一阵子，父母说死说活都要她嫁进城里。秦娟并不怪父母，在那个进城比登天还难的年代，有多少农村人即使把女儿嫁给瘸子、瞎子都心甘情愿，可吴刚不但长得仪表堂堂，还是机关里的干部。

吴刚也是实在喜欢她，要不也不能在村里他姨家见了秦娟一面之后，就三番五次地托人来秦娟家提亲。

那可是二十年前呀！吴刚要娶农业户口的她是需要很大勇气的。要是真娶了她，不但她没有正式工作收入少，他们两个人每个月就只能吃国家发放给吴刚一个人的粮食定量，即使有了孩子也要跟着母亲一方落农业户口，以后上学、工作都是问题。但所有这些吴刚都没有计较，还是执意要娶她。

秦娟胡思乱想着，倒是忘记了骑车的辛苦。突然，她感到好似有一双大手钳住了她的车轮，车子戛然停下，秦娟来不及反应，整个人已被抛向空中，她吓得大叫一声，重重地摔在了地上。

趴在积水里，除了冰冷，秦娟并不觉得身体哪里疼痛，她有点儿发蒙，看到自己那辆自行车半歪着车身，前轮嵌在一个没了井盖的井口上。书包在哪呢？望着空空的车筐她心想，“糟了！别是掉到了井里！”书包里除了买东西剩下的几十块钱，还有那包贵得吓死人的樱桃。

她赶忙爬起来走到井边，井里黑漆漆一片，哪里有书包的影子，她又看向四周，发现书包躺在不远处的一个水洼里，秦娟这才松了口气。

车子倒是应该问题不大，只是她的裤子、鞋袜全湿透了，紧紧地裹在腿上。直到这会儿秦娟才觉得脸颊火烧火燎的，她下意识地想抬手去摸，却感到那只胳膊疼得钻心，根本不听使唤。

看来今天她无论如何是不能去干钟点工了。

秦娟推着车深一脚、浅一脚地在大雨里跋涉，直到天完全黑下来，她才精疲力竭地望到哥嫂家那座二层简易小楼。

这些年随着城市的扩张，秦娟娘家所在的村子已经变成了城乡接合部。秦娟的哥哥和村里的许多人家一样，把家里的老房子拆掉，盖起了两层高的简易楼房，除了自己住，其余的出租给那些在城里上班，却又买不起、租不起房的小白领们。

秦娟和儿子小博住在二楼一间八平米左右的房间里，屋里的主要家具就是一张高低床，最早小博住下铺，秦娟住上铺，后天小博大了，就逼着秦娟去睡下铺。挨着床头支着一张塑料折叠桌，上面放着各种杂物，平时小博写作业、母子俩吃饭也都在这上头。为了节省地方，电视机是挂在墙上的。屋子里没有衣柜，秦娟和小博的四季衣服收在床下面的收纳箱里。厨房、洗澡间和卫生间设在走廊的一头，都是租客们公用的。

开门进了屋子，秦娟顾不得换下湿衣服，先拿起放在桌上的电话机给她要去做钟点工的那家人打电话。

电话通了，秦娟连连道歉，说自己家里有急事最近都不能来干活了。那女主人气急败坏地丢下一句："不能来你怎么不早说？"然后没好气地挂了电话。

秦娟没有告诉这户的女主人自己骑车摔了，她累极了，懒得再多说话，而且即使说了又能有什么用呢？她只是觉得有点儿可惜，做钟点工每小时能赚十块钱，一个月下来对她来说是一笔不小的收入。超市那边她也得请假，这个月的全勤奖肯定是没了，跟李经理好好说说，倒是未必扣她的工资。

放下电话，秦娟才用能动的那只手费劲儿地从床底下拉出收纳箱，找出套干净的衣服换上。她倒了点儿热水在脸盆里，用毛巾蘸着，对着床头上挂的小镜子擦脸上的血渍和泥点儿。好在脸上擦伤的面积不大，在左侧靠近耳朵的地方，倒是不太显眼，不像她右侧额头上的疤痕，紫红色的一道印子，不得不用头发帘盖上。这伤疤可是怎么弄的呢？她竟记不起来了，大概是小时候太淘气吧！

秦娟端详着镜子中的自己，不由得一阵感慨，老啦！眉梢眼角都爬上了小细纹，皮肤也有些松了，可能唯一没变的地方，就是她那双大大的眼睛，依旧是水汪汪的，透着清亮。

梁辉就最喜欢她的这双眼睛。

一晃已经是二十年前的事了，还记得那年梁辉为她和村里个头最高的男孩动了手，结果是两败俱伤，那个男孩头上肿了个大包，梁辉的脸上挂了长长的一条血道子。那天秦娟也是像今天这样用蘸了热水的毛巾给他擦洗伤口。

“疼吗？我的手是不是重了。”秦娟心疼地问。

“不重，他以后要是还敢爬到树上偷看你，我就还打他。”梁辉即便是说这种话，也依然是一副斯文的模样。

她最着迷的就是他那文质彬彬的样子。

想到这儿秦娟自嘲地笑了，这么多年过去了，记忆中有多少更重要的事都已经被生活磨得模糊，但这件事她始终记得。

一阵丝丝拉拉的疼痛从那条伤了的胳膊处传来，秦娟心里有点儿打鼓，可别是骨折了？

坐在床上歇了一会儿后，秦娟下楼，把那包碎了一多半的樱桃交给了嫂子，告诉嫂子她骑车摔倒了。嫂子问她有事没事，秦娟没说自己的一条胳膊动不了了。

第二天一早，秦娟趁嫂子送小英上学的时候自己去了医院。拍了片子，做了检查，足足在医院待了一个上午。好在她只是扭到了筋，医生说休息一个月左右就能好了。

从医院出来她打电话给超市请了假。

下午秦娟正躺在床上琢磨着小博上学的事，忽然门外响起了脚步声，紧接着秦娟听到嫂子喊："娟儿，快开门，你们经理来看你了。"

秦娟赶忙整了整衣服开了门，嫂子和提着一篮子水果的李经理正站在门外。李经理今天显然是特地穿戴了一番的，看起来比平时精神了许多。

"您怎么来了？"话已出口，秦娟觉得自己这话问得多余，赶忙又说了句，"我这也没什么大事，养个把月就好了。"

"员工受伤了，做经理的哪能不来看看呢？"李经理说话的时候竟显得有那么一点儿慌张。

秦娟心想李经理倒是个老实人。

"别站着说话了，快让李经理进去吧？"嫂子热情地把李经理往秦娟屋里让。

秦娟为难地看着李经理说："我这地方小，要不去楼下我哥屋里坐会儿吧？"

李经理嘴里说着"不用"，腿已经迈进了门里。

"李经理您做，我去买菜，您可一定在我家吃了晚饭再走呀！"嫂子殷勤地招呼着，然后知趣地将门从外边带上。

李经理把买来的水果放在床头柜上："也不知道你喜欢吃什么，就随便买了点儿。"

秦娟道了谢，向李经理指了指高低床的下铺："坐这儿吧，您小心点儿，别让上铺的床板碰了头。"

李经理稍显笨拙地弯下腰，秦娟头一次看到李经理的头顶已经有些秃了，她把目光移开，心想自己不也是人到中年了。

秦娟在下铺的另一头坐下，她想不出该说点儿什么好，只是拘谨地朝近在咫尺的李经理笑笑，李经理也看着她笑。

还是李经理先开了口，只是语速很快，声音极小：“我一直喜欢你，不知道你心里怎么想我。”

秦娟没料到李经理会挑这个时候向她表白，她害羞地低下了头。

“我们都是这个年纪的人了，我觉得没什么不好意思，我对你是真心实意的，以后两个人过日子，互相也能有个照应。”李经理说完猛地伸出手，将她放在腿上的手包在了自己的大手里。

秦娟试着想把手抽出来，可李经理用力攥着，她也就没再坚持。

“我儿子今年就高中毕业了，他决定去国外留学，我还得再辛苦几年，怎么好意思拖累您。”秦娟本是想借这件事推脱，因为她还没想好到底接不接受眼前这个男人。可话一出口，秦娟发现她在说这话的时候，心中居然存了一丝希望，难道自己是希望李经理能在儿子上学的事情上帮自己一把？

“你儿子也太不懂事了，你哪有能力供他去国外读书呀？就是我们两个的收入加起来也供不起呀！再说我还要负担和前妻生的女儿。”李经理说完思索片刻接着说：“为了减少矛盾和误会，我觉得咱俩婚后在钱上还是各管各的好。”

秦娟虽然早就想到二婚男女的爱情，会像隔夜的剩菜，再好吃也是变了味儿的，但她依然没料到李经理撇清得居然如此之快和直白。

“那我们就都再想想吧！”秦娟终于抽回了被李经理攥着的那只手。

李经理没有留下来吃晚饭，秦娟想他也许和自己一样失望吧？

躺回到床上，秦娟没心思再去想李经理，儿子去读书的事已是迫在眉睫，这一两周就要定下来，如果她不想让儿子失望，现在恐怕就只有借钱这一条路了。

想到这儿，秦娟来到院子里，嫂子正在院子里晒菜干。

“连着下了这么多天的雨，今天总算是出太阳了。”秦娟说着蹲下身子，用能动的那只手把搅在一起的菜干抖开。

“你少干活，伤筋动骨得静养。”嫂子伸手拦着不让她干。

秦娟把嫂子的手推开：“这还算干活！”

见拦不住，嫂子把身旁的一个小板凳递给了她。秦娟接过板凳，挨着嫂子坐下。

“以后骑车可要小心了，真是吓人，还好没出什么大事。要不等你哥回来我可怎么跟他交代呀！”嫂子长出了口气，又问：“李经理怎么没吃饭就走了？我看他对你有点儿那个意思呢！”嫂子故弄玄虚地朝着她笑。

“你别瞎猜……他还有事。”秦娟不想多说。

嫂子是个识趣的人，看秦娟的神气也就不再追问，只说：“索性多请几天假，你也是该歇歇了，可不能为了儿子不要命呀！”

秦娟知道嫂子心疼她，但她又能有什么办法呢？她岔开话题说：“嫂子，小峰的婚期定了吗？”

“还没呢，女方家提出的彩礼钱太离谱，不光是要现金，还要让我们给女孩儿的弟弟在他们当地县城买套房子，就这么僵着呢！”嫂子没好气地说。

“谁让现在咱农村的女孩值钱呢！”秦娟随口应和着。

“可不是，以前家家都想要男孩，查出来怀女孩都要去打掉。现在可好，就瞧咱们村，竟是秃小子，姑娘越来越少，看将来都到哪里去找媳妇，总不能都当和尚去吧？”嫂子说完咯咯地笑着。

其实这几年嫂子过得相当舒心。秦娟的哥哥买了货车在外跑长途，儿子小峰学了厨师在饭店上班，除了这父子俩往家里交钱外，她们家每月还有十来间简易房的房租收入。嫂子早就不出去上班了，每天最主要的任务就是给还在上学的女儿小英做一早一晚两顿饭。

“小英长得那么漂亮，将来你可要发财了。”秦娟逗着嫂子。

嫂子笑着说：“别说，她长得跟你这个姑姑真还有几分像，但没你小时候漂亮。记得那年咱村演节目，你和梁辉当报幕员，那真是金童玉女似的，十里八村来看节目的乡亲都夸你长得俊，提亲的把咱家门槛都要踩破了，大家都说你将来保准嫁得好，肯定是咱们村最有福气的姑娘。”

秦娟低着头，手停在了那堆乱糟糟的菜干上。

嫂子意识到自己说错了话，赶忙把话茬岔开：“人活着要往好处想，别老想不开。你看你儿子小博多有出息呀！哪像我家小峰是个厨子，整天烟熏火燎的。就算为了这个儿子也值了，有你享他福的那一天。”

“享福？不敢想呀！我儿子前些日子跟我说他打算出国留学，你说我这可奔到什么时候是头儿呀？”秦娟狠了狠心还是把话头儿引到了小博留学上。

嫂子张大嘴巴：“好事儿呀！咱们村可还从来没出过留学生呢？”

“好事？留学得花多少钱呀！虽然学费不用交，但生活费还是要自己出的，我哪有那个能力呀？”秦娟觉得脸颊有些发烫。

嫂子听出了她话里的意思，脸上露出了为难的神色：“按说我们做舅舅、舅妈的该帮孩子这个忙，况且小博他爸死后，小博还跟了你的姓，那也就是咱老秦家的孩子了。可你知道小峰不小了，也该结婚了，但凡钱够，我也不能拖到现在还不给他们办事。小峰虽说上班了，可他每月挣的那点儿钱能够他自己花就不错。全家也就是指望这点儿房租和你哥，你哥毕竟也是奔五十的人了，跑长途本来就危险，所以我也不敢逼他太狠了。”

秦娟听嫂子这样说了，反而有种如释重负的感觉。

“我想让小博再考一年，考个有全额奖学金的学校，那就不但学费不用交，还给发生活费呢！”秦娟格外加重了语气。

嫂子脸上露出了笑容：“还能有这么好的事！”

之后嫂子絮絮叨叨地说了什么，秦娟根本没听进去，她脑子里一直在转，小博的事可到底怎么办呢？

“你说如果我去找梁红，她肯帮我吗？”秦娟眼睛一亮，问身旁的嫂子。

嫂子似乎被秦娟冷不丁突然冒出来的话吓着了，她瞪大了眼睛，像看怪物似地盯着秦娟：“你咋会想到去找她呢？她现在做了大老板确实是有钱了，可她绝不可能管你儿子的事，除非太阳打西边儿出来！”

“有钱就六亲不认啦？从前小时候在村里她可是整天围着我姐姐长姐姐短的。”秦娟抢白她嫂子道。

“这也不能都怪她，谁让出了那档子事呢！要不是当初……”嫂子欲言又止。

“再说吧，我也就是那么说说。”秦娟没心思再跟嫂子说下去，转身上了楼。

躲在自己巴掌大的小屋里，秦娟想想儿子留学的事已是迫在眉睫，又想想自己今天估计是把李经理得罪了，以后在超市的日子恐怕就没那么好过了，再想到要将养一个月的伤胳膊，不由得在心里叹了口气，真是屋漏偏逢连阴雨！

世事难料，她秦娟要强了这么多年，生活再艰难她也没跟谁开过口，哪怕跟哥哥嫂子，哪怕是丈夫的亲妹妹梁红。现在为了儿子，她恐怕不得不低头了。

梁红是她的小姑子，她儿子的亲姑姑，可这么多年却跟秦娟和小博断了来往，秦娟知道梁红是嫌弃他们穷，怕秦娟母子拖累她。但现在除了梁红她还能去求谁呢？秦娟搜肠刮肚地想了半天，似乎她认识的人日子都过得紧巴巴的。

梁红的公司坐落在城市最繁华的商业区，大厦顶上“辉红集团”四个大广告字格外醒目。

走进富丽堂皇的大厅，一位接待员笑容可掬地迎了过来。

“你好，我想见你们公司的梁红。我是她以前的邻居。”秦娟故意没说自己是谁，她怕梁红会故意躲着她，秦娟相信只要能见到梁红的面，梁红就不好意思当面回绝她。

“您是说——您想见梁总。”接待员上下打量着眼前这个中年妇女，她还没有遇见过对梁总直呼其名的人。

“没错，就是你们梁总。”秦娟肯定地点点头。

“您贵姓？有预约吗？”接待员问。

“预约？没有。”秦娟摇摇头。

“好的，那请您坐在沙发上稍等一下，我要先看一下梁总这会儿有没有时间。”接待员礼貌地指了指旁边的沙发。

接待员在打了两个电话之后，走到秦娟的身边：“请您跟我来。”

秦娟和接待员坐着气派的观光电梯一直到了大楼的顶层。

走出电梯不远，她们在两扇厚重的实木门前停下，接待员在门上轻叩了两下。

“进来。”

得到里面人的允许，接待员训练有素地打开门，将秦娟让了进去。

虽然很多年不见，秦娟还是一眼就认出了坐在老板台后面的梁红。

“是你！”梁红吃惊地叫道，她也认出了秦娟。

梁红猛地从老板椅上站起来，双目圆睁地朝接待员呵斥道：“是谁让她进来的？”

接待员被梁红的反应吓了一跳，满脸地委屈：“梁总！我刚才请示过您，有个您以前的邻居要见您，是您让我把她带进来的。”

梁红意识到这应该是秦娟怕自己不见她，才故意只说是邻居，于是梁红朝接待员摆了摆手，示意她出去。

秦娟想，这要不是在公司里梁红还顾及形象，否则一定会把自己给轰出去。

定了定心神的梁红重新坐回到老板椅上，用鄙夷的眼神把秦娟从头到脚扫了一遍，不疾不徐地说道：“看来你这么多年在城里混得不怎么样呀？说吧，你来找我干吗？”

梁红对自己的态度，完全在秦娟的意料之中，她当然不指望这种六亲不认、势利眼的小人还能对她以礼相待。秦娟今天来见她前就已经想好，为了儿子小博，梁红今天就是再怎么挖苦、怠慢她，她都忍了。

秦娟也不等梁红让，自己走到了沙发旁坐下，把小博需要出国读书的事跟梁红讲了一遍。

“我想跟你借钱供小博去国外留学，要不是这个学校那么难考，小博又想去，我也不会跟你开这个口。”秦娟面色为难地说出了她今天的来意。

梁红听后先是干笑了两声，然后阴着脸，声音中充满了恨意地说道：“姓秦的，你想钱想疯了吧！我就是把钱一把火烧了，也不会借给你。”

秦娟听了立马怒火上涌，心想世上还有这么绝情的人，扪心自问，自己和她哥哥都没什么地方对不起她呀！她怎么就这么见死不救呢？

秦娟强忍着怒气，用尽量平和的口气说道：“梁红你是孩子的姑姑，小博是你们老梁家的后代，你就不能帮他一把吗？”

梁红听罢，几步冲到秦娟面前，居高临下地怒斥道：“你真卑鄙！为了钱这种话你也说得出口，小博是你嫁到城里后生的孩子，在小博出生之前三年我哥就死了！小博怎么可能是我哥的儿子？”

“你在胡说什么呀？梁红你疯了吗？我当年因为你哥才留在了乡下，小博是你哥的孩子！你怎么能不但六亲不认，还血口喷人，胡说八道呀！你这样做对得起你死去的哥哥吗？你不就是怕我们沾你的光吗？你不就是看不起我们这些穷亲戚，觉得给你丢人吗？你可以不认我们，不帮小博，但你不能颠倒黑白来伤害我们！”秦娟也站了起来和梁红四目相对，因太过激动，她的身子在微微打战。

“你才是真疯了呢！你忘了我哥为什么自杀了吗？现在你倒是不请自来了，二十年前我哥自杀的那天早上，我在你家院外边喊破了嗓子，求你去见我哥最后一面，你怎么不出来呀！可怜我哥到死都在叫你的名字！告诉你，你是杀死我哥的刽子手，我的仇人，我恨不得拿刀宰了你！”梁红怒不可遏地往前走了一步逼近秦娟。

秦娟被梁红的举动吓了一跳，她跌回到沙发上，仰头望着梁红哭喊道：“你怎么能编出这样的故事！你太无耻了！”

“哼！”梁红不屑地瞥了她一眼。“可耻的是你！你毁了我们全家，我哥死了以后，我爸再也没笑过，我哥的屋子他一直让保留着原样，没等到我考上大学，我爸就也走了。”梁红的声音哽咽，“我妈倒是跟着我享了几天福，可我知道她每天都在想儿子。而我至今单身，因为我绝不再相信所谓的爱情！”

梁红喘了几口粗气接着说：“你今天为了你儿子，就来我这里讹钱，告诉你！办不到！经商这么多年，你这种人我见得多了，无论你用什么手段，我绝不会让你得逞！你就应该生活在痛苦之中来赎你犯下的罪过！我哥是为你才自杀的！为了你！你对不起他！你对不起我们全家！”

“你胡说！你哥是得病死的！不是自杀的！不是！”秦

娟用尽全身的力气辩驳着。

突然，哭喊着的秦娟感到一阵眩晕，一个个似曾相识的画面在她脑中闪过，泥泞坑洼的小路、低矮破败的土坯房、阳光下笑容灿烂的梁辉、襁褓中哇哇啼哭的小博、躺在病床上面色苍白的吴刚、漫天的大雨、闪着金属光泽的仪器、笑容可掬的医生……

秦娟晕倒在了地上。

当她睁开双眼醒来的时候，发现自己竟是躺在家里的床上。

“阿弥陀佛！总算是醒过来了！”守在床边的嫂子见秦娟醒过来高兴得直念佛。

秦娟定了定神问嫂子：“我怎么回家了呀？”

“你晕倒了，是梁红把你送来的，都三天了，你醒一会儿睡一会儿，竟说胡话，原来这些你都不知道呀？”嫂子将水杯递到秦娟嘴边。

秦娟想起了自己和梁红争吵的那一幕，眼里含了泪说：“我去找她借钱给小博出国留学，她非但不借，还出口伤人。”

秦娟便把在梁红那里发生的事讲给了嫂子听。本以为嫂子听完会跟她同仇敌忾地把梁红骂一顿，没想到嫂子跟见了活鬼似的盯着她。

“娟儿，你疯啦！梁红说得没错呀！你当年的确嫁的是吴刚，虽然你当初不愿意，也跟咱爸妈闹过，可最后你的的确确嫁的是他，小博也的的确确是吴刚的儿子。”

"不可能，嫂子你怎么能跟梁红串通一气呢？"秦娟气极了，"呜呜"地哭了起来。

"我怎么会和她串通呢？这是真的，我的妹子呀！你这可是怎么了？"嫂子急得直跺脚。

"难道，难道梁辉当年是自杀的？"秦娟怔怔地望着她嫂子问。

嫂子点了点头。

秦娟发出了一声撕心裂肺地哭喊，然后开始号啕大哭。嫂子惊慌失措地望着她，也不知该怎么办好。

也不知过了多久，秦娟终于止住了哭泣。

嫂子拿了一块毛巾替她把眼泪擦了，然后坐在她身边问："娟儿，你是真不记得了吗？"

"真的，你们说的跟我印象中的完全不一样。"秦娟抽泣着说。

"好好的，你怎么会精神错乱了呀？"嫂子哽咽着，眼泪在眼眶里打转。

"嫂子，我脑中的这些记忆清晰极了，就跟发生在昨天似的，怎么可能是不存在的呢？你看我的样子也不像是神经病呀？"秦娟喃喃道。

过了片刻，秦娟忽然想起了什么："嫂子，我几个月前想挣点儿钱，就去一个机构做受试者，供他们进行临床试验，你说会不会是试验后的反应呢？"

嫂子第二天在梁红的办公室门外等了将近一天，终于在下班之前见到了梁红。

“说吧，你非要见我干吗？要是为了秦娟儿子的事就最好不要开口了。”梁红看着手里的文件，连头都没抬。

“不是为了小博，是为了秦娟，她为了挣钱，就让一个机构拿她做试验，结果现在神经错乱了，以前的事她都不记得了，她记得的事又根本没发生过。我以前听说过有人去给医院试药落下后遗症了，我想这事儿不能就这样认了，得跟他们打官司，得告他们把人弄疯了，他们得负责任呀！”

“行了，这事跟我没关系，你不用跟我说，你要告谁尽管去告好了。我很忙，还有事情要处理，你走吧！”梁红毫不客气地打断了嫂子。

“梁红，你大人有大量，就别记恨从前的事了，帮帮嫂子吧！秦娟她哥在外跑长途，要下个月才能回来，就是回来也没什么用，我们都是大字不识几个的人，能告得赢人家？咱们村就你有出息，你看在她和你从小一起长大的份儿上就帮帮她吧！”嫂子哀求道。

“恶人有恶报！”梁红愤恨地说道。

“以前的事你不能全怪她，谁让那时候咱农村穷呢！你哥喝农药那天，我公公在院门口拿着扁担说什么也不让她出来，最后她一头撞在墙上，现在额头上还有个疤呢！结果她嫁到城里没几年小博他爸就病了，为了给他治病，娟儿花光了家里所有的积蓄，最后连单位分给小博他爸的房子都卖了，可惜钱花光了，人也走了。这几年她独自支撑着这个家，拉扯着个上学的孩子，实在是不容易呀！梁红，就算嫂子求你了。帮帮她吧！”嫂子说着“扑通”一声跪在了梁红面前。

第二天，梁红推掉了所有的事情，按嫂子给的地址找到了那家“神经科学研究所”。

在梁红说明来意后，一名身穿白大褂，带着厚重近视眼镜的中年男士接待了梁红。

“您好！我姓方，是这里的所长，您有什么事可以跟我说，我会尽我所能帮您解决。”方所长说完递给梁红一张名片。

“生物医学工程及神经科学教授，方恒博士。”梁红随口念着名片上的字，“能请教您个问题吗？您这是研究什么的呀？”

“我们主要研究对抑郁症、焦虑症、老年痴呆症等疾病的治疗。”方所长答道。

“这些疾病的确困扰着现在社会的许多人，但你们怎么能用一个健康人来做试验呢？结果她现在精神错乱了。您还记得曾经有一位叫秦娟的女士来您这儿做受试者吗？”梁红直视着方所长，想看看他听了这话会有什么反应。

“通常受试者的名字我是不记得的，但秦娟我印象深刻，因为她接受了我们另外一项新技术的试验。当时顾虑到这项试验涉及一些伦理道德的问题，所以我们非常谨慎，找了很多个受试者我们都不满意，直到遇到秦娟。当时是我亲自跟她做的沟通，我觉得她的经历非常适合接受这个试验。但您怎么说她神经出问题了呢？”方教授关切地问。

“她不记得以前的事，而她记得的事以前根本没发生过。”梁红眉头紧锁。

方所长听完后哑然失笑道：“我想您是误会了，您所说的秦女士的表现，恰恰就是我们的试验想要达到的效果，而且这也是秦女士的愿望。我们在她身上所试验的这项新技术就是记忆重塑。”

“记忆重塑？记忆还能重塑？”梁红瞠目结舌地看着方所长。

“是的，记忆可以重塑，我们的记忆重塑是通过改写大脑中的记忆编码来完成。当然，记忆重塑绝不是天马行空随意而为，我们是以被重塑者的生活事实为基准，根据重塑者的个人愿望，在合情合理的范围内进行，而且还必须要保证重塑的记忆能与重塑者现在的生活状况接轨。”方所长耐心地做着解释。

见梁红若有所思，方博士接着说：“我觉得以秦女士的个人经历，这项技术正是她所需要的。我记得秦女士讲过她的经历，她出嫁当天她在村里青梅竹马的男友为她喝农药自杀了，那是她一辈子都不可能解开的心结，她为此一直生活在痛苦之中。而我们这项记忆重塑的技术正好可以使她得到解脱。”

“对她来说这的确是一件好事。”梁红发自肺腑地说。

方博士笑了笑：“许多人在现实生活中都有无法弥补的遗憾或是创伤，只是程度轻重的区别。有的人能自己开解，有的人则一辈子生活在阴影当中，而我们的这项新技术则可以造福这些人，把他们心灵上的创伤抹平，使他们从痛苦中解脱出来。”

梁红凝视着方所长道：“您能帮我一个忙吗？”

一年后。

“嫂子，你跟小博通电话了吗？我前天给他汇钱了，也不知道他收到没有。”梁红一手拿着手机，一手忙着在衣柜里挑选出门要穿的衣服。

“估计他快考试了比较忙，快一周了都没来过电话。你这当姑的也太溺爱孩子了，生活费早就给过了，怎么又给他汇钱呀？”电话这头儿的秦娟嗔怪道。

“孩子大了，该交女朋友了，没钱还行？嫂子我不跟你说了，我男朋友马上来接我了。”梁红拿着挑好的衣服走进更衣室。

“行吧，玩得开心点儿！”秦娟笑着挂上了电话。

失物招领处

“杰克，为什么平行宇宙间的航空港会建在这寸草不生的荒漠里？”比尔注视着窗外光秃秃的沙地，言语中充满了失望，“怎么也应该建在典雅的古希腊神庙，或是雄伟的万里长城旁边，至少也是在哪个景色优美或盛产美女的地方。”

“选在这里应该是跟地球磁场有关，据说这片荒漠是不同宇宙间最容易穿越的地点。”杰克绕过长条形的接待台，也走过来向窗外望去，“从我们这里看出去是荒凉了点儿，但航空港里的建筑群还是很壮观的。”杰克说完转头扫了一眼比尔，佯装怒色道：“你不会是才来几天就对工作环境不满了吧？”

“怎么会呢？我又不是哪个名牌学校的毕业生，能有一份工作凑合养活自己，已经很知足了。”比尔的嘴角牵动，自嘲地笑了笑。

“别灰心，只要努力总会有机会的。”杰克拍拍比尔的肩膀，露出一副好为人师的神情。

比尔连忙将话题岔开："从 YD 宇宙空间来的飞船已经晚点了两个小时。不知道是不是出了什么状况？"

"既然控制台没有通知我们航班取消，它就还有到来的希望。不过穿越失败或是错去了其他宇宙空间也是常事，要知道在不同宇宙间穿行绝非易事，影响的因素太多了。平行宇宙间能否穿越成功主要是靠运气。"杰克说完下意识地挺了挺胸脯，对自己的高见非常得意。

"你什么时候去信息技术部上班？下周一？能晚些天再去吗？我怕这里的工作我一个人应付不了。"比尔有些难为情地说。

"放心！你肯定应付得了，我们每天的上班时间虽然是八小时，但航空港对外只开放四小时，如果遇到宇宙大撕裂或是射线超标这类灾害的话，几个月不来一个航班都有可能。"杰克的语气十分肯定，他是想尽力安抚住比尔，免得比尔拖住他不放。

看比尔一脸的茫然，不置可否的样子，杰克只得接着说："宇宙间的穿越往往都是有来无回，技术难度姑且不谈，就是那高昂的机票也能令很多人却步了。在平行宇宙间旅行的人，基本都是抱着一去不返的态度，即便旅客在我们这个航空港遗失了东西，能再次从其他平行宇宙回来认领的也是凤毛麟角。失物招领处的工作量不大，甚至可以说少得出奇，有你一个人足够了。"

"我对这里的工作流程和各种设备都还不熟悉。你就在这里多待一个月，或者两个星期也行。”比尔仍然坚持。

真是顽固！杰克心里虽然不情愿，但又怕如果强硬地拒绝比尔，比尔会辞职不干，那他自己到信息技术部一展拳脚的愿望可就泡汤了。

杰克咬了咬牙，看来他只得自认倒霉了。唉！谁让失物招领处的这份工作薪资微薄，又没有发展前景呢！想当初杰克把招聘广告登出来整整三个月，居然没有一个应聘者，所以当比尔来求职的时候，杰克就像抓住了一根救命稻草，甚至只是装模作样地扫了一眼比尔递给他的简历，便迫不及待地告诉比尔，他随时可以来上班了。

杰克勉为其难地说：“或者我可以待到下周三？最多到下周五！你也知道，如果能早招到人来替我，我三个月之前就已经去信息技术部上班了，我当年学的专业可是天文学！”

望着杰克脸上厌烦混杂着应付的表情，比尔的自尊心受到了伤害。其实谁不知道信息技术部是航空港的核心部门，而失物招领处在航空港简直不入流，也难怪杰克这么迫不及待了。

于是比尔故作轻松地说道：“其实现在都是超级智能时代了，各种设备的使用没什么难度。何况这里的确不忙，我上班两天了，还没人来光顾过。你还是周一就去吧，我一个人应该能应付。”

听了这话杰克顿时如释重负，说话的语调都变得欢快起来："我早就知道你没问题。还有，没人光顾你应该觉得庆幸才对！在你没有锻炼出坚强的神经之前，跟那些来自其他宇宙、长得奇形怪状的人做近距离接触，吓你个半死也不是没有可能的。"

杰克话音未落，离他们不远处的自动感应门缓缓打开了，比尔看到一位绿色皮肤，头上长着两根触角的小姐、妇人或是老太太，总之是个女人模样的人一颤一颤地走了进来。比尔下意识地用手捂住嘴巴，以免发出惊叫声。

杰克则是一副习以为常的模样，望着绿色皮肤女士的目光自然而淡定。他先试着用世界语和女士沟通，见她根本听不懂，杰克于是发出指令："X 实时翻译"，柜台里镶嵌的智能翻译机马上用听起来有些卡通的声音回答，"X 准备就绪。"

在翻译机的协助下，杰克很快弄明白了女士的来意，并按照她提供的时间和航班号，在记录器里搜寻出了结果。杰克放映出一串质地既像树脂，又像石头，貌似项链的全息影像让女士确认，女士看后连连点头。

杰克读出一连串的号码："RTX33772883。"随后，在成排摆放的巨大货架上，一个小抽屉自动弹了出来。

"比尔，请你把那个抽屉里的东西取来。"杰克吩咐，见比尔原地不动，眼睛只顾着直勾勾地望着那位女士出神，杰克不得不提高嗓门又叫了一声，"比尔！"

比尔这才意识到自己的失态，赶忙走到货架旁，将小抽屉从货架上取下来，双手捧着交给杰克。

女士看到抽屉里那串毫无光泽、表面凹凸不平的东西，居然激动得叽里呱啦说个不停，手臂上下翻飞做着各种手势。比尔这才发现，她那像披风似的外衣下面竟然有四条手臂！

杰克让女士在文件上签了字，又应她的要求把那串项链戴在她的脖子上。绿色皮肤女士看起来非常满意杰克的服务，她又叽里呱啦说了一大通话之后，才一颤一颤地离开了失物招领处。

“天哪？那么丑陋的东西居然是她的项链？”比尔忍不住问杰克。

“是的，而且据她说这是他们那个宇宙最珍贵的宝石。”杰克故意用十分郑重的语气说道。

“绿色皮肤，四条胳膊的人我还是第一次见到，太神奇了！”比尔惊叹道。

“当然，几亿个平行宇宙，长成什么样的‘人’都有。你以前没见过，那是因为他们大多数并不在我们星球停留，只是在我们星球的航空港做中转而已。这位女士肯定是个土豪，而且还很幸运，能在二十年后再次穿越到我们这个宇宙，这样的概率真是少之又少，我在这里上了三年班也没碰到过几回。”杰克感慨道。

比尔刚要说话，杰克忽然拍了拍自己的脑袋，似乎又想起了什么。

“还有，记住我跟你说过的话，要处变不惊！在航空港里多古怪的长相你都能见到，等你待上一段时间自然就司空见惯了，根本用不着大惊小怪。”杰克叮嘱着比尔。

见比尔频频点头，杰克说得更加起劲：“捡拾到的各种失物也是无奇不有，锈迹斑斑包在黏液里的金属、每隔几秒就要变换形状的泥巴……其实这些失物我百分之九十九点九都不认得，当然也就不知道该在保管上给予它们什么特别的照顾。我唯一能做的就是按个头大小把这些稀奇古怪的东西放到货柜上适合它们尺寸的抽屉里，然后等上几年，或是几十年，甚至上百年后会有人来认领。你也照我这么做就行了，简单吧？”

比尔似懂非懂地点着头，上班这几天他得到的信息量太大，如同一下子吃掉了一头大象，他需要时间消化。

进入冬季以后，航班临时取消的情况越来越多，常常连续几周失物招领处都无人光顾。就如杰克说的，这里不仅不忙，简直是闲得出奇。正好最近比尔计划从继父家搬出来自己住，这倒给了他充足的时间用来挑选房子。

两个月后比尔就在航空港工作满半年了。按合同规定，比尔的薪水将被上调，他终于有能力自己租房子了。尽管那是两个月以后的事情，但比尔现在就已经按捺不住，每天在网上搜索出租房屋的信息。

比尔寻找房子的地域跨度非常大，他几乎可以不受范围的限制，理论上即使比尔住到北极，上下班也不成问题。

因为航空港各个部门的福利待遇虽然有很大差别，但有一点却是一视同仁，那就是会为每位有需要的员工免费在住处安装传送间。这可是当今最先进的交通工具！只要走进一米见方的传送间按下“出发”按钮，便可以在一分钟之内到达地处偏僻的航空港，或从航空港回到家里。

有工作可以自食其力真好呀！比尔每每看到那些温馨的、他马上就能负担得起租金的小屋子，心里就充满了喜悦和希望。

当然，如果能像杰克那样，有朝一日混到信息技术部或飞行中心上班，在比尔看来生活就称得上是完美无缺了。那他就不用像现在这样，每每做自我介绍的时候，总是把“航空港”三个字说得格外响亮，而“失物招领处”则含糊得根本听不清。

比尔的本意是想蒙混过去，可惜总是适得其反，经常惹得别人再追问一句：“什么？不好意思，我没听清楚，你刚才说的是哪个部门？”没办法，比尔只得尴尬地让“失、物、招、领、处！”几个字再从嘴里蹦出来一次。

这种情况会令比尔一整天都心情沮丧，他会记起自己小时候的梦想就是成为一名在浩瀚宇宙间驰骋的宇航员，那时他的房间里挂满了星际地图，十二岁时他最想要的生日礼物就是宇宙模拟飞行器，但继父彻底打消了他的念头。

当得知比尔希望报考航空学校，继父把他叫到面前严肃地说：“你不过是个资质平庸的孩子，想成为宇航员恐怕不太可能，何况咱们这样的家庭也没有能力供你上那些贵得吓死人的航空学校。”

比尔不敢跟继父顶嘴，只能跟妈妈诉说自己的心愿与委屈。可当家庭主妇的妈妈尽管非常爱他，却没有能力帮他实现梦想。

比尔的亲生父亲在他很小的时候就死于车祸。比尔的妈妈带着比尔嫁给了他的继父，那时候继父和前妻已经有了四个孩子，加上比尔，以及比尔妈妈后来和继父生的弟弟杰森和妹妹玛莎，做推销员的继父最多时一个人要养活七个孩子，生活的艰难可想而知。后来比尔的继父开始酗酒，更令他们的生活雪上加霜。所以即使家里最小的孩子玛莎也懂得要把盘子里的菜汤用面包擦干净吃掉。

在母亲的规劝下，比尔去上了政府免费提供教育的学校。几年过去，曾经的梦想已经被逐渐淡忘，只是后来得知小时候的玩伴大卫当上宇航员的时候，比尔心里掠过了一丝难过。

不过现在比尔终于可以自食其力了，正如妈妈说的，等他长大了，可以依靠自己的能力去改变生活，实现梦想。

冬天的早上，暖暖的被子总是让人留恋，但比尔如往常一样在早上 7 点钟起了床。航空港虽然有一百多个传送间供员工使用，但毕竟上班的员工有近万人，遇到上下班高峰期，拥堵的情况时有发生，在传送间里站半个小时才被传到航空港也不足为奇。比尔平时为了上班不迟到，从来都是提早出门，这样就能保证他避开拥堵，在一分钟之内到达航空港。

走进自己的办公室，比尔像往常一样先来到摆在角落里的小餐柜前，按下饮料打印机的按钮，一杯冒着热气、散发着浓香的巧克力牛奶便在十秒钟内打印完成。这是妈妈给他养成的习惯，以往多少个寒冷的冬天，妈妈总会在比尔放学后，把一杯滚热的巧克力牛奶递到他冰凉的小手上。

品尝着香甜的巧克力牛奶，比尔顿时觉得幸福无比，即便是冬季那特有的铅灰色的天空也不再让比尔觉得压抑。他心情愉快地打开接待台上的虚拟屏幕，充满期待地在网上浏览一条条出租房屋的信息。

一则梦幻之城的广告映入他的眼帘，引起了比尔的兴趣。他将平面影像转换为虚拟世界模式，比尔瞬间置身于梦幻之城中。他看着街道两旁那些充满未来气息的建筑群、现代感十足的雕塑，在心里盘算着，反正有传送间，即便梦幻之城建在太平洋的岛屿上，他上下班也不成问题。这样想着，比尔按定位显示“走进”等待出租的一套套房屋，屋子里那些超越时代的设计和最先进的设备，令比尔兴奋得连心跳都加快了。

比尔意犹未尽地将虚拟世界模式又转换回平面影像，他要查看一下房子的租赁价格，从小的生活经历早就让他懂得，囊中羞涩的人是不能只考虑喜好而忽略价格的。看到价格表后，比尔被吓了一跳，那里的租金对他来说无疑是天文数字，以他现在的薪水，在梦幻之城他只能租得起最小型号的胶囊，将将放得下一张单人床而已。

这可不行！比尔迅速打消了在梦幻之城租房子的念头。要是他只能租住个胶囊，那妈妈和弟弟妹妹怎么能来和他同住呢？虽然现在他用不着想这些，但还是忍不住想把妈妈和弟弟妹妹也计划进去。比尔希望有一天他们都能离开继父，以及继父和前妻所生的女儿艾米丽。

于是比尔又翻到传统住宅区出租房屋的页面。传统区虽然破旧，但一栋栋有花园的小房子让人觉得很温馨，而且比尔知道妈妈热爱大自然，喜欢种种花草，弟弟妹妹也有地方可以跑跑跳跳。

比尔专注地浏览着房子，认真地做着比较，以至于他毫无觉察有人走了进来。直到那人用发音非常标准的世界语向比尔问了声“您好！”

比尔赶忙站起来，他看到一位穿着宇航服的人站在自己的面前。这个人虽然和人类长得一模一样，但从他穿的宇航服的款式和材质判断，应该来自另外一个宇宙。

比尔现在对长成什么样的人都已经司空见惯了，不过见到来自另一个宇宙的同类，还是觉得倍感亲切。比尔热情地邀请他在接待台旁边的椅子上坐下。

“真高兴见到您，您应该来自和我们相同的宇宙中的相同星球，太难得了！不知道您那个宇宙里的地球有没有被陨石砸中，是否还有恐龙存在呢？”比尔兴奋地问。

“我们的地球也被陨石砸中过，但恐龙并没有全部灭绝，体型小的幸存了下来，经过上亿年的进化，现在已经成了我们那里几乎每家都养的、最为乖巧的宠物。”宇航员答道。

“哇！那真是太有趣了。您稍等，我去打印一杯咖啡给您，碰到个相同星球的人可真不容易，我得跟您好好聊聊。”比尔说完就要起身去打印咖啡。

“您不必客气。”宇航员连忙阻止，“我得赶紧走，我们的航班还有三十分钟就要起飞了。实在是不好意思，我知道还没有到您上班的时间。”宇航员脸上带着歉意十分急促地说道。

比尔略觉遗憾地回到座位上：“没有关系，我有什么能为您效劳吗？”

“是这样的，我们的航天飞机是上个星期五到达你们这个航空港的，但之后由于我们要回去的那个宇宙和另一个相邻宇宙发生了摩擦，导致我们一直无法返航。直到今天早上接到控制台的通知，终于可以走了。但就在我们准备就绪要起航的时候，空乘小姐突然来到驾驶舱，告诉我她在客舱座椅上发现了这个小盒子。”宇航员边说边把一个巴掌大小、发着银光的金属盒子放到了柜台上。

“我们判断这可能是哪位乘客走得匆忙把它遗留在飞机上了。要知道半年前我们出发的时候恰巧遭遇到粒子风暴，导致飞船上的几个关键仪器失灵，一路上险象环生，我们错进了三个平行宇宙。就在我们大家都已经绝望，以为永远也到不了这里的时候，却奇迹般地穿越成功了。但我们比预定的时间晚到了两个多月，所以很多乘客下飞机时走得都相当匆忙。”宇航员说时面色沉重，似乎仍心有余悸。

“但是你们的空乘人员没有在客人下机后检测客舱吗？怎么会今天才发现呢？”比尔疑惑地问。

“当时我们的空乘人员因为航行途中的惊吓和疲惫，就没有按照惯例检查客舱。航天飞机之后被送去了维修部进行检修。这也就是为什么今天空乘小姐才刚刚发现了它。”宇航员向比尔解释着。

“明白了。”比尔取出防护手套，双手捧起这个样子非常精致的小盒子。

端详过后，比尔对宇航员说道：“没问题，我现在就来帮您做一下登记，只要几分钟就可以。保证不会耽误您起飞。”比尔打开记录器，“现在请您说一下您来自哪个宇宙，还有您所驾驶的航天飞机具体到达本航空港的时间，以及捡到这个小盒子的具体位置。还有就是……”

比尔指了指盒盖上闪烁着一些符号的显示屏说：“您知道这些符号是什么意思吗？”

“我们来自 IU 宇宙，具体到达时间是十二月八号的下午三点，小盒子是在客舱第七排 22 号座位捡到的。”宇航员一一回答着比尔的提问。

“您还没告诉我这些符号是什么意思？”比尔提醒宇航员。

宇航员似乎有些犹豫，但最后还是告诉比尔："这上面是我们星球的文字，大意是这里面装着三个个体的意识，并且对这三个个体做了简单的介绍，总之这三个意识都是善良、友善的。"

"个体的意识？"比尔疑惑地问。

"是的，在你们这里也许应该翻译成'人的灵魂'吧？"宇航员补充说。

"灵魂！您是说这里面装着三个人的灵魂？"比尔不由自主地提高了嗓门。

"如果您理解为这是微缩的大脑也不无不可。"宇航员边说边把那个小盒子往比尔面前推了推。

"这里装的是人脑？"比尔几乎是嚷了出来。

宇航员赶忙解释："不，不，当然不是您理解的人脑，至少他绝不是有机体。在我们那个宇宙把人从碳基转换到硅基的技术已经非常成熟了，所以这里面装的只是三个肉眼将将能看到的小金属粒而已。"

"但他们的身体呢？我的意思是怎么会分开，您的飞船上怎么会有三个'意识'？"比尔疑惑地盯着宇航员，他有种不祥的预感，这可是人命关天的事呀！比尔的手不由自主地摸到了自己制服上衣的第一枚扣子，那里隐藏着报警装置。

"这可能性就多啦。"宇航员看了看腕表，压抑着焦躁尽量耐心地说道："其实这没什么大不了，绝对与犯罪无关。

我觉得可能是他们要去非常非常遥远的地方，时间长到必须要先将身体冷冻，而思维则保留到金属粒里。”

看到比尔依然面色凝重，一脸的严肃，宇航员停顿了一下又接着说：“当然也可能是地勤人员在装运的时候发生了纰漏，把肉体和意识分别装到了去往不同宇宙的航班上。”

宇航员说完拿过接待台上的纸巾，擦了擦额头上的汗珠，然后有些不好意思地说：“这里怎么这么热呀？温度调节器是不是失灵了？”

“如果是地勤人员搞错了，那我们应该马上跟你们的航空港联系才对呀？”比尔的全副注意力现在都在眼前的小金属盒子上，根本没心思聊其他的话题。

宇航员马上说：“但这只是我的推测，我们又何必在事情没弄明白的时候连累无辜的人呢？其实我觉得更大的可能性是他们的肉体已经被某种疾病吞噬，或残缺，他们不得不在找到新的、可以移植的肉体前，以这种方式先‘活下来’。”

“找到别人的身体，把别人的脑子刺开个洞，把‘意识’放进去，这也太荒谬了，再说谁会把自己的身体让给别人呢？你们星球的人这么慷慨大方吗？在我们星球上可顶多是贡献肾脏或角膜之类的单个器官。”比尔摊开双手，表示对宇航员的话不能理解。

“我认为这跟你们宇宙中的地球人移植某个器官没什么本质的区别，操作起来也更加简单，根本不需要像您想的那样还要把脑子剌开，我不是跟您说过吗？在我们星球碳基和硅基的相互转化已经非常成熟了，所以只要把这些小金属粒放在人的皮肤上，他们就会像小精灵一样无声无息地融化在人身体皮肤的毛孔里，从而进入任何它们想去的地方，比如大脑。”宇航员说到这稍稍喘了口气，为了能赶快离开，他说话的语速非常快。

宇航员继续说道：“当然，愿意提供身体的人确实非常少，所以有些人才会去其他宇宙碰碰运气。不过世界上的事情是很难说清楚的，有人留恋生命，有人厌倦生命，谁知道呢？没准儿就有人愿意让出自己的身体呢？”

“那你们那里为什么不克隆呢？不是更简单。”比尔反问。

宇航员难掩焦躁地说道：“克隆这种亵渎伦理和自然的事情在我们那里可是严格禁止的！”

“但占用别人的身体就可以？就道德吗？”比尔反驳道。

“这就要看个人是怎么认知的了。”宇航员显然想尽快结束谈话。

“好吧，道德层面的事还是留给哲学家去讨论吧，我们先来处理眼前的事。”比尔望着那个金属小盒子说道：“如果您把这三个‘意识’保存在失物招领处，但又没人来认领，那该怎么办呢？这毕竟是人，虽然不是有机体，但您是不是也应该去航空港警察局报案呢？”

“但您这里是失物招领处呀？捡到遗失的物品当然是交到您这里了。”宇航员先生随即把声音压低道：“而且说不定运输他们的人为了减少麻烦，根本就没有申报这是与生物相关的东西，所以要是交到警局，这三个‘意识’很有可能被当成非法入侵生物销毁。”

这倒是比尔没想到的，他沉默了。

“年轻人，帮帮忙吧！”宇航员用近乎哀求的口气说，“最近有消息说未来几十年我们星球所处位置的宇宙磁场会非常的不稳定，所以我必须在今天返航，否则会有几十年内都回不去的危险！如果警察局要我配合调查这件事而错过了今天的返航，那以后我妻子孩子可怎么办呢？我会几十年都见不到她们了！还有我们飞船上其他乘务员的家人们，这对我们和我们的家人来说绝对是一场灾难。所以我只能交到您这里，我想这么重要的‘东西’一定会有人来认领的，一定会！”

“要是销毁这三个‘意识’，岂不等同于杀死了三个人。”比尔叹了口气，“好吧，那我就把他们作为‘盒子’先做个登记吧，但愿会有人马上来认领。”

“对，对，您就只登记是个盒子，这会给我们省去很多的麻烦。谢谢您，好心的小伙子！”宇航员先生高兴地向比尔道谢，“我得走了，我的航班马上就要起航了。祝您好运！”说完宇航员飞快地跑出了失物招领处。

比尔望着宇航员消失的背影无奈地叹了口气，没办法，他不能眼看着三个“好人”就这样被杀死，比尔小心翼翼地用双手捧着把盒子放到了货柜上的抽屉里。

这一天失物招领处来了几拨客人，是近来少有的忙碌。晚上临下班前还有客人来认领失物，等送走了那位客人，早过了平时下班的时间，比尔赶忙收拾停当奔向传送间。

几分钟后，比尔已经出现在自己家那稍显拥挤的客厅兼饭厅里。继父和他的前妻生的女儿艾米丽正阴沉着脸坐在空空如也的餐桌旁边。比尔心想一定是妈妈为了等自己推迟了晚饭的时间，难怪艾米丽的脸色会这样难看。

“嗨！艾米丽。”比尔极不自然地和这个毫无血缘关系的妹妹打了个招呼。

艾米丽并没说话，只是朝比尔瞪了一眼算作回应。

真是自讨没趣！比尔按压着心中的不快，走进了厨房。

“妈妈，我回来了。”比尔搂住正在火炉边搅拌肉酱的妈妈温妮，在她脸上轻吻了一下。

“今天很忙吧？”温妮回过头微笑着用手拍拍比尔的脸颊。

“今天快下班的时候有人来认领失物，所以回来晚了。”比尔边回答边走向橱柜去拿用餐的盘子。

“今天又有什么稀奇东西被拾到吗？会说话的苹果？还是一团烟雾？”温妮跟自己的儿子开着玩笑。

比尔压低声音，故弄玄虚地凑到妈妈的耳边说：“比那还要惊人！今天有人捡到了三个灵魂！”

“什么？”温妮果然如比尔所料，停止了手上的动作，吃惊地望着比尔。

比尔笑了：“我是故意吓您呢！等晚上有空的时候我

再跟您细说，不过您得答应我不告诉别人。”妈妈温妮是比尔在这个世界上最爱的人，也是他最信赖的人。

“爸爸回来了吗？”比尔有点儿担心地问。如果继父知道妈妈为了等他而推迟开饭的时间，说不定会大发雷霆的。

“你爸爸说他今晚有事，叫我们晚饭不用等他。”温妮语气平淡地回答。

“他能有什么事，准又是去喝酒了。”比尔在妈妈温妮身后嘟囔着。

“不是你想的那样，帮我把餐具拿出去吧！”温妮显然不想再继续这个话题。

比尔转过身去长长地叹了口气。每当比尔向妈妈表达对继父的不满时，妈妈不是把话题岔开就是为继父开脱，诸如“他的压力太大了，他需要有食物摆在餐桌上养活这一大堆孩子。”“他酗酒是因为心情不好。”在比尔看来这些都不过是妈妈袒护继父的借口。

继父嗜酒如命，经常在外面喝得酩酊大醉才回来。而自己的母亲也只有在继父心情好的时候才敢规劝几句。喝了酒的继父非常易怒，家里的每一个孩子，甚至是妈妈都被他打骂过。想到这些比尔就不寒而栗，好在现在他有能力自己租房子了，就像继父和他前妻所生的四个孩子中有三个已经自立，离开了这个家。

“喂！你儿子回来了，现在可以开饭了吧？”艾米丽刺耳的声音从餐厅里传了过来。他是继父和前妻所生的四个孩子中最小的一个，还在上中学。

虽然温妮带着比尔已经跟艾米丽的爸爸结婚了十年，但艾米丽始终不认同自己的继母，尽管她能够感受到继母在尽力关心和照顾她，但艾米丽认为如果自己接受了继母就是对自己过世妈妈的背叛，父亲和这个家应该只属于自己的妈妈，而不是继母。她从不称呼温妮为妈妈，实在需要称呼也只是用“喂”或“嘿”这样的字眼儿代替。

“快去摆餐具吧，艾米丽不高兴了。”温妮催促着比尔，并加快了手里搅拌的速度。

可恶的艾米丽！比尔小声嘟囔着，搬着一摞盘子来到饭厅。

“就因为你没回来，所以我也要跟着挨饿！你以后能自觉点儿吗？”艾米丽模仿着她父亲平时的口吻，恶狠狠地训斥比尔。

“马上就开饭了。”比尔答非所问，继续低头摆放盘子和刀叉。

艾米丽本想和比尔大吵一架，好把心中对比尔和继母的不满发泄出去，可没想到比尔根本不理睬她，她气哼哼地盯着干活的比尔，寻找着找碴的机会。

家务事艾米丽是从来不帮忙的，她心安理得地看着比尔进进出出，把肉酱、意大利面、烤好的面包片和一大盆奶油蘑菇汤端上餐桌。一切准备就绪，比尔又上楼把弟弟杰森和妹妹玛莎叫了下来。

一家人围着餐桌依次坐好，饭厅里很安静，只有刀叉偶尔发出的碰撞声。大家都知道艾米丽在生气，所以没有人说话，免得不知什么地方招惹了艾米丽而引火烧身。

艾米丽不时用憎恨的眼神，挑衅似的扫着桌上的每一个人，她今天本来就因为开饭晚了而不高兴，比尔刚才对她的态度更是如同火上浇油。

比尔埋头吃饭，假装没看见艾米丽扫在自己脸上的目光。

九岁的弟弟杰森专注地将意大利面条卷在叉子上送到嘴里，七岁的妹妹玛莎小口吃着面包，两个小家伙谁也没像平时一样叽叽喳喳讲述他们今天在学校发生的事。

“咳咳！”玛莎没忍住的几声咳嗽打破了餐桌上压抑的气氛。

“玛莎，慢点儿吃，我去给你倒杯水好不好？”比尔关切地问玛莎。

玛莎又咳了两声才止住：“谢谢，我又长高了，已经可以自己拿到橱柜上的杯子了。”

比尔充满怜爱地望着玛莎欢快跑进厨房的背影，心想也许这是玛莎今天早就想告诉大家的话，只是看艾米丽脸色不对才忍住没说。

转眼间，玛莎已经捧着一个异常精美的玻璃杯走回了饭厅，她小心翼翼地捧着杯子，生怕杯子里的水会洒出来。

除了艾米丽，大家都微笑地看着玛莎。但当比尔看清玛莎手中的杯子，他立马紧张起来。

还没等比尔说话，就听“啪”的一声，艾米丽已经愤怒地将刀叉摔在了盘子里。

“玛莎，你怎么敢拿这只杯子？”艾米丽把面前的盘子推开，双手交叉在胸前，恶狠狠地走到玛莎跟前。

玛莎望着怒目而视的艾米丽吓得直往后退。

比尔赶忙跑过来挡在妹妹玛莎的身前：“艾米丽，你别生气，玛莎太小了，她不知道这只杯子是你妈妈的遗物。请你原谅她吧！”

比尔说的是实话，因为家里除了玛莎，包括小弟弟杰森都被妈妈很严肃地告知过，家里这只最漂亮的杯子是不能碰的，因为它是艾米丽的亲生母亲生前专用的杯子。

温妮曾经试探着建议把杯子从橱柜里收起来以免谁不留意打碎了，但艾米丽却不同意，她坚持要把这个杯子留在橱柜里，而且必须是最前排靠右的位置，理由是这样会令她觉得她的妈妈依然在。没办法，温妮和比尔每次去橱柜拿杯子的时候都不得不加倍小心。

艾米丽从玛莎手里一把夺过杯子，随口骂道：“你们这些可恶的蛀虫！”

比尔压抑着心中的怒火，尽量让自己的语气平和：“艾米丽请你不要出口伤人。对人要有最起码的尊重，不是吗？”

“你们配吗？”艾米丽扬起下巴，目光充满了鄙夷地盯着比尔。

“比尔！快过来吃饭！”温妮用眼神示意比尔不要再说

下去。

听到继母说话，艾米丽轻蔑地翻着白眼瞟向她：“你应该好好管教你的儿子，让他明白自己在这个家里的地位？”

艾米丽的话彻底激怒了比尔，他厉声喊道：“你才是这个家里的蛀虫，你还是这个家里的麻烦制造者！”

比尔话音未落，一把餐刀从艾米丽手中呼啸而来，正打在比尔的额头上，鲜血顿时顺着他的脸颊淌了下来。

“比尔！”妈妈惊叫。

小妹妹玛莎被这突如其来的场面吓得大哭，弟弟杰森则躲到了椅子背后面。

艾米丽依然不肯善罢甘休，她用手指点着在场的每一个人，然后歇斯底里地喊道：“你们都给我滚，这是我的家，你们侵占了我的家，你们就是蛀虫，是在我家白吃白喝的蛀虫！”

“你到底想干什么？！”温妮已是忍无可忍。

艾米丽愣住了！她没想到一向隐忍的继母居然敢朝她叫喊。几秒钟过后，缓过神来的艾米丽朝温妮扑过去，她挥动着双臂，大力地向门外推搡着继母，嘴里不停地喊着：“滚！滚！带上你生的杂种们给我滚出去！”

比尔顾不得脸上的伤口依然在淌血，跑过去将发了疯似的艾米丽从自己妈妈的身边拉开。

就在家里乱成一团无法收场的时候，大门被一脚踹开了，继父带着一身酒气从门外走了进来。他用冷漠的眼神瞥了一眼正在对峙的艾米丽和比尔，声音低沉地吼道：“都滚回自己房间去。”

屋子里瞬间安静下来，连嚣张的艾米丽也不再叫嚷。

比尔依然站在原地没动，他捂着还在流血的额头，指着披头散发的艾米丽说道：“爸爸，今天请您说句公道话，艾米丽骂我们是蛀虫，让我们滚出这个家，她怎么可以这样说？”

继父就像没听见似的，从冰箱里拿出一瓶啤酒，仰起脖子，几口就将一整瓶喝光。

当继父转过身来看到一屋子人还都站在原地，他的脸色变得十分难看：“我再说一遍，都滚回房间去！别来烦我！”

继父似乎自始至终就没有看到比尔的额头正在流血，自己的妻子温妮在一旁流泪。

没有人再说话，温妮默默地走到比尔身边搂着他的肩膀向楼上走去，弟弟杰森和妹妹玛莎紧跟在他们身后。

上楼后温妮取出药箱来到比尔的房间：“疼吧？还好没伤到眼睛。”温妮心疼地看着儿子，尽量放轻手上的动作开始为他包扎伤口。

比尔悲愤地说：“艾米丽太过分，太放肆了！继父的漠视更是让她肆无忌惮。妈妈，难道就因为继父养活了我们，他前妻的女儿就可以指着鼻子骂我们是蛀虫？我们就只能在这个家里看人脸色，仰人鼻息吗？”

“比尔，妈妈虽然没有出去上班，可我这么多年都在为这个家操劳，而你现在也已经能自立了，我们不需要看艾米丽的脸色，妈妈忍让她只是可怜她很小的时候就失去了自己的母亲。”温妮语调温柔地劝解着儿子。

“妈妈，我们离开这个家吧？我已经有能力租房子了。”比尔激动地看着妈妈。

温妮避开了比尔的目光，悠悠地说道：“但你能负担得起我和你的弟弟妹妹三个人的生活费用吗？”

比尔被问住了，他沮丧地用手捂住了自己的脸。

额头缠着绷带的比尔仍每天照常去上班，反正航空港里什么样装扮的人都有，没人会觉得他的样子奇怪。他现在已经不在网上浏览出租房屋的信息了，他决定留在继父家里，保护自己的妈妈和弱小的弟弟妹妹。

整整一个上午，失物招领处都没有人光顾，比尔闲得无聊，几乎要昏昏欲睡，他决定站起来走走来驱散睡意。比尔在接待室里漫无目的转了几圈，当他走到一列列用于储藏失物的货架前，忽然想到了那三个被收在金属小盒子里的“意识”。这么长时间过去了，并没有人来认领，也不知道那个金属小盒子有没有什么变化？

比尔将小盒子从货架上取出来，捧在手里仔细地观察着。小盒子的外形一如既往，但显示屏上那些闪烁的字符却明显发生了变化，与宇航员把它送来的时候不同。为了弄明天那些字符的意思，比尔打开了翻译机的扫描功能，将上面的字符扫描后进行翻译。

翻译机马上给出了答案，那些闪烁的字符的意思竟然是“还有十天的时间，这个小盒子的能源将消耗殆尽，到时如果得不到‘身体’，里面保存的三个‘意识’就将报废。”

这可真不是什么好消息，比尔为三个“意识”感到难过，他相信他们对未来一定抱着非常美好的憧憬，可没想到等来的却是再也无法“复活”。比尔看着翻译机上的另一行字，“善良、乐观、富有爱心、对人友好”，他若有所思地将这句话默念了很多遍，心里感慨万千，可除了等待，比尔什么也帮不了他们。

这天傍晚，天上下起了鹅毛大雪，晚上睡觉前比尔已经把卧室的空调温度调到了最高，却依然在半夜被冻醒了。比尔只好爬起来，到地下室的储藏间去取毯子。他尽量将脚步放轻，生怕吵醒熟睡的家人，但廉价的楼板依然发出“咯吱、咯吱”的响声。

当比尔来到储藏间门前时，里面透出细微的光亮，一个女人的声音传出来：“是谁呀？”

比尔被吓了一跳，定了定神才分辨出这是妈妈的声音。

比尔赶忙推开门：“妈妈，您怎么会在这儿？”比尔惊讶地望着蜷缩着躺在一层薄毛毯上的妈妈温妮。

温妮没想到比尔会到地下室来，她挣扎着坐起来，神情有些慌乱，顿了几秒才支支吾吾地说道：“这么晚你到这里来干什么？”

借着地下室昏暗的灯光，比尔看清了妈妈左眼窝上的一大块淤青，他什么都明白了。比尔握紧了拳头，不顾母亲在身后的叫喊，三步并作两步朝二楼继父的卧室冲去。

继父卧室的门锁着。比尔用肩膀将门撞开，一股浓烈的酒气扑面而来，继父正酣睡在床上，东倒西歪的酒瓶散落了一地。

比尔急步走到继父的床边，抡起了拳头，胳膊却被身后的妈妈死命地拉住："比尔！"妈妈的眼神中充满了祈求，这眼神令比尔觉得心都要碎了。

只听"砰"的一声闷响，比尔的拳头重重地砸在了卧室的墙上。

几天以后，比尔在下班的时候带回了一个皮包和三大瓶香槟酒。

在餐桌上比尔兴高采烈地对全家人说："今天我涨了薪水，所以请大家喝香槟。"

继父喝着比尔倒给他的香槟酒称赞道："这酒真不错！我一个人就可以把这三瓶都喝掉。"

妈妈温妮和艾米丽也在比尔的劝说下喝了不少的香槟酒。吃完晚饭，比尔把已经醉得东倒西歪的继父送回了卧室。

第二天一早，当其他家人还在梦乡的时候，比尔已经洗漱完毕来到了楼下，他先煮好一壶咖啡，然后又将面包片放到烤炉里加热。

"早！"艾米丽清脆的声音从身后传来。

"早！"比尔微笑着回应艾米丽。

随着妈妈的催促声，睡眼惺忪的杰森和玛莎跟着妈妈来到餐厅。

“快点儿吃早餐，否则要迟到了。”艾米丽边说边跑过去把杰森和玛莎拉到餐桌旁。

艾米丽的举动让杰森和玛莎有些不知所措，在艾米丽的一再催促下，他们两个才战战兢兢地坐下。艾米丽又殷勤地帮他们倒了果汁，还帮他们把果酱抹到了面包上。

“比尔，艾米丽怎么突然间……”妈妈温妮走到烤炉旁边小声对比尔说。

比尔不等妈妈说完就抢着答道：“看来您付出的一切没有白费，艾米丽长大了，也懂事了，以后我们可以幸福地生活在一起了。”

“妈妈，我能帮您做点儿什么吗？”艾米丽微笑着走了过来。

温妮吃惊地望着艾米丽，她的这个继女以前从没称呼过她“妈妈”，真是令人难以置信，今早的艾米丽和以往简直判若两人。

温妮激动地将艾米丽揽在怀里：“谢谢你终于接受了我们。”

几天后，比尔又耽搁了下班的时间，当他走进家门时，望见妈妈温妮和继父正在餐厅里轻声细语地聊天，这可是以前从没见过的景象。

“我亲爱的比尔回来了。”看到比尔进来了，继父走过来热情地和他打着招呼。

“不好意思，今天下班晚了，你们已经吃过饭了吧？”比尔问继父。

妈妈温妮笑意盈盈地走到他们身边说道：“比尔，你肯定想不到，艾米丽说一定要等你回来才开饭，而且今天的晚饭是艾米丽做的！不过她做的这些菜我可从来也没见过，有点儿像印度菜，又有点儿像墨西哥菜，看着味道应该不错，真不知道她是什么时候学会做这些的。”

“是吗？艾米丽居然会做饭！”比尔露出惊讶的神色迎合着妈妈。

那天晚餐的饭菜做得非常成功，艾米丽的手艺得到大家的一致称赞，每个人都吃得很饱，小弟弟杰森甚至撑得直喊肚子痛。

休息日，艾米丽和弟弟妹妹一早就闹着让继父带他们去钓鱼，因为继父吹牛说他有办法同时钓上十条大鱼甚至更多。

比尔看着继父拍胸脯打包票，一副要大显身手的样子，不得不找了个机会偷偷提醒他：“悠着点儿，别太引人注目。”

望着几个人蹦蹦跳跳远去的背影，比尔舒心地笑了。他终于让妈妈和自己，还有弟弟妹妹过上了幸福的生活，他们终于有了一个温馨的家。

此刻的比尔非常得意，他觉得自己做了一件很了不起的事情。而事先他并没有跟妈妈温妮商量，妈妈太善良了，他怕妈妈会反对、会阻止他。这么多天里，比尔都在拼命压抑着冲动才没告诉妈妈，虽然他是那么想和妈妈分享他的“丰功伟绩”。

也许妈妈会赞同，但谁知道呢？在没有把握前，比尔决定不说出他的秘密。他觉得自己就像个英雄，果断、勇敢，是他拯救了全家人的幸福。他时常回忆起把三个“意识”带回家的那个晚上发生的事，每次想起来都会令他兴奋不已。

那是爸爸打了妈妈，又把她轰去地下室以后。比尔经过内心的挣扎，终于在金属小盒子即将报废的前一天，把装着三个“意识”的小盒子带回了家。那天晚餐的时候他有意劝大家都喝了不少的香槟酒。半夜趁大家都在熟睡，他悄悄溜进了继父，还有艾米丽的卧室，分别把两个“意识”转化成的小金属颗粒放到了他们的皮肤上。

两个小时后，在确定继父和艾米丽已经被两个“意识”彻底取代后，比尔把“继父”和“艾米丽”叫到了自己的房间，向他们讲述了事情的来龙去脉，并着重介绍了自己的家庭和他们新的身份。两个复活后的“意识”对比尔千恩万谢，他们觉得自己非常幸运，能寄生在相同宇宙的同类身上，而不是在睁开眼睛的时候发现自己已经变成了可怕的“怪物”。

最让比尔开心的是他们自己也不想再返回原来的宇宙。当初把他们交到比尔手上的那个宇航员没有猜错，他们都是得了致命的疾病不得不放弃肉体，保留“意识”的。

他们等待新的“身体”已经有上百年了，他们在以前那个世界已毫无牵挂，所以都愿意留下来报答比尔，配合比尔瞒过他的妈妈，充当他的“继父”和“艾米丽”。

一阵脚步声打断了比尔的思绪，妈妈温妮走进了比尔的房间：“比尔，我想和你谈谈，我怎么觉得你的继父和艾米丽很是反常呢？”

“怎么了，妈妈？我们一家人现在过得不是很幸福吗？”比尔做贼心虚地回避着妈妈的目光。

“是的，是幸福，但好像那不是他们？他们对以前的很多事情都不知道，而且行为也有些怪异。你继父一下子就滴酒不沾了，艾米丽也一夜之间变成了小甜心似的女孩，你难道不觉得他们转变的太突然了吗？”妈妈疑惑地盯着比尔问。

“没有呀！我怎么没觉……没觉出来，或者精诚所至，金石为开，他们突然醒悟了。”比尔吞吞吐吐地说道。

温妮留意到了比尔脸上慌乱的神情，她声音打着战，一把抓住比尔的胳膊，直视着他的眼睛问：“比尔，你还记得跟我说过的那三个‘意识’吗？你是不是把他们用在了你继父和艾米丽的身上？”

妈妈的样子让比尔有些害怕，他的内心在激烈地挣扎，他想否定，但他实在不愿意欺骗最爱自己的妈妈，更何况他这样做不也是为了妈妈吗？

比尔点头承认了。

“你没有权力这样做，你杀了你的继父和艾米丽！”温妮喊着，眼泪夺眶而出。

“我没有，我只是转换了他们的意识而已。他们现在不就在家里吗？而且以前继父和艾米丽对您、对我、对杰森和玛莎都那么恶劣……我为什么就不能这样做呢？”比尔委屈地分辩着。

妈妈却似乎没有听到比尔在说什么，她只是不断重复着说：“那已经不是他们了，那已经不是他们了！你杀了他们！是你杀了他们！”

“他们是咎由自取！”情急之下，比尔朝妈妈大声喊道。

温妮的眼中充满了愤怒，她一字一顿地说道：“比尔，你没有权力去终结一个人，他们不该受到这样的惩罚，你别忘了，是你的继父辛辛苦苦养大了你们！而他漠视艾米丽的无礼，也是因为他心疼艾米丽很小就失去了母亲。”

温妮不能自制地呜咽着：“艾米丽是因为怀念自己的母亲才做出这些举动。比尔，我爱你的继父，他当年阳光善良，他是为了我们才变成今天这个样子，是生活压垮了他。”

温妮说完痛哭失声。比尔不知所措地站在妈妈身边，眼前的状况是他始料未及的。比尔有些后悔，意识到了自己的草率，但他已经无法挽回了。

从那天起妈妈温妮就变得郁郁寡欢了，她不理睬“继父”，不理睬“艾米丽”，也不再理睬比尔。

比尔又开始在网上寻找出租屋的信息，他不愿意每天看到精神抑郁的妈妈，他想逃离这个家。他回家的时间一天晚过一天，他不愿见到家里的任何一个人。

今天下班后比尔没有在办公室耽搁，他已经在网上找到了合适的房子并和房东谈妥价格。他要提早回来收拾东西，准备明天一早就搬过去。

走出明天就要被搬到新地址的传送间，比尔在花园里停住了脚步，他审视着这个自己生活了十年的小院子，很多往事在他的脑海里一一浮现。但这些回忆却让比尔觉得痛苦，他在心里对自己说："就让这里的一切都成为过去吧！"

比尔缓缓打开家里的大门，听到了妈妈在厨房准备饭菜的声音，他鼓足勇气走过去想和妈妈道别。

来到厨房门口，还没等比尔开口，妈妈温妮已经快步朝他走过来并紧紧拥抱了他。

温妮已经很长时间不理睬他了："妈妈，你不再生我的气了吗？"比尔激动地问。

"当然，我亲爱的儿子，我感谢你还来不及呢？"温妮脸上洋溢着灿烂的笑容。

比尔愣住了，他有些不知所措地望向客厅里的"继父"和"艾米丽"，看到他们正满脸欣慰地在朝自己微笑。

比尔突然有了种不祥的预感，他用力挣脱妈妈的拥抱向地下室跑去。

比尔在地下室的储藏间里翻找着，却一无所获，那个银色的金属小盒子不见了！比尔瘫坐在地上，绝望地发出了一声痛彻心扉的惨叫。

听到比尔的叫声，大家都跑到了地下室。

“继父”看着眼前的场景惊慌失措地说：“你看，比尔，本来我们是想给你一个惊喜，所以事先就没有告诉你。我们很高兴能在这个家得到第二次生命，我们非常地感激你，而且在这里过得也很开心，我们是幸福的一家人。”

不等“继父”说完，“艾米丽”便抢着说：“但你妈妈最近却整天闷闷不乐，不搭理我们，还给你脸色看，她怎么可以这样对你呢？你可是我们的大恩人，我们不能眼看着有人这样对你却置之不理，所以当我们今天发现那个在过期小盒子里的‘意识’居然还没作废的时候，我们就决定把他的‘意识’换给了你的妈妈。”

“现在好了，我们是真正幸福的一家人了！”“继父”“艾米丽”还有“妈妈”异口同声地说道。

田鼠的故事

在苏珊家的后院里，苏珊和她的同学杰瑞双腿悬空，并排坐在树屋的平台上，这个树屋离地足有三米高，搭建在一颗老橡树的树冠上。苏珊的弟弟淘米站在他们的旁边，正聚精会神地用勺子刮着手中冰激凌盒的盒底，然后小心翼翼地把已化成汤的小半勺冰激凌送到嘴里。

“苏珊，你再去拿几盒冰激凌吧，我要吃草莓味的。”

“我只吃了一盒，杰瑞没有吃，而你已经吃了这么多盒！”九岁的苏珊指着散落在地上的空冰激凌盒，学着大人的口气管教着弟弟，“一会儿肚子疼了你可别哭！”

淘米不吭声了，他一向害怕肚子疼。

苏珊扭头问坐在她旁边的杰瑞：“你怎么连冰激凌也不想吃呀？”

杰瑞摇摇头，一副心事重重的样子。

“你今天为什么不高兴呀？”苏珊不解地问，以前杰瑞每次来她家都是兴高采烈的，因为苏珊家里总有很多的零食，什么薯片、爆米花、巧克力、棒棒糖、冰激凌、各种干果仁，简直是应有尽有。

在苏珊一再的追问下，杰瑞才吞吞吐吐地说道："我拿了……拿了……我的新机器人妈妈珍妮的出厂证明。"

"出厂证明！你拿它干什么？"苏珊不解地皱起眉头问。

"因为我昨晚偷听到了我爸跟邻居里德叔叔的谈话，当时他们正在客厅喝啤酒，没人注意到我从卧室走了出来。我听到我爸爸说'咱们星球的法律规定，如果在购买之日起三个月之内不和机器人配偶办理结婚手续，就要坐牢。明天就是三个月期限的最后一天，我一定得去把我和珍妮的结婚手续办了。'可我不想让他办成，所以就拿了珍妮的出厂证明。"杰瑞没精打采地向苏珊诉说着原委。

"那你还不赶快回家，把珍妮的出厂证明还给你爸爸。"苏珊预感到杰瑞可能要闯大祸了，着急地用手推着他的肩膀，催促他赶快回家去。

杰瑞把身子往后挪了挪，躲开苏珊推他的手。他虽然心里害怕，但嘴上却仍说："我就是要让他坐牢！我要给生我的机器人妈妈报仇！"

"三个月前被你爸送走的朱迪是生你的机器人妈妈吗？"苏珊住了手，充满同情地问。

"不，朱迪不是，我爸在我还不记事的时候就把生我的机器人妈妈送走了。"杰瑞的眼圈开始泛红。

"别难过了，我虽然没有换过机器人妈妈，但咱们班许多同学不是都换过机器人爸爸或妈妈吗？"苏珊宽慰着杰瑞。

淘米这时插嘴道：“我们班的妮娜昨天就换了机器人爸爸，可她不喜欢她的新爸爸，所以一整天她都在闹脾气，不吃饭也不跟大家玩。”

杰瑞没理淘米，他凑到苏珊的耳边非常神秘地说：“我知道了一个秘密，你想不想知道？”

杰瑞的神情让苏珊觉得他应该是知道了一件非常可怕的事情，苏珊有些胆怯，但好奇心还是驱使她点了点头。

“你让淘米走开，这事儿童不宜。”杰瑞小声说。

于是苏珊对弟弟淘米说：“我看见爸爸刚才在花盆里藏了巧克力饼干，你快去拿吧！”

巧克力饼干是淘米的最爱，他一听马上蹦蹦跳跳地沿着梯子跑下了树屋。

等淘米跑远了，杰瑞这才满脸愤怒地说：“被换掉的机器人爸爸妈妈根本就不是像大人们说的那样被送去了游乐园，在那里从早玩到晚。他们是被送去了可怕的机器人回收站！”

“机器人回收站？”苏珊从没听说过这个地方。

“对，是回收站！被送去的机器人都在那里被分解掉！分解！大卸八块！多可怕呀！他们在那里被统统杀死！”杰瑞翻着白眼儿伸着舌头，用手在脖子上比画了个抹脖子的手势。

“不会吧！”苏珊说话的声音都颤抖了。

“千真万确！昨晚我爸亲口说的。当时里德叔叔听说我爸把朱迪送去了回收站，里德叔叔就说‘太可惜了，朱迪还有八九成新，送去回收站分解实在是浪费了！’然后就听我爸说‘是呀！可谁让这是我们星球的法律，被自然人更换掉的机器人配偶必须送去回收站呢！要不我就把她送给你了。’接着我就听见他们两个哈哈大笑了好半天。”杰瑞忿忿不平地向苏珊描述着他昨晚偷听到的谈话。

“天哪！机器人配偶指的就是我们小孩的那些机器人爸爸或妈妈吧？他们真的是这样说的吗？替换掉的机器人爸爸妈妈们都被送去回收站分解了？”苏珊瞪大眼睛，小脸由于悲愤绷得紧紧的。

“是的，他们就是那么说的。如果我骗你，就让我明天被老师请家长。”杰瑞为了让苏珊相信，拿自己最害怕的事发着誓。

“我信，我当然相信你，然后呢？”苏珊催促着杰瑞继续往下讲。

“然后我又听到里德叔叔说‘政府是为了避免我们这些自然人同时拥有几个妻子或丈夫，所以才这样规定。他们可能是为我们着想吧？要么是怕我们道德败坏了，要么就是怕我们同时支付几个机器人的维护费，负担太重。’然后我就听他们两个又大笑个没完没了。”杰瑞露出一脸厌弃的表情。

“这么说你以前的那些机器人妈妈们，还有麦瑞以前经常陪我们踢球的机器人爸爸，都已经被送去回收站杀死了。”苏珊伤心地说。

“应该是吧，所以我恨我爸。他连生我的机器人妈妈都杀死了，他是刽子手！是我的仇人！”杰瑞因为激动，胸脯一鼓一鼓的。

“你爸爸太残忍了！”苏珊终于忍不住呜呜地哭了起来。

杰瑞连忙用手捂住她的嘴，“快别哭了，让你家里人听见了，他们会问你为什么哭的，千万不能让他们知道我偷听到的秘密，因为这事应该是不让我们小孩知道的。我爸昨晚看我走进客厅就立马给里德叔叔使了个眼色，然后他们就开始聊球赛了。”

“那我们……”苏珊刚要说话,听到有脚步声越来越近，她赶忙住了口。

走过来的是苏珊的机器人妈妈海伦。她站在老橡树下，仰头对树顶木屋上的杰瑞喊道：“杰瑞，快点儿下来，你爸爸来找你了。”

杰瑞虽然不情愿，但明白既然自己的爸爸已经找上门来，躲是躲不掉了。杰瑞慢吞吞地爬下了楼梯。苏珊不放心杰瑞，也跟在他后面爬了下来。

杰瑞的双脚一落地，海伦就揽过他的肩膀问：“是你拿了珍妮的出厂证明吗？”

“我……”杰瑞想告诉海伦实话，因为海伦是他心目中最温柔、最好的妈妈，但杰瑞又担心海伦会责备他，低下头既不看海伦也不说话。

海伦没有继续追问，她怜爱地摸了摸杰瑞的头，领着杰瑞和苏珊往客厅走去。

此刻杰瑞的爸爸洛克正粗声大气地向苏珊的爸爸吉米发着牢骚："这孩子真不让我省心，前些日子我那个汽车修理厂很忙，我想反正离政府规定的三个月期限还有好长时间，就没抽空去办结婚手续，谁知就忙忘了。"

"你也太大意了，这种事怎么能忘记呢？"吉米转动着他圆溜溜像玻璃球儿一样的眼珠，往嘴里塞了一大把薯片，然后又接着说："法律规定的事你也敢这么马虎，超过三个月不和机器人配偶办理结婚手续是会被判刑的，这也是闹着玩的？"吉米说完又抓起一把薯片塞进嘴里，他嘴巴嚅动的速度很快，连带着嘴唇上的八字胡也随着他嘴巴的闭合一翘一翘地上下飞舞。

"还好我昨晚想起来了，可真悬呀！还有一天的时间就到期了。我本打算今天上午就去办这件事，可谁能想到我把家里翻了个底朝天，就是找不到珍妮的出厂证明！好在我从来都把身份证这类随时可能会用到的证件放在大门口的钥匙柜上，那正好是摄像头的范围。我查了录像才看到是杰瑞今早出门上学的时候拿了。可他下午放学回来我好言好语地跟他要，他居然摔门就跑了。"洛克边说边唉声叹气地摇着头，"还好在您家找到他，要不我明天就要去蹲监狱了！"

这时海伦和苏珊走进了客厅，杰瑞胆怯地跟在她们的身后。

杰瑞一眼就看到正坐在客厅沙发上的父亲。父亲的样子有点儿狼狈，胖胖的圆脸因生气而显得通红，几缕被汗水浸湿的头发像蚯蚓似的黏在前额上，牛仔上衣的袖子一边被高高地挽起，一边则耷拉在手背上。

洛克看到杰瑞走进来，冲过去抡起巴掌就要揍他，还好苏珊的爸爸吉米的反应迅速，只见他从沙发上轻灵地纵身一跃，及时地将杰瑞护在了他的怀里。

“孩子难免调皮，让他把出厂证明给你，这事就算过去了。”吉米赔着笑，他笑的时候五官都快挤到一块了。

海伦也闻声赶来，她蹲下身子，眼睛温柔地望着杰瑞说道：“好孩子，赶快把出厂证明拿出来给你爸爸，你看他都急成什么样子了。”

海伦的神态是那么的慈爱，本来还想坚持的杰瑞乖乖地把出厂证明从兜里掏了出来，递到了海伦的手里。

洛克看到杰瑞交出了珍妮的出厂证明，这才长出了口气，两手摊开对海伦抱怨道：“你说，我可该拿这孩子怎么办呢？”

“孩子不知轻重，你别着急，杰瑞还是很懂道理的。”海伦和颜悦色地劝慰着洛克。

“好在咱们星球到处都有 24 小时自助婚姻处理机，前面街角的便利店里就有一台。你现在拿着你的身份证和珍妮的出厂证明赶快去那里扫一下证件上的二维码，然后再点击‘确认结婚’就算是办好了，一分钟都用不了。”吉米边说边比画着方向。

洛克半开玩笑半得意地说道：“我还用你教我怎么用那机器，到现在为止你不才用过一次吗？我可是用了十几次了！”

对洛克的吹嘘，吉米却不以为然：“好吧，算你厉害！快去吧！再晚一会儿，你就只能到监狱里去炫耀了。”

“您是生物学家，对人这种生物的本性比我更了解，不是吗？当然，我相信人类中也不乏您这种与众不同的特殊品种。”找到出厂证明的洛克心情大好，和吉米互相开着玩笑。

“你们不要当着孩子们的面说这些吧！洛克你快点去，我们等你回来一起吃晚饭。”海伦说完打开了屋子的大门，做了个往外请的手势。

“好的，夫人！”洛克答应着，还煞有介事地向海伦行了个鞠躬礼。

看到自己的爸爸心情变好了，杰瑞一颗悬着的心才算放下。

洛克很快就回来了，还在便利店买了一大口袋零食。他进门就将袋子里的零食倒在了客厅的茶几上：“孩子们！快来挑你们喜欢吃的。”洛克大声招呼着。

但跑过去挑拣的只有淘米，杰瑞和苏珊因为知道了那个秘密，所以都不愿意搭理他。

“买了这么多好吃的！”吉米把双手举在胸前拍着巴掌，笑逐颜开地凑了过去，看到零食的他似乎比淘米还要开心。

但当吉米看到淘米挑选了很多零食准备拿走，他马上收起了笑容，一脸严肃地对淘米说：“要是妈妈看到你吃饭之前吃这么多零食一定会骂你的，来，我先把这些都收起来，等吃完晚饭我们再吃。”吉米边说边迅速地把茶几和淘米手上的零食又收回到了袋子里。

然后，吉米先是趴在地上把袋子里的一部分糖果放到了书架底下，又走到落地窗前，把剩下的零食藏在了落地窗帘的后面。

杰瑞看着吉米怪异的举动，小声对苏珊说：“怪不得在你家哪怕是犄角旮旯都能找到零食，原来全是你爸爸藏的。”

“他就喜欢到处藏零食，还喜欢储藏食物，我们家的地下室都快装满了。”苏珊答道。

“真幸福呀！有吃不完的好吃的！”杰瑞做出个无限向往的表情。

不一会儿工夫，海伦已经将晚餐摆上了餐桌，吉米特意开了瓶红酒，并调侃地向洛克说道：“为了你躲过这场牢狱之灾，我们得好好庆祝一下。”

饭桌上，洛克和吉米还有海伦言谈甚欢，淘米因为太小，插不上嘴，只得埋头吃饭，杰瑞和苏珊则因为知道了那个秘密而闷闷不乐。

“再要个孩子吧，要不杰瑞多孤单呀！”海伦笑着向洛克建议。

洛克刚要开口回答，杰瑞先抢着说道：“我特别想要个小弟弟或小妹妹，可我爸说养孩子的成本太高，买优质的卵子更是贵得吓死人。”

“卵子是什么？”六岁的弟弟淘米一脸懵懂地问道。

杰瑞大声回答：“我爸说就是长得像鸡蛋似的东西，里面装着个袖珍的宝宝。”

吉米和海伦听了杰瑞的话禁不住面面相觑。

洛克则是一脸的尴尬，他故意提高嗓门问苏珊：“苏珊，你长大想做什么？”

“像爸爸、妈妈一样整天研究各种可爱的小动物。”苏珊毫不犹豫地答道。

“你呢？杰瑞。”这还是洛克今天第一次和颜悦色地跟自己的儿子讲话。

杰瑞还在记恨爸爸，耷拉着眼皮装没听见。

“告诉我们吧，杰瑞，你长大想做什么？”海伦微笑着看着他。

看到海伦问他，杰瑞放下手中的刀叉，十分郑重地说：“我长大要当电子工程师，自己编制一套亲子程序，免费为所有需要的家庭安装，让每个孩子都能得到亲生母亲般的关爱。”

“那完全没必要！你的理想怎么能是这个呢？儿子，

我们就拿你来举例吧，生你的机器人妈妈对你来说不过是个孵化器，你其他的那些机器人妈妈们和她没有任何差别，因为爸爸会把同样的亲子程序输进她们的脑子里。所以无论是否生了你，她们对你的爱都是相同的。我想其他家庭的情况也会是如此。”洛克反驳着儿子。

杰瑞仰着小脸：“才不是呢！你带回家的那些机器人妈妈们只会像背台词似的说‘宝贝，多吃点儿呀！’‘小可怜，怎么又摔跤了？’可她们从不会像苏珊的妈妈那样拥抱和亲吻我。”杰瑞因为着急，一时竟说不出更多的来。

“苏珊是女孩，带她的妈妈自然要细心点儿。男孩从小不能娇惯，长大才有出息。”洛克敷衍着。

洛克有些心虚，为了省钱，他在挑选机器人妻子的时候，就只图外形性感漂亮，而给机器人妻子安装的亲子程序则都比较廉价。洛克可不想像苏珊的爸爸吉米那样，花大价钱给苏珊的妈妈海伦不仅安装了最高级的亲子程序，而且还安装了生物学家的程序，难道只是因为吉米自己是生物学家，妻子就必须跟他有共同语言？在洛克看来，这简直是荒唐至极，完全是不必要的浪费。

“我相信生我的机器人妈妈一定会像苏珊的妈妈那样！”杰瑞说得伤心，干脆饭也不吃，抹着眼泪跑开了。

“杰瑞！”“杰瑞！”苏珊和淘米都离开座位跑去找他。

“我觉得你太粗心了，完全没有考虑到杰瑞的感受。”海伦从刚才洛克把生杰瑞的机器人妈妈称为“孵化器”的时候脸色就开始难看，现在她也站起身离开了餐桌去找孩子们。

吉米拍拍洛克的肩膀："孩子也是家中的一分子，有时候真的要顾及一下他们的感受。"

看到餐厅里只剩了自己和吉米两个人，洛克略显无奈地摇摇头，拿起红酒瓶给自己和吉米都倒上了酒，然后对吉米说道："借你的钱要过些日子才能还给你了。"

吉米拍拍他的肩膀："不着急，我可不像你整天手里没钱。我就搞不明白你怎么就这么不安分，上一个朱迪才跟了你一年多，你就又换新的了，我看你辛苦挣来的那点儿钱都给机器人工厂做贡献了。"

"可我觉得我这么做值得，这辈子我总算没有白活。我问你，为什么我们星球从一百多年前开始，自然人的伴侣就只能是机器人，而不再是另外一个自然人？"洛克瞪着吉米问。

"因为人们不用再为谈情说爱浪费时间和精力，不用再为感情徒增烦恼和忧伤，我们可以从机器人那里，享受可以随心所欲地索取，而不用付出任何代价的爱情。"吉米不假思索地答道。

"错！亏你还号称是生物学家！最根本的原因是因为人本来就是一种喜新厌旧、永不满足的生物！所以我们星球的人才找到现在这种婚姻模式，既能满足人性的特点，而又不伤害另外一个自然人！有这么好的制度，我们为什么不好好享用呢？”洛克喝了一大口红酒，振振有词地辩驳着。

吉米竟被他问得一时语塞。

洛克话锋一转，带着坏笑逼视着吉米的眼睛：“老实告诉我，难道你这十几年来真没对苏珊的妈妈产生过厌倦吗？”

吉米听了五官又挤在了一起，他痴痴地笑着，好半天才难为情地说：“在我们结婚第七年的时候，我曾经冒出过换掉她的想法，但一想到要把一起生活了这么多年的妻子送去回收站肢解，我就又犹豫了。这么拖了几个月后，突然有一天我的这种想法竟然消失了，我又觉得自己是那么爱她，离不开她了。”

“你要么是个圣人，要么就是个怪物。”洛克拿起酒杯碰了一下吉米的杯子，然后一饮而尽。

“我不知道我是什么，但我知道你是够冷血的，回收站什么样？你把她们送去的时候，她们就不害怕吗？不求饶吗？”吉米好奇地问道。

“我怎么会是冷血的人呢？你根本用不着同情她们，归根到底她们是机器人，无论有什么反应，都是我们预先给她们装的程序中的一段运行结果而已。”洛克毫不在意地伸着懒腰说。

“你是不是认为机器人绝对没有自主意识？或者也不会通过学习和实践慢慢产生自主意识？可我告诉你，苏珊的妈妈有时做的一些事情就令我匪夷所思，因为她的这些做法和反应绝不是我给他输入的程序起了作用。”吉米看着手中的酒杯，若有所思地说道。

洛克听了露出一脸的鄙夷：“那准是程序出问题了，你还不赶快在她做出什么出格的事之前把她送去回收站？”

洛克话音未落，只听“啊”的一声哀号，不知从哪里飞来的一个空酒瓶不偏不倚正砸在洛克的头上，他的额头瞬间鲜血直流，洛克身子一歪摔倒在了地上。

吉米送洛克去了医院。总算洛克的脑袋够结实，医生检查过后说只是皮外伤加轻微的脑震荡，医生给洛克处理了伤口后，建议他回家去好好休息几天。

杰瑞在苏珊家一直坐立不安地等着洛克的消息，他现在已经把对洛克的怨恨抛到了九霄云外，只希望自己的爸爸能够平安归来。直到苏珊的爸爸吉米回来告诉他，父亲并无大碍，整整一晚都闷闷不乐的杰瑞才终于有了笑容。

海伦挽留杰瑞这晚就住在她家，但杰瑞却执意要回家去陪爸爸，吉米只得开车把杰瑞送回了家。

一进家门，杰瑞就飞奔去爸爸的卧室扑倒在他的身上。躺在床上的洛克连叫了几声“杰瑞”。他都不回答，只是紧紧地搂着爸爸，好像怕爸爸跑了似的。

过了好半天杰瑞才抬起头问道：“爸爸，你是不是很疼？”

“不疼，一点儿都不疼。”洛克装出毫不在乎的样子。

这时杰瑞的新机器人妈妈珍妮端着一杯水走了进来，“洛克，把止痛药吃了吧。”

她轻盈地走过来扶洛克从床上坐了起来，杰瑞也赶忙伸手帮忙。

“杰瑞，你去睡吧，你明早还要上学呢！这里有我照顾你爸爸。”珍妮带着浓重的卡通口音说到。

杰瑞并不理她，只是在心里嘟囔了一句：“该死的廉价程序！”

洛克把药服下，也对儿子说道：“杰瑞，不早了，去睡吧！”

杰瑞听父亲这么说了，这才道了晚安出来。珍妮刻板的卡通音在杰瑞身后响起：“晚安，杰瑞。”杰瑞从鼻子里“哼”了一声，他已打定主意绝不理这个新妈妈。

两个星期后，老爸的伤口已经完全愈合，只是在额头上留下了一道细细的红色疤痕。

洛克曾问杰瑞：“儿子，那天的酒瓶是不是你扔到我脑袋上的？”

“不是我，爸爸，我怎么可能用酒瓶砸你的脑袋呢？”杰瑞委屈地看着自己的父亲。

洛克赶忙安抚儿子：“当然，爸爸当然知道这不会是你干的，但有没有可能是苏珊或者淘米的恶作剧呢？”

“也不是他们，那天我和苏珊，还有淘米都在楼上的图书室，我们三个没人扔酒瓶，我可以发誓。”杰瑞因为着急辩白，一口气将话说完，脸都憋红了。

“那可是怎么回事呢？难道是苏珊家闹鬼啦？”洛克自

言自语道。

“可能是小精灵来惩罚你了，因为你……”杰瑞差点儿说出那个听来的秘密，他赶忙住了口。

这件事就这样不了了之了。

这天早晨，杰瑞像往常一样，在珍妮叫了他三遍之后，才极不情愿地从卧室里出来吃早餐，因为珍妮准备的早餐实在让人没胃口，不是牛奶泡麦片，就是面包抹果酱，杰瑞一点儿都不爱吃。

“儿子快来呀！今天的早餐你一定爱吃。”洛克从客厅里喊。

杰瑞没精打采地走到餐桌旁边，但当他看到餐桌上的食物，瞬间睁大了眼睛。餐桌上的盘子里居然盛着香喷喷的香肠、金黄色的蛋卷、大片的火腿，还有煎薯角和奶酪！这些都是杰瑞最喜欢吃的，不过以前只有在苏珊家才能吃到，杰瑞自己的机器人妈妈们可从来都没做过。

杰瑞坐下来，拿起自己的一份，刀叉并用，大口地吃着。说心里话，杰瑞觉得珍妮做得相当好吃，蛋卷煎得甚至比苏珊的妈妈做得还要软嫩。

“好吃吗？杰瑞。”珍妮微笑着问。

杰瑞突然觉得珍妮今早说话的口气也有点儿像苏珊的妈妈，就连她的卡通口音似乎也消失了，但杰瑞提醒着自己不能理她。

等珍妮去了厨房，洛克低声问杰瑞：“珍妮有什么地方得罪了你吗？你为什么不理她。”

“我为什么要理她，反正她在我家也待不久。”杰瑞理直气壮地回答。

杰瑞的话差点儿让洛克被香肠噎住，他连咳了几声才看着杰瑞道：“你没发现珍妮今天很不一样吗？爸爸昨天带她去安装了高级亲子程序。”

“骗人！”杰瑞扁着嘴说道，心想爸爸才不舍得买那么贵的程序呢！他顶多给珍妮安装了个做早餐的程序而已。

“你是我唯一的儿子，我最爱的人，所以我怎么会骗你呢？而且骗人是会遭报应的。”洛克下意识地用手摸了摸自己额头上的伤疤。

“可你就是一直在骗我！你骗我机器人妈妈们都是被送去了游乐园，而实际上根本没有什么游乐园，她们都被你送去了回收站！你太狠心了，你连生我的机器人妈妈都送去了那里，让我以后再也没有妈妈了！”杰瑞大声地反驳着，甚至连他知道了回收站的事也说了出来，杰瑞越说越伤心，眼泪开始在眼眶里打转。

杰瑞不想哭，他是个男孩子，他不想让爸爸觉得他是个懦夫，但现在他实在是太伤心了。这次爸爸受伤，他才知道他是多么地爱爸爸，但爸爸呢？他爱他这个儿子吗？他快活的时候考虑过自己儿子的感受吗？

还好在杰瑞离开餐桌后眼泪才流下来，他径直拿着书包跑出家门，上了来接他的校车。

刚坐下，杰瑞的肩膀就被人从背后大力拍了一下，是苏珊。

悬浮车正在升空，有些摇晃，苏珊赶忙在杰瑞旁边的座位坐下，系上安全带。

“怎么啦？今天又不高兴啦？”苏珊看着杰瑞紧绷的脸问。

“没事，刚才和我爸吵了一架。”杰瑞垂头丧气地说到。

“又是因为你的新机器人妈妈？”苏珊试探着问。

杰瑞没回答，烦躁地把头扭向窗外。

“别想这些了，给你个惊喜！我姑妈家的格雷犬生了五只狗宝宝，昨天给我们家送来了两只，肥嘟嘟的像小肉球一样，超级可爱。你不是一直想养只小狗吗？我妈妈让我送给你一只，今天放学的时候你来我家拿呀！”苏珊笑容灿烂地看着杰瑞。

“哇！太棒了！我终于能有一只小狗了。”杰瑞立马忘了刚才在家里的不快，大声欢呼了起来。

杰瑞这一天都过得心神不宁，好不容易熬到了放学，和苏珊一起去了她家。那两只小狗是那么的可爱，杰瑞左挑右选，好不容易才选中了其中的一只。

杰瑞不忍心把小狗放在黑乎乎的书包里，他小心翼翼地把小狗抱在胸前，但抱紧了怕勒痛小狗，抱松了又怕小狗掉下来，他用了比平时长两倍的时间才走回家里。

回到家，开门的居然是自己的爸爸洛克，洛克难得早回家，杰瑞非常开心，他迫不及待地把小狗举给爸爸看：“爸爸，爸爸，快看呀！这是苏珊的妈妈送给我的小狗！”

“苏珊家住着带大花园的别墅，当然有地方养狗，我们家就小小的两室一厅，人都快放不下了，哪里有地方养它。今天你玩一天，明天还是给苏珊家送回去吧！”洛克连看都没看小狗一眼。

杰瑞不甘心地尾随在洛克的身后，恳求道：“爸爸，我可以把他养在我屋里，求你了。”

可洛克依然说：“不行！”

这时珍妮从房间里走了出来，她抚摸着杰瑞怀中的小狗对洛克说：“就让杰瑞养吧，家里就一个孩子，太孤单了。食盆和水盆都可以放到厨房，狗窝可以搭在厨房外的阳台上。”

洛克看了看珍妮和杰瑞，勉为其难地说了声：“好吧！那就先养养看。”

杰瑞和珍妮来到厨房，珍妮从杰瑞怀中接过小狗：“好可爱的小狗，你给他起名字了吗？”

“还没有，你说我们叫它什么好呢？”这还是珍妮来了以后，杰瑞第一次跟她讲话。

“它是你的小狗，还是你来起名字吧！”珍妮笑着说道。

杰瑞歪着脑袋想了半天：“那就叫它杰希吧，我叫杰瑞，他叫杰希，怎么样？”

“好名字！是吧？小杰希！”珍妮逗弄着怀中的小狗，然后对杰瑞说：“走，我们去阳台帮杰希搭个房子出来。”

“好呀！”杰瑞高兴得差点儿蹦了起来。

正走进厨房拿啤酒的洛克听到这话却板着脸说道：“先做饭吧？我的肚子已经开始咕噜咕噜叫了！”

珍妮向杰瑞做了个鬼脸，依旧带着他去了阳台。

杰瑞从没发现珍妮竟这么风趣，难道是爸爸真的为了他给珍妮重新安装了亲子程序？

但不管怎样，自从小狗来了以后，杰瑞和珍妮相处得越来越融洽了。她们配合得相当默契，洛克在家的时候，珍妮会把小狗关在阳台上，洛克一走她就把小狗放出来在客厅里撒欢玩耍。平时遛狗也是俩人分工，珍妮负责上午，杰瑞则是下午一放学就先带着小狗出去遛弯。

这些日子小狗被关在阳台上的时间并不多，因为洛克最近工作很忙，他每天早出晚归，有时甚至杰瑞睡下了洛克都还没回来。

正值雨季，大雨经常一下就是一整天。

这天吃过晚饭，珍妮去了厨房洗碗，杰瑞待在客厅里等着爸爸回家。

杰瑞趴在地毯上拼着建筑模型打发着时间，杰希则乖乖地蹲在他的脚边睡觉。窗外忽然响起了一阵雷声，杰希被雷声吵醒，他不安地晃动着身子，“汪汪汪”地叫了起来。

“别怕，杰希！”杰瑞虽然自己也害怕打雷，但还是强装镇定安慰着杰希。

杰瑞走到窗子旁边，看到外边已是大雨滂沱。心想爸爸早回来不了了，雨天民用悬浮车是禁止升空的，爸爸开的车只能像蜗牛一样在路上爬行，没准儿又要等自己睡了爸爸才能到家了。

突然，窗外一道强光闪过，将黑夜照得如同白昼，紧接着一个震耳欲聋的霹雷在空中炸开，杰瑞觉得整个大楼都在摇晃。

“珍妮！”杰瑞吓得跑去了厨房，一把搂住了珍妮。

“别怕！别怕！”珍妮赶忙把杰瑞搂在了怀里，安慰着他。

这时从客厅里传来“哗啦”一声巨响，珍妮拉着杰瑞跑到客厅，看到杰希正焦躁不安地在饭桌旁的矮柜上打转，而摆在柜子上的水晶奖杯已经碎了一地。

“天哪！这可怎么办呢？爸爸的赛车奖杯，那可是我爸爸的宝贝呀！”杰瑞吓得就快哭出来了。

“珍妮，杰希平时挺乖的，一定是被刚才的雷声吓坏了，才跑到柜子上把奖杯打碎了。但是我爸爸回来会发脾气的，他要是把杰希扔掉可怎么办呀？”杰瑞抓着珍妮的胳膊向她求助。

还没等珍妮回答，房门打开，洛克回来了。只听他大声抱怨着：“这鬼天气，雨大的连路都看不见了。”洛克边说边往客厅走，当他看到那一地的碎水晶，眼睛立马瞪圆了，他厉声质问道：“这是谁干的？”

杰瑞吓得闭上了双眼，躲在了的珍妮身后。

“对不起，是我刚才擦柜子的时候不小心把它打碎了。

要不我们再去照它的样子定做一个回来吧！”珍妮赔着小心说道。

杰瑞的老爸恶狠狠地用手指着珍妮：“那能一样吗？你是怎么搞的，给你安装了高级程序，你反倒出问题了？你不会这么几天就得去做保养了吧？那我可养不起你。”

杰瑞怯生生地说：“爸爸，你别生气了。”

珍妮没有说话，只是把杰瑞紧紧地搂在了怀里。

洛克气哼哼地回自己的卧室洗澡去了。

“对不起，珍妮，让你替杰希挨骂了。”杰瑞诚恳地向珍妮道歉。

珍妮爱怜地捏捏杰瑞的脸蛋：“没关系的，谁让我是你和杰希的好朋友呢！”

“你、我和杰希，我们是兔宝宝，爸爸是大灰狼！”杰瑞逗着珍妮，自己也跟着笑了。

很快复活节的长假期到了。杰瑞以前最不喜欢假期，因为没有玩伴的日子实在无聊。可自从有了珍妮和杰希的陪伴，杰瑞觉得即使是长假期他也过得幸福极了。偶尔赶上老爸回家早，杰瑞就会滔滔不绝地告诉他，他和珍妮在假期里玩了什么游戏，去了哪个游乐园，吃到了什么好吃的东西。

一天早晨，杰瑞正准备出门去坐校车，父亲从卧室走出来说：“杰瑞，你今天放学回家收拾一下想带走的玩具，我明天把你送到苏珊家。这个周末你就待在那儿，我和苏珊的爸爸已经说好了。”

杰瑞疑惑地问：“为什么？不是有珍妮在家陪我吗？”

“珍妮几个月前收拾水晶碎片的时候，手上的皮肤被扎破了，我明天得送她去修理厂。”老爸有点儿沮丧地说。

杰瑞焦急地问：“都发生这么久了，怎么现在才去修理厂呀？”

“最早只是皮肤上有个小洞，我也没在意，以为给她涂了皮肤修复剂就没事了。但后来那个小洞的边缘开始有了裂痕，而昨天我发现那裂痕已经到她的脖子了。”老爸叹了口气，“但愿情况不是很糟，否则又是一大笔钱，真不知道我现在能不能出得起。”

杰瑞赶忙问：“如果付不起维修费，您会把珍妮送去回收站吗？”

洛克愣了一下，随即哈哈大笑：“不会的，爸爸就是随口那么一说，发发牢骚而已，这点儿钱我不会给不起的。”

整整一天，杰瑞都是在不安中度过的。杰瑞准备晚上等爸爸回来再跟他确认一下，他甚至想如果爸爸把珍妮送去回收站，他就离家出走，从此带着杰希四处流浪。

晚上，已经过了杰瑞该睡觉的时间，可爸爸洛克还没有回来，杰瑞又磨蹭了一会儿，在珍妮的一再催促下，才不情愿地躺到床上。

珍妮替他盖好被子，又在他脸上吻了一下：“宝贝，晚安，做个好梦！”

杰瑞抓住珍妮的手央求道："陪我一会儿好吗？等我睡着了再走？"

"当然可以！"珍妮在杰瑞身旁躺下。

杰瑞把头枕在珍妮的肩膀上，用手紧紧搂着珍妮的脖子："珍妮，你知道回收站吗？"

"知道，那是处理自然人不再需要的机器人的地方。"珍妮的语气十分平静。

"那你害怕去那里吗？"杰瑞趴在珍妮耳边问。

"不怕，去那里对机器人来说就像去商店、去剧院一样的正常。"珍妮答道。

"但如果有一天老爸要是送你去回收站，你可一定要想办法跑回来找我，你发誓！"杰瑞把珍妮搂得更紧了。

"好的，宝贝，作为你的朋友我发誓，我一定跑回来！"珍妮吻了吻杰瑞的额头。

"不，你不是我的朋友，你是我的妈妈！"杰瑞把头扎进珍妮的臂弯，心满意足地闭上了眼睛。

在苏珊家的杰瑞整个周末都是恍恍惚惚的。

晚上，杰瑞和苏珊正在楼上的图书室做作业，听到大厅里来了客人，杰瑞听出那声音是自己的爸爸洛克的。

杰瑞跑出图书室，从二楼走廊的围栏向下喊："爸爸，你是来接我的吗？珍妮修好了吗？"

站在客厅的洛克看到杰瑞连忙说："不，不，我得过几天来接你，珍妮还没修好，我今天是来找苏珊的爸爸的。"

然后杰瑞看到洛克神情古怪地对吉米说："走，我们去花园说吧。"

杰瑞顿时警惕起来，他轻手轻脚地下了楼，跟在两个大人的身后也来到了花园里。尽管天色已经黑了，但杰瑞为了万无一失，还是找了一处半人高的花丛闪身藏了进去。

杰瑞听到不远处洛克说道："我对她简直就是一件钟情，她太美了，我从来没见过比她再美的了。你就借钱给我吧，我三个月后保证还给你。"

"你发给我的照片我看了，我觉得不怎么样呀？嘴巴大嘴唇厚，臀部更是大得不成比例。"吉米说着他的观点，"不是我不借你，只是我觉得你不该换掉珍妮，杰瑞现在和她相处得那么好，你就不怕伤了孩子的心吗？毕竟她不只是你的妻子，她还是孩子的母亲，总要考虑到孩子的感受吧？"

"小孩子，过几天就忘了。"洛克敷衍着。

"你们俩怎么站在外边呀？开始掉雨点了，进屋说吧。"杰瑞听出来这是苏珊的妈妈海伦的声音。

于是洛克和吉米两个人都走进了客厅，杰瑞踮着脚也溜了进来，但客厅没有躲藏的地方，他们后来又说了什么杰瑞就没听到了。

晚上临睡前，苏珊的妈妈海伦来到杰瑞的房间向他道晚安，却发现杰瑞正躺在床上哭泣。

"怎么了，宝贝？"海伦吃惊地问。

杰瑞擦擦眼角的泪水，把刚才爸爸说的话向海伦复述了一遍。

杰瑞抽泣着问海伦："您能让吉米叔叔别借钱给我爸爸吗？"

海伦沉默了一会儿说道："不借钱给他并不能彻底解决问题，你想不想从此再也不换妈妈了？"

"当然想！我只要珍妮妈妈！您有办法可以让我以后再也不换妈妈吗？"杰瑞马上停止了哭泣，望着海伦的眼中闪烁着欣喜的光芒。

"是的，我可是经常能做出一些让人意想不到的事情。"海伦调皮地朝杰瑞眨了眨眼睛。

"太好了！您快告诉我怎么做！"杰瑞摇晃着海伦的手臂。

"我会给你一只小药水瓶，你明天回家趁你爸爸不注意的时候，把瓶子里的药水滴上几滴在他喝水的杯子里，等他喝下去之后我保证他就再也不会想换你的珍妮妈妈了。"海伦胸有成竹地说道。

"什么药水？能有这么神奇！"杰瑞兴奋地睁大了眼睛。

"这药水是我自己研制的，你看苏珊不就一直没有被换过妈妈吗？就是因为我在她爸爸喝茶的时候滴进了这种药水。"海伦骄傲地笑了。

杰瑞欢呼道："太好了！要不明早我就跑回家吧，我怕等到放学就来不及了。"

海伦把食指放在嘴唇上轻轻吹了一下："小声点儿，大家都已经睡了。我这就给你拿药水去。"

不一会儿工夫，海伦拿来一个如眼药水瓶大小的小瓶子，杰瑞如获至宝地把小瓶子攥在手里，一整夜都没松开过。

第二天一早，天刚蒙蒙亮，杰瑞就跑回了自己家，他把那个小瓶子里的药水统统都倒进了洛克早餐时喝的咖啡里。

说来也怪，自从洛克喝了那个小瓶子里的药水，他果然再也没有提过给杰瑞换机器人妈妈的事。而且更妙的是他也开始像苏珊的爸爸吉米那样，喜欢吃各种零食，还不停地往犄角旮旯里藏吃的东西，只是他吃的比苏珊的爸爸吉米多得多。

终于有一天，杰瑞趁着在苏珊家玩的机会问苏珊的妈妈海伦："那药水为什么会如此神奇？我爸爸真的再也没有提过要换掉珍妮妈妈。"

海伦凑到杰瑞耳边小声说："你别忘了我可是生物学家，那药水可以改变人的思维方式，让人的某些思维方式和田鼠接近。"

"可为什么要和田鼠接近呢？"杰瑞好奇地问道。

海伦笑了："因为田鼠是最忠诚于自己伴侣的生物。"

"这是您的一大发明，应该向全世界所有的人宣布。"杰瑞高兴地说。

苏珊妈妈惭愧地笑笑："还有要改进的地方，目前这种药水还会给使用它的人带来一些后遗症。"

“后遗症？”杰瑞疑惑地问。

“是的，我发现用了这种药水后人的习性也会有些向田鼠靠近，比如他们喜欢不停地吃东西，还把食物藏得到处都是。”海伦笑着答道。

“我明白了，怪不得我爸爸也开始吃零食，而且吃得比吉米叔叔还多，一定是我把药水倒多了。”杰瑞恍然大悟道。

“你用了多少？我不是让你倒进几滴就可以了吗？”海伦收起脸上的笑容，盯着杰瑞问道。

“我，我把一整瓶都倒进了我爸爸喝的咖啡里。我怕放少了会不管用。”杰瑞有些难为情地看了眼海伦。

海伦听了先是惊得张大了嘴巴，不过紧跟着她就前仰后合地大笑了起来，杰瑞被她的笑声感染，也跟着笑了。

忽然，杰瑞好像想起了什么，他连忙止住笑问海伦：“您还记得那个打在我爸爸头上，不知从哪里飞来的空酒瓶子吗？”

“我当然记得，那是瓶非常不错的红酒，可惜我只能把里面的酒倒了，否则……”海伦说到这儿就停住，然后痴痴地笑了。

我的同事我的猫

我的家里除了我，还有我养的五只猫。我所在的编辑部除了我，还有我的五位同事。猫的数量和同事的人数相同，纯属巧合。

我不是个爱猫人士，至多也只能算是个爱心人士。这些猫都是我前男友小白留下的，他可是个彻彻底底的猫痴。现在我养的这五只全部都是他捡回来的流浪猫，其实还不只这些，他捡到后迫于我的压力又送给别人养的少说也有几十只。

至于家里留下的这五只，要么是他送了厚礼贿赂我，要么就是他使用苦肉计感动我，总之都是他费尽心机，经过艰苦卓绝的努力后才留下的挚爱。可惜，挚爱不如真爱，我和他的这些猫都没能留住他的心，他跟我的闺蜜，他的真爱花花去了另外一个城市。

我在伤心欲绝，诅咒了他们无数遍之后，却仍然保留下了他在我这套小公寓里的所有痕迹，包括那五只我连名字都经常弄混的猫。

我叫冯若若，大学毕业后，在一家报社的周刊当记者兼编辑已经七年了。我没能赶上报社最辉煌的年代，没体验过无冕之王的霸气。我进报社的时候纸媒的行情已是江河日下，一泻千里。近年来媒体人的离职潮一浪接着一浪，但我却是心无旁骛，因为我在全情投入地谈着恋爱，工作轻松的周刊便成为我的最佳选择。只要我每周准备好几篇加起来能有个六七千字的稿子，配上几张图片或照片，我一周的工作量就算完事大吉。

其实不光是我轻松，编辑部里每个人的工作量都大致如此，而且我们还是各自为政、独立作战，每人负责一个版面，不用跟编辑部的其他人发生任何牵扯，这样就又少去了很多麻烦。所以大家都是晚来早走，偶尔两天不来也没人管你。

我的大部分时间就用在了变着花样给小白做饭，捎带手儿再打扫一下我那套小公寓上。偶尔小白有空，我们还会一起去看看电影，爬爬山，优哉优哉地度过日月。在事业上我早就无心恋战，只等着结婚后辞职回家当全职太太。

可人算不如天算，我没想到我每天无微不至照顾着的小白，居然能舍我而去。但生活毕竟还得继续，既然我年过三十依然嫁人无望，也就只能寄情工作，自强不息了。

去年社里评职称我就没当回事儿，结果毫无悬念的，我与高级职称失之交臂。今年我们编辑部的副主任老刘大姐年底退休，她走后副主任的位子将虚席以待，我下了决心这回一定要好好争取。虽说我们报社现在没落了，编辑部副主任的含金量大不如前，但蚊子再小也是肉，更何况这块肉就在眼前呢！

我们编辑部里除了主任老陈和副主任老刘大姐，就属我和四十来岁的老吴资历最深，可老吴是个书呆子，一起做了几年的同事，我感觉他不单是对当官，对什么事儿好像都没什么兴趣，整天穿着一双老头乐步鞋就跟个得道的散仙似的。再有就是小美和小磊，在我眼里小美就是个花瓶，除了脸蛋漂亮会抛媚眼，我觉得她没有其他特长。小磊就更不用说了，刚大学毕业的愣头青，且轮不到他呢！

这天是我们编辑部每周开选题会的日子。我平时因为不坐班，所以晚睡晚起惯了。昨天晚上我虽然有预谋的早早上了床，但依然翻来覆去折腾到凌晨两点才睡着。今天早晨六点我就挣扎着爬了起来，然后头昏脑涨地进了洗手间。站在洗手盆前看着水龙头里流出来的水在水盆里打着旋儿，我的身子也跟着一个劲儿地打晃儿，真想回床上再睡一会儿，但为了能当领导牺牲点儿睡眠时间我还是愿意的。

六点半不到我就出了门。晨曦微露，车少人稀，我平时开车基本都要在路上堵两个小时才能到报社，今天却只用了半个多小时。我走进办公室看看表才刚过七点，离开会的时间还有将近两个小时呢！

我没有吃早餐的习惯，心想不如索性把几把椅子拼一块再睡会儿，但又觉得一个女人蜷缩在凳子上睡觉不太雅观，与未来领导的光辉形象相去甚远，于是我毅然决然地放弃了补觉的想法。

要不给自己沏杯茶喝？既可补水又能提神。我从写字台的抽屉里拿出一盒出去采访时别人送我的碧螺春，浓浓地沏了一大杯，办公室里顿时茶香四溢。我抿了一小口，茶叶相当不错，只可惜我放多了，味道有点儿发苦。

“过犹不及！”我品着茶，给出了这四个字的评语。

一杯茶下肚，我走到书架旁选了本最近比较火的小说翻了起来。我没事的时候通常不玩手机，倒不是我故作清高，而是一来我对玩手机游戏没兴趣，二来我觉得没目的的浏览网页有点儿浪费时间，毕竟互联网上垃圾新闻太多。我不是老王卖瓜自卖自夸，报纸上的新闻毕竟是经过筛选的，有效信息浓度要比网络高得多。

在我三杯茶下肚之后，带着厚厚的近视眼镜，穿着老头乐布鞋的老吴走进了办公室。

“今天来得这么早！”老吴吃惊地眼睛瞪得犹如铜铃。

“是呀，昨天失眠，索性就来单位了，省得赶上早高峰。”我打着哈哈，心想不就是我早来点儿吗？虽然从我到编辑部上班起也没这么早过，但你也不至于这副表情吧？知道的是你看见我，不知道的还以为你看见鬼了呢？

看看墙上的挂钟，现在是八点二十，我突然觉得有点儿不对劲儿，老吴今天怎么也来得这么早？他平日里可是比我来得还晚，莫非老吴和我怀揣着一样的心思？也想当这个编辑部的副主任。他要有这个想法那我可是大事不妙，他到编辑部的时间比我早，学历比我高，负责的版面比我重要，关键他是男的，我是女的，而且我还是没结婚没生孩子的女的，这可是现在很多单位都避之不及的品种，将来休婚假倒还不算什么，反正婚假没几天，但产假可是一休一整年，哪个单位愿意养个光领工资不干活的人呀！

我越想越觉得含糊，俗话说得好："害人之心不可有，防人之心不可无。"我得多留个心眼儿。在离九点开会还差五分钟的时候，我听到楼道里响起一阵细碎但沉重的脚步声，编辑部副主任老刘大姐气喘吁吁地进了办公室。

"刘大姐，您来啦！"我赶忙打招呼，在我们这种单位，想得到什么职位的话，前任认可也是相当重要的。

"哎呀！别提了，地铁出了故障，我为了开会不迟到特意打车过来的。"老刘大姐说完用领导特有的眼神环视了一圈办公室，看到办公室里只有我和老吴，老刘大姐立马拉长她那张胖脸道："怎么就来了你们两个，这种工作态度怎么能把咱们周刊办好？"

我和老吴面面相觑，谁也不愿意接她的话茬。

老刘大姐见没人附和，只得自己接着说："老陈是老领导，而且可能很快就要去负责社里的工作，平时社会活动也多，晚点儿来大家是可以理解的。可小美和小磊凭什么呀？要是在以前，小美和小磊这种三流大学的毕业生我们编辑部根本不可能要。现在……唉！"

我心想老刘大姐也是干了一辈子新闻的人，应该洞察力相当敏锐呀？怎么还这么看不清形势呢？现在是互联网的时代，人们手里捧的报纸已经变成了手机，优质人才当然是投奔最有愿景的行业，这跟姑娘们六十年代流行嫁工人，九十年代流行嫁大款一个道理。但我转念一想，也许老刘大姐不过是借题发挥，毕竟马上就要退休了，多少都有点儿不甘心，发点儿牢骚也是在所难免。

“刘大姐，您袖子上怎么脏了这么一大块呀？”

我怕再不搭腔老刘大姐就要迁怒于我了，赶忙转移她的注意力。我可不想接着她的话茬往下说，万一她要拿我当枪使呢？老刘大姐可以跟别人说：“小冯也是这么说的。”老刘大姐是要退休的人了，我可还得和小美、小磊做同事呢？虽说我心里也对这俩人有看法儿，但心里想跟摆在明面儿上说可是两码事儿。

老刘大姐歪头查看着自己的袖子，果然看到左胳膊上有一大块黑印子：“地铁站里都是人，连下脚的地方都没有，准是我往出挤的时候在哪里蹭的。”老刘大姐边说边用手抹那块黑印子。

我赶忙从书包里拿出湿纸巾递过去：“给您这个，比您用手弄得干净。”

老刘大姐消停了没一会儿，小美迈着模特登台似的步子，摇曳生姿地走进了办公室。她娇滴滴地叫了声：“刘大姐。”又优雅地朝老吴和我一一点头算是打了招呼。

过了没两分钟小磊也呼哧带踹地跑了进来，他慌慌张张地跟大家打了招呼，然后非常自然地坐到了小美的旁边，和小美叽叽喳喳地不知在聊什么。

老刘大姐的脸色变得相当难看，但如我所料她并没有批评小美。据说小美是报社里某个领导的亲戚，虽然这只是小道消息，未经证实，但我想老刘大姐多少还是有些顾忌。但对小磊她可就用不着客气了，不出我的所料，老刘大姐果然对小磊开了火。

“小磊，早就通知了今天九点开会，你怎么现在才来呀？”老刘大姐皱着眉头虎着脸质问。

小磊却并不在乎老刘大姐的态度，他笑着解释：“今天起晚了，刚才在咱们社的院子里没找到车位，只好又开出去在路上兜了好几圈，总算运气好，在路边找到个离咱们社还不算太远的位置，我下次一定注意！”

小磊是去年新毕业的大学生，家境不错，一毕业家长就把房子和车都给买了。本来选题会没小磊什么事，他也就是给大家端茶倒水做做记录而已，有他不多，没他也行。

毕竟迟到在我们编辑部算不得什么大事，老刘大姐听他这么说也就偃旗息鼓，只是轻描淡写地说了句：“下次可一定要注意呀！”也就不再深究了。

编辑部的六个人已经到了五个，就差老陈了。编辑部主任老陈开会迟到是多年来的惯例，只是近年来老陈迟到的时间从一个小时开外，改为半个小时以内。老陈经常教导我们在互联网时代要求新求变，缩短迟到时间应该就是他的一个具体举措吧！

眼看着就九点半了，我合上手里的书；老吴关上笔记本电脑；老刘大姐放下手中的纸笔；大家心照不宣地准备开会。

“抱歉，抱歉，让诸位久等了。”老陈在九点半钟准时走进了办公室。进来后老陈随便拉了把椅子坐下，抿了口小磊递给他的茶水，然后宣布开会。

“这个星期社里没什么事儿，咱们直奔主题报一下下周的选题，老规矩，还是你先来吧！”老陈示意老吴。

老吴扶了扶鼻梁上的近视镜说道：“下期我准备在头版做一个医患矛盾的深入报道，因为这是一个与大众生活息息相关的社会话题，可读性应该比较高。我希望能从客观的视角，将现象以及背后的深刻原因一一列举在读者面前。”

老陈听了频频点头：“可以，但一定做到客观理性，绝不能做失实的报道。咱们周刊可不能为了博眼球而危言耸听，误导读者，造成不良的社会影响。”

我们周刊一共有四个版面，头版和四版是周刊的一头一尾，也是周刊的门面，所以一直是老吴负责头版，刘大姐负责四版。不太重要的二版和三版，就由我和小美负责。

按版面顺序，老吴之后就轮到我了。我清了清嗓子：“下期我的头条是准备了一个人物访谈，我已经约好了飞腾汽车的吴总……”

“小冯，你等一下。”老陈打断了我的发言，“我忘记跟你说了，以后汽车行业这个口儿让小美去跑吧！她在汽车行业有一些人脉关系，好像她联系的那个启程汽车就已经同意给我们报社投放广告了。”

“是的，我昨天还跟启程的戚总通过电话，他说没有问题，还让我准备一个长期合作的意向方案。”小美及时地做着补充。

我呆坐着半天没缓过神儿来，愤怒和委屈在脸上表露无遗：“我跑汽车口儿已经五年了，我相信自己对这个行业还是有相当的了解和认识的，而且以前也写过关于汽车行业的反响很不错的报道。再有吴总的日程都是提前三个月就要安排好的，人家特意从外地赶回来，我也做了很多资料上的准备，取消是不是不太好呀？”

“但是飞腾和启程汽车的定位很相近，两者是竞争的关系。如果我们做了吴总的专访，那启程方面一定会不高兴的，到时候人家不投广告给我们了，还不是我们报社的损失。”小美柔声细语地反驳着。

看着她那气定神闲的样子，我肺都要气炸了，小美就凭几个还没到手的广告，就把这么重要的一个行业从我手里夺走了。

我刚要继续和小美争辩，老吴突然开口道：“我也同意把汽车行业给小美做。汽车和奢侈品行业是现在为数不多的还愿意在纸媒投广告的行业。当然纸媒的纸张可以很质感地呈现他们的广告创意，是他们选择我们的一个重要原因，但我们和那些时尚杂志比起来竞争力并不大，所以有人脉关系我觉得还是很重要的。”

“我们也要为报社排忧解难嘛！现在发行量都是断崖式的下跌，日子不好过呀！”老刘大姐显然也站在小美的一边。

老刘大姐也就算了，一向忧国忧民。令我没想到的是平时看着清心寡欲的老吴居然也这么铜臭气！

眼看着大势将去，我尝试做最后的努力：“陈主任，要不汽车行业的内容还是由我来做，广告则由小美负责，我来配合她，您看呢？”

陈主任听了不以为然地说道：“这样她可能不好开展工作吧？就还是都给她跑吧！我们报社的效益好了对大家都有好处嘛！”

我还要说话，却被老陈摆手阻止：“这件事就这样定了，小美说说你下期的选题吧？”

眼看着多说无益，投告又无门，我只得住了口，如坐针毡地直到散会。

我心里五味杂陈地回到家里，听到响动的五只猫咪从屋里的各个角落跑过来迎接我，围着我的裤腿一阵乱蹭。我哪有心思逗弄它们，艰难地拔出腿越过这些紧跟着我的猫咪，没好气儿地把皮包、手机、车钥匙往客厅的餐桌上一扔。

午饭的时间早过了，可我一点儿胃口也没有。径直走到酒柜前，打开一瓶红酒，坐在餐桌前一杯接一杯地喝了起来。不知是心情不好影响了味觉，还是这红酒放的时间久了，我觉得入口后酒的味道有点儿怪怪的。

我的酒量是我在失恋的时候练出来的，没想到工作上遇到烦心事也是“何以解忧，唯有杜康”。一瓶红酒很快就下了肚，可我的心绪依然没有好转。我从餐椅上站起来，晃晃悠悠地走到酒柜又打开一瓶，可能家里的红酒都是一块儿从网上订购的，味道还是跟上瓶一样，有股子怪味儿。

第二瓶我只喝了一杯，就开始觉得头晕目眩，本来想强撑着再给自己倒一杯，但手却不听使唤，把酒瓶掉在了地上，瓶子里的红酒撒了一地。

我晕晕乎乎地走去厨房拿了擦地的墩布，刚举起墩布要擦却看到我那几只猫咪正如饥似渴地舔着撒在地上的红酒，看着它们每个都被红酒染成了红嘴巴，我“扑哧”一声乐了，干脆把墩布往地上一扔，任由猫咪们舔去，自己一头栽在客厅的沙发上睡着了。

也不知过了多久，我一觉醒来想从沙发上坐起来去上洗手间，却觉得肚子上沉甸甸的，一看是加菲猫睡在了我的肚子上，这家伙是家里几只猫咪中最黏我的一只。

我醉眼蒙眬地把它拉到我胸前，抚摸着它柔软的身子，加菲猫打着呼，肥大的猫头在我眼前微微颤动着，一副很享受的样子。看着看着我竟然产生了错觉，眼前的加菲猫的脸怎么这么像老陈呢？我睁大眼睛再看，这不就是老陈的脸吗？我顿时被吓得魂飞魄散，一把将加菲猫从胸前推到地上，酒也吓醒了大半。

怎么会这样呢？我用手拍着胸口让自己定神，心想一定是自己喝酒后产生了错觉。我又把加菲猫从地上抱起来，举到眼前，加菲猫被我粗鲁的动作吓得“喵”地叫了一声，一双碧蓝的圆眼睛睁得大大的，我这才松了口气，刚才的确是自己恍惚了。

从洗手间回来我重新瘫倒在沙发上，自己也觉得刚才的举动好笑。我忽发奇想，把猫咪们都招呼到身边，左瞧瞧右看看，仔细地端详着每一只猫咪的样貌。不一会儿我开始哈哈大笑，因为那长着吊眼梢的狸花猫活脱脱不就是小美吗？眼睛上长着一圈黑毛的豹猫多像带着近视眼镜的老吴呀！肥得肚皮都要挨地的白猫活脱脱就是老刘大姐的翻版。虎头虎脑的英短简直就是小磊的化身！还有刚才让我虚惊一场的加菲猫，它还真和老陈有些相像。

于是我做出了个重要的决定，我要为这五只猫咪每只取个新的名字：猫老陈、猫老刘、猫老吴、猫小美和猫小磊。我的阿Q精神胜利法终于让我在自家猫咪的身上找回了平衡。每当我家里的猫老陈、猫小美跟在我身后摇尾乞怜时，我那个得意呀，心情好到犹如悠游云端。

这天我在用手指戳了十下猫老陈的头，又拽了几下猫小美的尾巴之后，把橱柜里面的猫罐头都拿了出来，这可是平时只有周末才给它们吃的，但今天我觉得是它们使我的心情变得愉快，我要奖励它们。我把储存的猫罐头统统打开倒了满满一大饭盆喂给它们。

可不知是为什么？平时让几只猫咪你争我夺的猫罐头，今天却一点儿也不受欢迎。猫老吴和猫小美只蜻蜓点水地吃了几口；猫老陈和猫老刘更是避之不及地闻了闻就走；只有猫小磊给我面子，在饭盆前一阵埋头苦吃，不一会儿工夫就把那一饭盆猫罐头吃了个精光。估计猫小磊是吃撑了，它慢吞吞地走到餐桌下一趴，任我怎么叫它连眼皮都不抬一下。

可到了半夜，猫小磊开始拉肚子，它先是频繁地去猫盆，到后来猫小磊已经赶不及去猫盆，水样的粪便弄得整个屋子都臭气熏天。我看这架势实在是拖不过去了，不情愿地从被窝儿里爬了起来，一边在心里埋怨自己没事找事，干吗喂那么多猫罐头给它，一边找出一块准备不要的旧浴巾，像包粽子似的把猫小磊包起来带去了宠物医院。

第二天中午十二点我才到社里，一出电梯门，正好跟准备下楼去食堂吃饭的老吴撞了个满怀，老吴迅速皱起鼻子：“你这是去哪儿啦？身上怎么一股臭味呀？”

“养一大群猫的人，身上的味道能好吗？”

我心想别看老吴眼神不好使，鼻子倒是还挺灵敏，我昨晚抱猫小磊去医院穿的就是今天这件衣服，蹭上了猫小磊的排泄物也说不定，只是我昨晚在宠物医院陪猫小磊输液折腾到后半夜，今早竟忘记换衣服了。

我忽然又想起今天还约了位作者来社里谈关于他稿子的事，总不能这么见人吧？好在小磊那儿有我们上次搞活动时剩下的文化衫，虽然不好看，我也还是找他要一件凑合先换上。

我快步走进办公室，却看见小磊的办公桌上堆着几个快递包裹，位子上没人，看样子像是今天根本没来上班。

走过老刘大姐的身边，我随口问了一句："小磊今天被派出去了吗？还是去食堂吃饭了？"

"小磊早上来电话，说他今天拉肚子特别厉害，去医院打点滴了。现在年轻人的体格儿真是够呛！"老刘大姐一脸鄙夷地说。

我心里暗笑，怎么会这么巧？我家的猫小磊拉肚子，编辑部的小磊也拉肚子，看来他们还挺有缘分。

我回到我的座位，老刘大姐一脸神秘地跟了过来，压低声音对我说道："你知道吗？我听到消息说咱们周刊要跟IT周刊合并，我们要把四个版缩减成两个版，他们是把八个版缩减成两个版，估计编辑部里有人要转岗了。"

"是吗？我可一点儿没听说呀？"我吃惊地望着老刘大姐，心想自己在报社里白混了这么多年，消息也太闭塞了。

老刘大姐接着说："老陈昨天征求我的意见，问我如果咱们缩减版面的话让谁转岗，我说要非选不可那就让小美转岗。我这么说倒不是因为我一向不喜欢小美，她平日里是目中无人，但这不是她该转岗的主要原因，最主要是因为她的业务能力实在是差劲儿，文字水平也不高。”

我听了频频点头，嘴里更是“嗯嗯”连声，对老刘大姐的话深表赞同。

老刘大姐的表情更加神秘：“可你知道老陈怎么说吗？老陈说他征求老吴的意见，老吴居然说让你转岗。而且老陈说如果这事定了，非走一个编辑，他也同意让你转岗。我告诉你这事儿，是想让你早做准备，别来个措手不及。要不好好的编辑不当，跑去办公室打杂也太惨啦！”

我强压着心中的怒火和震惊说道：“刘大姐，谢谢您告诉我，他们就是欺负我没后台没背景，我这就去找社领导闹去！反正不能让他们这么轻易就把我转到办公室去打杂。”

“你先别急呀！这事儿现在就是私下里传，还没落实呢！而且报社要缩减版面也不是那么容易的事儿，我听老陈的意思，他就不同意。至于IT周刊那边受的影响更大，我们是四个版减到两个，他们可是从八个版减到两个，所以肯定更得闹。再看看吧，你先别当出头鸟。”老刘大姐劝解着我。

这天剩下的时间我一直心神不宁，晚上坐在客厅沙发上看书，也是怎么都看不进去，心想男人就是男人，再酸文假醋，骨子里也还是喜欢美色，平日里老吴看到小美卖弄风情总是眉头紧皱，我还觉得老吴三观正，看不上这种轻浮的女人。可没想到关键时刻他居然建议老陈留下小美，让我转岗！

可我转念一想，老吴在这时候插我一刀，恐怕未必是图小美的美色，而是有可能他真的在觊觎那个副主任的位子。想到这儿我从鼻子里“哼”了一声，老吴这招高呀！踢走他的潜在竞争对手，留下不可能跟他竞争的小美。我今天才算明白了什么叫人不可貌相，海水不可斗量。

但我心里也清楚，如果周刊合并，我肯定拗不过老陈和老吴，被转岗的一定是我。可要是被转了岗，面子挂不住不说，自己的专业也丢了。想想自己真是流年不利，失恋又要失业，越想越觉得自己委屈，越想越气不打一处来。

这时偏巧猫老吴凑到我的脚边，我一把拎起主动送上门来的猫老吴的后脖子，猫老吴双脚瞬间离地，像条长长的腊肉似的，被我拎进了厨房。我从厨房的抽屉里拿出剪子，对准猫老吴头顶上的毛就是几剪子，它的头顶立马被剪成了丑陋的阴阳头。

“让你在背后使阴招，让你使阴招！”我边剪边解恨地在嘴里絮叨着。直到手觉得累了，我才松开猫老吴，猫老吴吓得顶着个秃脑袋一溜烟儿似地钻进了书柜底下。

第二天是报纸签版的日子，我早早就去了办公室等着小样儿出来。

“吴老师，大夏天的您怎么还带个帽子呀？”这是小磊的声音。

我听了赶忙抬头看，果然见到老吴头上戴着个鸭舌帽。我不免诧异，难不成他的头发也出了什么状况？就像上次我家猫小磊拉肚子，小磊也拉肚子一样，就在我胡思乱想的时候，小磊从老陈的办公室出来，走过来叫我和老吴：“陈老师让两位老师去他办公室一下。”

我们来到老陈的办公室，老陈难掩兴奋地说道：“社里决定由我们编辑部来办报社成立三十周年的特刊，这么重要的工作交给我们来做，可是我们大家的荣耀呀！所以我们一定要全力以赴把特刊办好，不能辜负领导对我们的信任。我想让老吴为主，小冯为辅，再由我和老刘、小美、小磊协助你们，你们俩人看这样安排有什么问题没有？”

还没等我开口，就听老吴支支吾吾地说：“最近我母亲生病住院，我的压力比较大。昨晚一夜之间，我头顶的头发居然掉光了。要不是今天签版我都不想出门了。所以这么重要的事情，别再让我搞砸了。”说完老吴摘下鸭舌帽，果然头顶上一块海碗大的地方油光瓦亮，一根头发都没有了。

天哪！怎么又是这么巧！我的心在狂跳，这也太不可思议了。从小磊拉肚子，到老吴被鬼剃头，难道我家的猫和他们竟然有着某种联系？我的心里一阵狂喜，如果真是这样，那我岂不是可以通过这些猫咪来报复编辑部的每一个人了。我扫视着眼前的老陈和老吴，突然觉得我的腰板儿挺直了。

老陈可能是看到我吃惊的样子太过夸张，瞪了我一眼道：“有什么大惊小怪？男人压力大掉头发是很正常的，我以前也有过这种情况，现在头发不是又都长回来了。”

我看看老陈头上“地方支援中央”的发型，忍俊不禁地点了点头。老陈又扭头对老吴说：“既然你确实有困难，那这期特刊就让小冯负责吧！不过老吴你一定要尽可能给予协助。”

“您还是给我找个副手吧？要不时间紧任务重，没个职责明确的帮手，光靠大家自觉可不行。还有我近几期的版面也得有人帮我代做一下。”我心里虽然乐开了花，这么个露脸的好机会居然落在了我的头上，但我的头脑还是清醒的，并没忘记讲条件。

老陈想了想：“嗯，这样吧，我跟小美说一下，让她放下手头其他的工作，至于你负责的那个二版这几期就由我来做。”

我心想要是让我挑，我宁可要话多不出活儿的刘大姐，或经验不足的小磊。自从小美为社里拉了几个广告之后，现在在编辑部里整天一副盛气凌人的架势。协助我？她不帮倒忙就是好事，但一想估计提出异议也是白提，索性满脸堆笑说道：“谢谢主任！”

从老陈的办公室出来，我心里却在琢磨另外一件事。为什么发生在我家猫咪身上的事，也会发生在我同事的身上呢？是由我家的磁场导致？还是因为那瓶味道怪异的红酒？我回到座位在网上一通搜索，却根本找不到相似的事件或解释。我苦思冥想，难道这是量子纠缠？两个相同的量子一个进入了猫咪的体内，一个进入人的体内，从而产生出同样的后果，发生同样的事情？我苦思冥想良久，忽然觉得自己十分好笑，就凭我一个文科生的那点儿物理知识，还想弄明白量子纠缠？我又管它是因为什么，以后我能通过我的猫咪来报复别人对我的欺负不是挺好吗？我告诫自己不要再浪费时间胡思乱想，现在迫在眉睫的是办好特刊。

特刊的筹备工作在我的安排下紧锣密鼓地展开了，出乎我意料的是，小美不但对我言听计从，而且从讨论选题、采访、写稿、审稿到约摄影记者，每一个步骤她都积极参与，而且相当卖力气。更令我意想不到的是，就在我为特刊的头版头条发愁的时候，小美居然动用她的人脉找到一位重量级人物为我们的特刊撰写头条，一下子提高了我们特刊的档次，特刊的影响力也将不可同日而语。

“小美，这次干得漂亮，谢谢你这么支持我的工作。”我由衷地感谢她，还特意买了一套化妆品送她。

“冯老师，您别这么客气，把特刊办好了，不是也有我的一份功劳吗？”小美笑咪咪地答道。

我也笑了，看来“没有永远的朋友，只有永远的利益。”这话是一点儿也不假。眼看着特刊在老陈那儿过了一审，在社里过了二审，然后连夜印刷，很快就可以和广大读者见面了。我这才长长地松了一口气。

我从社里开车出来已是深夜，脑子里是忙碌过后的空白，我什么也不想再想，只想能快点儿回家踏踏实实地睡个昏天暗地。把手机静音，我奖励自己可以睡到自然醒。

再次睁开眼睛，窗外已是阳光明媚。我拿起手机想看看几点了，结果打开屏幕一看，我整个人都傻了，手机的通话记录里有几十个老陈的未接电话。我顿感不妙，赶紧回拨了老陈的手机号码。

老陈一听是我，在电话那头气急败坏地喊道："你是怎么搞的，全部都印好了，头版头条的作者却找到报社说刊登他的稿子没经他同意！他要求销毁所有印出来的特刊，否则就去法院告我们。你怎么能犯如此低级的错误呀？报社成立三十周年的特刊怎么能这么儿戏呢？我都不知道该怎么跟社里的领导交代！咱们社什么时候出过这种事呀？这下不光是你完蛋了，我都收不了场了！"

我的头在嗡嗡作响，意识到自己捅大娄子了。老陈挂了电话我马上打给小美："稿子是你组来的，怎么作者现在说他不同意刊登呢？你跟他签的合同呢？"

小美慢悠悠地说："我当时着急拿稿，忘了跟他签合同了，而且您也没提醒我呀！"

听小美那不着急不着慌的口气，我一下子就明白了，这是小美给我挖的坑！她又不是第一天才来上班的编辑，签合同这么大的事她会忘，谁信呢？何况那个作者是她的关系，怎么就突然撕破脸，在我们已经刊印了的情况下，都一点儿不能通融呢？我笃定自己是被小美暗算了。

等着我的会是什么？处分？转岗？开除？自己还异

想天开地想当编辑部的副主任呢！可笑！谁说姜只有老的辣，小的生了黄樟素一样毒死你。本想给自己捞点儿资本，却捅了这么个全社皆知的大娄子，自己以后还怎么有脸在社里露面呀？老陈肯定也得跟着吃瓜烙，他进社领导班子的事儿一定也黄了。

小美！这个该死的臭妖精。

我怒不可遏地冲下床，“小美，小美”的一通乱叫，猫小美果然颠着小碎步朝我跑了过来。我一把抓起它，咬牙切齿地想我该怎么收拾它，把它从楼上扔下去？拿菜刀给它来个斩首？甚至活扒猫皮我都想了。但真下手的话，第一我没这个胆子，第二这毕竟是我自己养的猫，人家猫小美招谁惹谁了？

我泄气地把猫小美扔回到地上，转身准备回卧室接着去睡个三天三夜。谁知我往卧室走，猫小美也一路小跑跟着我。

卧室我是从来不让猫咪们进去的，因为我不想衣服上沾满细碎的猫毛。于是我和猫小美开始速度的较量，我突然加速，以迅雷不及掩耳之势闪身进了卧室，随即关门，却听到猫小美“喵”的一声惨叫，它的爪子被我夹在了门缝里。

我赶忙抱起猫小美查看，她的右前爪流着血，整条前腿都在不停地抖动，看来伤得不轻。我简单地给猫小美包扎了一下，然后抱着它直奔宠物医院。

在宠物医院拍了片子后，医生说猫小美的前爪骨折了。我听了既愧疚又心疼，怪自己怎么就不看清楚再关门呢？难道自己内心深处真想通过伤害它来发泄对“小美”的仇恨？我越想就越觉得自己对不起猫小美。

我连着几天都在家里照顾猫小美，没去上班，我既没心思工作，也没心思知道小美遭到了什么样的报应。

但老不去也不是办法，这天中午的时候我到了社里，一进办公室的门，就被刘大姐喊住：“小冯，你可来了，要不咱们编辑部简直要唱空城计了，就指着我一个人哪行呀？”

“是吗？”我心不在焉地敷衍着，我现在对这个编辑部是好是坏一点儿都不关心。

“老陈这些日子也没来，老吴的妈妈住院他得守着，小磊根本不顶事，小美前些天胳膊又骨折了，下期她的版面还不知道由谁来做呢。整个编辑部的活儿总不能就我一个人干吧？”刘大姐发着牢骚。

“小美伤得不重吧？”我做贼心虚地问。

“怎么不重？粉碎性骨折，被送去医院做了手术。你说她也是活该倒霉，早上来上班的时候坐电梯正赶上电梯要关门，她就紧跑了两步把胳膊先伸了进去，她本想这下电梯门就不会关上了，谁知电梯门不但关上了，而且还越关越紧，她的胳膊抽也抽不出来，生生被电梯门给夹到骨折了。”刘大姐热情详尽地向我诉说着原委。

虽然我被小美陷害过，但我毕竟是个心地善良的人，听她受伤了还是觉得有些不太舒服，我略带尴尬地说道：“等我有空了去医院看她。”

“不用，大家都忙，就别讲这套虚礼了。我昨天下午已经代表全编辑部的人去看过她了，还用编辑部的经费给她买了营养品。我告诉你，女人不打扮真就不行，你看小美平日里多漂亮呀！可昨天下午躺在病床上一不化妆，我都差点儿没认出她来，那长相连个中等都算不上。”刘大姐语气中透着那么点儿幸灾乐祸。

这之后不久，我找了个爱猫人士，把家里像刘大姐的那只白猫送给了她。刘大姐平日里对我不坏，又是马上要退休的人了，我不想她出现任何意外。我希望在白猫离开我家之后，那种神秘的联系会在白猫和刘大姐之间消失。

时间飞逝，转眼到了年底，社里的任命下来了，老吴接替了退休的刘大姐，当上了编辑部的副主任。我们和 IT 周刊合并的事也已经提上日程。现在由小磊负责二版，我做原来刘大姐负责的四版。我被社里开大会点名批评了之后已是心灰意冷，抱着当一天和尚撞一天钟的想法对付着周刊的工作。

这天我很意外地在下班后接到了老陈的电话，特刊的事出了之后，老陈在单位就很少跟我说话，更不会私下打电话给我。

“最近报社有一个外驻非洲的名额，我给你争取到了。”老陈在电话那头说道。

“非洲！我去非洲？咱们报社不是从来都不派女记者常驻非洲吗？”我吃惊地问。

“女记者就不能去吗？别的新闻机构不是有派遣女记者的先例吗？”老陈打着官腔。

“反正我不去，那种连抽水马桶都不一定有，埃博拉病毒肆虐的地方我才不去呢！您让社里换别人吧！”我脖子一梗，摆出一副浑不懔的架势。

“两个周刊合并在即，这总比你转岗去办公室打杂好吧！我这可是为你着想。当然啦，你要实在都不愿意干，辞职也行。”老陈言语中透着不耐烦。

为我着想？你老陈拿我当三岁孩子了吧？你还不就是想借机收拾我。居然还把我往辞职的道上引，以为用话一激我，我就会脑子一热说：“好吧，那我辞职。”你老陈别做梦了，我就是走，也绝不能是让你老陈挤对走的。你老陈找错人了，我可不是任由你宰割的羔羊！

“哈哈哈，哈哈！”我突然发出听起来十分诡异的笑声。

“你笑什么？”老陈被我笑得莫名其妙。

“您相信因果报应吗？陈主任。”我说了一句在老陈看来一定非常不着边际的话。

“你什么意思？”老陈大声呵斥，“小冯，你这是在跟领导讲话吗？我觉得你今天说话的态度很不端正呀？”

我根本不接他的话茬，慢悠悠地说道：“老陈，我家里现在有四只猫，猫小美、猫小磊、猫老吴，还有一只猫老陈。”

我特意停了一下，想看看老陈的反应。老陈在电话那头不胜其烦地说道：“你是不是神经有毛病呀？少在我这儿胡说八道！”

“陈主任，您大概不知道一件令人匪夷所思的事吧？我家猫身上发生了什么，咱们编辑部同事的身上就发生什么。我家猫小磊拉肚子，咱们编辑部的小磊就拉肚子；我把猫老吴头顶的毛剪了，老吴第二天就被鬼剃头了；还有我不小心把猫小美的爪子夹了，倒霉的小美就被电梯夹断了胳膊。您说这事儿是不是有点意思？”我说完得意地哈哈大笑。

“我看你准是疯了！”老陈在电话那头朝我咆哮着。

我依然不慌不忙：“您不信是吗？好吧，我现在就拍张猫老陈的照片给您发过去，他跟您长得可像了，您自己瞧吧。”说完我挂断电话去逮猫老陈。

也许是我的举动和表情实在让猫老陈觉得可怕，我只要举起手机它就四处逃窜，一连拍了几张画面都是虚的。我心里着急，决定先抓住它，然后再拍。可猫老陈今天也不知中了什么邪，就是满屋子乱跑地躲着我，我连抓了几次都扑了空，好不容易把它逼到了墙角，它居然一跃跳上了窗台。这下它可没路可走了，虽然窗子开着，除非它从窗子跳下去，我想它没这个胆子，毕竟我住在十六楼，猫可是知道轻重的动物。

我张开胳膊，摆出个包围的架势，慢慢朝窗台挪动，嘴里还不停地安抚着它："乖，别动，别动！"我离它越来越近了，就在我的指尖已经碰到它的时候，猫老陈纵身一跃，从窗边跳了下去。

我被吓呆了，过了好一会儿我才回过神来。我冲到窗边探出头往下看，隐隐约约看到一个黑乎乎的小黑点儿一动不动地躺在地上。

楼下传来了保安嘶哑的喊声："这是谁家的宠物跳楼啦！"

一周后，在编辑部主任老陈的追悼会上，小磊低声说："听说老陈是因为没当上社领导心里不痛快，得了抑郁症跳楼的。"

我没说什么，只是哭得特别悲切。

老陈死了，我们编辑部急缺人手，我外派非洲的事从此没人再提过，但我依然高兴不起来。我觉得我简直就是个杀人犯，虽然我不是故意的，虽然这事儿实在是诡异，但客观上我还是觉得自己有不可推卸的责任。

我决定把家里剩下的三只猫或送人或放掉，总之我不能再养了。

追悼会开完后我和小磊一道往停车场走，没想到居然碰到小美和一个一脸老鼠像的男人也来停车场取车。看到我们，小美赶快把自己的胳膊从男人的臂弯里拿了出来。

"冯老师！小磊！我给你们介绍一下，这是社里新给咱们编辑部派来的主任，齐老师。不过下周才会在社里宣布，你们现在可不要说出去呀！"小美说完朝那个被称为齐老师的人妩媚地一笑。

我和小磊都赶忙伸出手说道："齐老师，您好！"

可明明我离得近，这个齐老师却越过了我，和小磊热情地握了手，然后对我连看都不看，只是朝着我站的方向用他那和老鼠一样尖的下巴点了两下。

我望着齐老师和小美有说有笑，肩并肩远去的背影，顾不得和小磊道别，扭身就走，任凭身后的小磊一个劲儿地喊："冯老师，冯老师，您怎么啦？"

我又开始不怎么在编辑部露面了，小磊答应帮我做这个星期的版面。我的时间非常紧迫，我一定要在别人对我下手之前，找到一只长得像老鼠的猫，然后再给它喝点儿我家里的怪味儿红酒。

我白天在各宠物店溜达，晚上在各小区的野猫里寻找。功夫不负有心人，终于在一家宠物店被我找到了一只长得和那个一脸鼠相的齐老师一模一样的猫。虽然买这猫要花费我不少银两，但我一点儿都不心疼。

就在我要交钱的时候，手机响了。"冯老师，您快回来吧，报社出大事了。"电话里传来小磊焦急的声音。

还没等我问清原委，那边电话已经挂了。听小磊的声音我觉得事情一定不小，于是我跟宠物店的老板谈妥，我先把钱交了，等会儿再过来取猫。

到了社里，我看到院子公告栏前站满了人，我也好奇地凑过去，看到公告栏里贴着一则十分醒目的告示："休刊公告"。

无奈的永生

永生！多伟大而又震撼人心的字眼儿！千万年来人类追求的终极目标，居然在刚子这个卑微的小人物身上实现了！

“您说什么？请大点儿声。”自从刚子成为无形、无色、零体积的脑电波之后，他的“听力”就没那么好了。刚子为什么能这么幸运，成为人类目前唯一一个通过“脑电波”永生的人？唉！如果他告诉您这是个误会、是个阴谋，您会信吗？很久以前的事了，说来话长。

那年刚子妈正在为刚子的婚事着急，说刚子也不知中了什么邪，就是对奇奇念念不忘。现在是公元2200年，自从科学技术随了重男轻女的人们的心愿，这一百多年下来，男女比例彻底崩盘，如今女孩稀少的，珍贵过国宝大熊猫，更别说像奇奇这么漂亮的姑娘，富N代都未必轮得上，就凭狗屁都不是的刚子，大熊猫能归了你？

七大姑八大姨听了刚子的事儿也是一个劲儿地摇头，都说这小子做事就是怪，放着待遇那么好的电子工程师不当，却偏要去参加什么“敬畏自然联合会”，整天宣扬保护自然、遵从自然、控制人类欲望的大道理，志向是挺高远，可没名没利呀！

可刚子妈着急有什么用呀？望着一表人才的儿子，刚子妈只敢在儿子给她好脸儿的时候，才赔着笑脸试着步地嘀咕几句。像大多数的京城父母一样，刚子妈并不指望儿子能有多大的出息，只求他能安分地守在自己身边，别像对门老张家的儿子那样疯癫，非要去探索外星系的超级星球，听说最快的飞船走一个来回也得几十年，刚子妈打心底里替张大妈难过，她这个儿子算是白生了。好在刚子是个特别恋家的孩子，对刚子妈也孝顺，就是有的时候说话倔了点儿。

刚子打小儿住在京城一栋前出廊、后出厦的大四合院里，房子是刚子家的祖产，在刚子的爷爷都还没出生的时候，政府为了保护古建筑，将他家那一带上百座四合院划为保护区，成了如今太阳系著名的旅游景点。

在这个穿光纤维服装，住移动胶囊，到处充斥着焦虑与匆忙的年代，这里却恍如隔世，一如百十年前的样子。大街上仍能听到小贩们此起彼伏的叫卖声，柳树下依然坐着三个一群，两个一伙，穿着老头衫、摇着芭蕉扇乘凉的人们。这里的一切都透着安逸、闲适、悠然自得的劲儿。日复一日，大批的游客来这里游览，对他们来说，这里与现代截然不同的一切就是流动的行为艺术，历史的活化石。

京城人都知道四合院保护区是个寸土寸金的宝地，而刚子家的房子又是这一片儿里位置最好的一座。寒冬腊月里，站在刚子家院子当中就能望见雪花飘飞下的钟鼓楼，三伏天的时候，出门走不多远就到了荷叶飘香的后河沿儿。

数不清的各色商人打过刚子家大四合院的主意，可不管出多高的价钱，许下多诱人的条件，刚子的回答永远都是干净利落脆的两个字："不卖！"望着商人们疑惑吃惊的小眼神儿，刚子一脸的鄙夷与惋惜，这些唯利是图的商人哪能了解这里的可贵呀！在刚子眼里，这里的一砖一瓦，一草一木、一声鸟语、一缕花香，都是有生命的、会呼吸的、带着温度的、有滋有味的，是刚子最难割舍的记忆和最向往的生活。

即便不卖，听着商人们报出的天文数字，刚子妈的嘴照样笑得咧到了耳朵根儿，心里这叫一个踏实，有了这所房子，儿孙将来还用为吃穿发愁？要不是儿子的婚事让自己闹心，刚子妈觉得这日子真是没挑了！

刚子和奇奇是青梅竹马一起长大的。小时候，附近几条胡同的孩子都爱到刚子家的大四合院玩儿。刚子从小生得高大憨厚，奇奇却是个小精灵鬼儿。刚子虽然比奇奇大几岁，可从来都是他听奇奇的摆布，玩骑马打仗，刚子是马，听着奇奇的口令横冲直撞；玩过家家，奇奇是医生，刚子乖乖地躺在床上装病人。那个时候，四合院里的孩子们喜欢在花丛间扑蝴蝶、石头缝里逮蟋蟀、爬上大槐树粘知了，可奇奇想要什么小虫却从来不用自己动手，只要扬着漂亮的小脸蛋儿向刚子努努嘴儿，刚子便上蹿下跳地一通忙活。刚子妈有时看着儿子胳膊、腿上现出的青紫，又是心疼又是好笑，儿子这么小就会给女孩儿献殷勤，将来肯定娶得上媳妇儿。

奇奇爱吃刚子妈做的炸酱面，每回刚子妈都是亲手擀面，黄瓜丝、香椿芽，配上汪着油的炸黄酱，奇奇吃得那叫一个香，一筷子下去，七八根面条一起往小嘴里挤，小腮帮儿被塞得鼓鼓的，还不等咽完，就又夹上一筷子在嘴边儿排队等着了。每到这时候，刚子就用小大人的口气对奇奇说："慢点儿吃，锅里面条儿还多着呢！"然后用自己的小胖手执着筷子，挑出炸酱里的肥肉丁，颤巍巍地送到奇奇碗里。

日子过得真快，刚子妈觉得也就是眨巴眼儿的工夫，坐在大槐树下吃面的两个小豆子就长成了小伙子和大姑娘。奇奇真漂亮，娇艳夺目的好比盛开的牡丹，吃起面来再也不像小时候那样狼吞虎咽，而是一根一根慢慢地往嘴里吸溜着，时常还嗔怪地推开刚子送来肥肉丁的筷子："我要减肥。"刚子只好失望地将肥肉丁塞进自己嘴里。刚子现在总是想讨好奇奇，却讨好不到点儿上，可她越是这样，刚子越觉得她把自己的心占得满满的。

冬去春来，说不清是从哪天起，刚子和奇奇成了卿卿我我的一对儿小情侣。俩人总是橡皮糖一样黏在一起，走在街上时常能看见奇奇搂着刚子的胳膊，把头亲昵地靠在他宽大的肩膀上，仰着脸朝他甜甜地笑。老邻居们都说："刚子妈这个儿媳妇算是没跑了，大伙儿就等着喝喜酒吧！"刚子妈听了嘴上虽说："还小呢！"心里却是乐开了花儿。

谁能想到呀？煮熟的鸭子居然还能飞了。毫无预兆地，奇奇突然消失了，一天、两天、半个月，刚子妈意识到了问题严重，这可不像是情侣间闹点儿小别扭，可不管刚子妈怎么样软磨硬泡，刚子就像是徐庶进了曹营，后来干脆一头扎进他自己屋里，任刚子妈在屋门口扯着嗓子喊。

直到三个月后的一天傍晚，奇奇出现在刚子家门口，丢了魂似的刚子才耷拉着脑袋，晃晃悠悠地从屋子里出来。

"我要结婚了，要搬去 W 星球住，今天特地来和老邻居们告别的。"奇奇有点儿局促，瞧了一眼刚子，又赶快将目光躲开。

刚子不敢看奇奇，却挡不住她身上那股子特有的香味直往他鼻子里钻，多熟悉的味道呀！激动和思念让他的身子有点儿微微发颤。运了半天的气，他才抬头瞟了一眼远处等奇奇的那个男人，和男人身旁停的那辆酷炫十足的悬浮车。

刚子知道这辆车是限量版，要不是有头有脸的人，有钱也买不到，他的心彻底凉了。

奇奇搭讪着又说了两句，就不再开口，她在等刚子说点儿什么，可攒了几个月的话想对奇奇说的刚子，此刻已经被那个男人和那辆豪华悬浮车结结实实地堵住了嘴，一个字也别想吐出来。刚子低着头狠命盯着自己出来时忘记穿鞋的脚，好像现在只有这双大脚能救得了他似的。

两个人就这么干站着，刚子憋得脸通红，揣在兜里的手死死地攥成了拳头。

那个站在远处的男人朝奇奇喊：“奇奇，我们该走了。”奇奇对刚子轻轻说了句：“我走了，你自己保重！”

就在奇奇转过身的一刹那，刚子似乎意识到了什么，赶忙伸出手去想拉住奇奇，却抓了个空，奇奇又回头看了一眼刚子，小跑着跟着那个男人上了车。

刚子的手就这样举在空中，举了很久。

从此奇奇和刚子断了联系。刚子从不承认他忘不了奇奇，尽管这么些年过去他依然没有结婚，也好像没再正经八百地交过女朋友。有时遇上邻居们聊起有关奇奇老公的新闻，他还故意装得跟没事人似的随着大家调侃两句。只有刚子妈明白自己儿子心里对奇奇的那份煎熬与不舍。

但刚子妈真怕儿子想不明白，还盼着奇奇有朝一日能再回来，每想到这儿她就会在心里感慨一句：“傻儿子！别做梦了。”

谁不知道奇奇的老公是有名的青年才俊、数学天才，头上顶着好几个博士头衔，还是上市公司的大老板，最近那个引起世界轰动的“脑电波永生计划”就是他的公司研发的，听说已经成功，下周就要举行发布会宣布了，所以这些日子他们公司的股票是一路狂涨，就连平日里从不炒股的人也都争相去买，唯恐错过了这个发财的好机会。

刚子妈不懂股票，可她懂自己的儿子，刚子善良醇厚，正直豁达。刚子妈相信，上帝造人，不能人人都是爱因斯坦，何况真要跟爱因斯坦过日子，还未必比跟自己儿子幸福，刚子多会疼人呀！

立秋那天，刚子妈一大早儿就起来在厨房忙活，做好了早饭，又炖上一大锅的红烧肉，预备给儿子贴秋膘。自从听说这个“脑电波永生计划”，刚子就从早忙到晚，四处奔走抗议，人都跑瘦了。谁让儿子是那个“敬畏自然联合会”的主席呢，这么违背自然规律的计划他还能坐视不理？但刚子妈心里有时也含糊，这个计划要不是奇奇老公的公司研发的，刚子还能这么玩了命的强烈反对？

刚子妈是上了年纪的人，自然希望“永生计划”能够成功，不过自从听了刚子的反对理由，刚子妈也觉得这种永生法儿有点“活受罪”，用刚子的话说就是“不人道”，是把“人”变成孤魂野鬼，甚至连孤魂野鬼都不如，孤魂野鬼还能在人世间转悠呢！可科学家们为了避免永生后的脑电波打扰现代人的生活，就把脑电波设计成只能存在于外太空。一想到“永生”后就只能在大得吓人、黑了吧唧的宇宙中游荡，刚子妈立马起了一身的鸡皮疙瘩。

早饭做好了大半天了，肉炖在锅里也已飘出了香味，刚子妈忍不住来到儿子窗根儿底下扯着嗓子喊：“刚子，起来吃早饭啦！”大声喊了几次，可刚子那屋里却依然没有动静。老太太苦笑了一下，想到昨天晚上儿子磨叽了半天，才说奇奇联系了他，还约他周末出去。刚子妈看儿子吞吞吐吐的样子，点点头没说什么。可儿子今天又不对劲儿了，早饭不吃,班也不上了。唉,儿子到底还是过不了心里的坎，她奇奇嫁人都这么多年了，为什么还来招惹刚子这个实心眼儿的孩子？

眼看就到晌午了，刚子妈觉得自己不能再坐视不理，她拿定主意，扔掉手中收拾了半截的花枝子，推门就进了刚子的屋子。见儿子已经起来了，正在藤椅上坐着，刚子妈也不管儿子愿不愿意，一屁股坐到儿子对面，连珠炮似地把前三辈子的事儿都倒腾出来，劝儿子不能再执迷不悟。

刚子妈说了半天，唾沫星子没少费，可坐在藤椅上的刚子却连眼皮都没抬一下！闷头玩着悬浮在眼前的虚拟游戏，双手对着空气不停地划拉。刚子已经有年头没玩游戏打发时间了，可今天他实在是烦。

谁能想到呢？当年狠狠甩了他的奇奇，在他生活里已经消失了的奇奇，毫无预兆打来了电话，居然还约他这个周末去月球上的广寒宫大酒店吃晚饭。事情来得突然，没等刚子缓过味儿，他的“嘴”就先鬼使神差地答应了，刚子觉得自己窝囊透了。

昨天晚上，他心烦意乱地躺倒在床上，他想好好思考，可精神就是集中不起来，尘封了多年的记忆，被人像揭疮疤一样地掀开，那些他本以为几乎忘记的往事又呼啦啦如潮水般都涌了出来，历历在目、五味杂陈，让他弄不清自己到底是喜是悲。

他从不承认他忘不了奇奇，就像他不肯承认自己此刻心中的紧张与兴奋是因为要见到她一样。但嘴硬改变不了事实，这些年里他的确成了不折不扣的“爱情绝缘体”。他自觉是个理智的人，可即便在他最理智的时候，他也愿意相信奇奇是贪慕虚荣，因为钱才嫁给了现在的老公，她爱的是那个人的钱而不是人。

刚子被杂乱的思绪煎熬了大半夜，直到天边泛起鱼肚白他才稍微合了会儿眼，就在他似睡非睡的时候，愿望终于挣脱了理智，从他心底里钻了出来，难不成她对自己回心转意了？这念头一闪，他立马惊醒，紧张与兴奋让他的额头上渗出了一层细密的汗珠，他感到自己的心跳得快极了，以至于不得不用手捂着胸口，生怕自己的心因为着急现在就飞到月球上去。

刚子知道奇奇最烦等人，所以赴约那天他很早就来到站台，却发现所有出发时间让他不至于迟到的飞船都已客满。刚子急得直跺脚，怪自己疏忽大意，地球人谁不知道，如今“奔月”是普罗大众周末太空游的首选，自己怎么就疏忽了呢？

为了能不迟到，他顾不得面子，低三下四地向机器人工作人员一个劲儿地摆事实讲道理，好话说尽。刚子这儿年的联合会主席还真没白做，嘴皮子功夫绝对见长，这次约会居然被他说成两国元首会面般的重要。

几经波折，方头方脑的机器人终于在行李舱里找到一个能挤下刚子的地方。刚子觉得很幸运，他喜欢围在他四周的、给他安静的这些大小箱子，在今天这样的日子，他既没心情和旁边的旅客攀谈，也没兴致看窗外的风景，更何况在刚子眼里，月球上的人造天空就如同地球上的蔬菜大棚，只是尺寸上的不同而已，在这个大棚里面只有些光秃秃的建筑物，既没有青草大树，也没有花鸟鱼虫，连点儿活气都没有的地方，对刚子来说根本不值得看。

紧赶慢赶，刚子还是来晚了，奇奇已经在包间里等他了，见他跑得呼哧带喘的被机器人侍者带进来，奇奇并没站起来，而是朝他顽皮地一笑，撒着娇说："你迟到啦！罚你！这顿你请客。"那态度自然的，没有久不见面的生疏，更没有分手恋人的尴尬，刚子甚至有点儿恍惚，难道他们从没分开过？也不知道是不是月球上的人造空气湿度太大，刚子的眼睛被一层雾遮住了。

"坐吧，站着干什么？不会是一听让你请客就想跑吧？"奇奇朝他妩媚地一笑。

刚子只得坐下，这两天预备好的开场白一句也没用上不说，连在家设计好的严肃表情也泡了汤，他极力控制，可嘴角就是死命地要往上翘。

奇奇探过身子，大眼睛忽闪忽闪地盯着他的脸左看看、右看看，然后小声说：“想对我笑就笑呗，憋着多难受呀，而且你认为你憋得了很久吗？”

刚子彻底投了降，不再跟自己的五官较劲儿。刚子认命了，奇奇就是他命中的克星。他开始端详眼前的奇奇，很奇怪，他的心里竟没有他想象中会有的怨怼和仇恨，反而是久不见面的亲人才会有的亲热和欣喜。

机器人侍者礼貌地递上菜单。这里是西餐的吃法儿，每人点自己的。刚子没在这里吃过饭，但并不都是因为价格贵，最主要的还是觉得在这种奢华的酒店吃饭拘谨，没有坐在胡同口喝着冰啤撸烤串自在。

奇奇看出刚子没来过，讨好着对刚子说：“我来帮你点吧！”

奇奇的体贴反而刺痛了刚子，他冷着脸甩了一句：“用不着，我自己会点。”其实刚子何尝不知道奇奇是好心，可今天他的神经出奇得脆弱敏感。

虽然刚子对这里的昂贵早有耳闻，但菜单上那仿如钻石星球般炫目的价格，还是闪得他一个劲儿想闭眼。他不禁感叹，这餐厅还真不是他这种平民百姓吃得起的，还好赶上了最近月球币贬值，可即便占了汇率的便宜，这一顿饭下来，自己家在京城的四合院恐怕也得被吃掉好几平米。但无论多贵，刚子决定这顿饭一定要自己请。

刚子小心翼翼地点了菜，生怕自己闹笑话。这顿饭吃得那叫一个累，没觉出好来不说，吃的是什么刚子都是猜的，那些个奇葩的食材他一样也不认得。不过刚子也理解，如今月球上已经是第二代甚至第三代的移民了，哪还能跟地球人是一个口味？嚼一样的东西？本来刚子可以向旁边那个站得笔直的机器人侍者请教，可当着奇奇的面儿，没见识也得藏着呀！

闲聊了半天，见奇奇总不说明来意，刚子憋不住问道："你这次来找我，不会是为了你老公的公司吧？"这是刚子想了一夜想出的答案，虽然他很愿意相信，奇奇是因为思念他，忘不了他。但他自己也知道，这种可能性比一根细头发丝宽不了多少，奇奇多半还是因为最近他们联合会上天入地一通折腾，让她老公的公司感受到了舆论的压力，刚子断定奇奇准是来做说客的。

奇奇也不看他，只用眼角的余光扫了他一下，没有回答。

见她没否认，刚子惨然一笑，他知道那头发丝细的一丁点儿希望也落了空。

刚子想赶走心中的失落，用调侃的口吻说："你老公真是天才，居然能想出用脑电波永生，是不是他会第一个去尝试，到外太空做孤魂野鬼呀？"刚子说完得意地端起手中的酒杯，将杯中的桂花酒一饮而尽。

奇奇微微一笑，不紧不慢地用同样调侃的口吻答道："你这么想我一点儿也不意外，可要都像你们联合会提出的观点那样遵从自然，人类现在连电都不应该有，只能日出而作、日落而息！医院就更不能有了，病了等死那才遵从自然规律呢！”

刚子粗着嗓子反驳：“别强词夺理行吗？你这是偷换概念，我们提倡的遵从自然是希望人类不要太贪心，对世间万物要留有一丝敬畏，而不是盲目自大，目前人类那点儿技术跟大自然的威力比起来还是微不足道的。”

奇奇一手托着下巴，一手把玩着手中的叉子：“人类不断寻求发展才是必然的规律，科技总是要进步的，没人能阻挡得了，更何况长生不老是人类亘古不变的追求。”

“你们有本事就让人能真正的长生不老呀！可你们的‘永生计划’是先得让活人的肉体消失，将人的意志转化为脑电波，然后再将脑电波放逐到外太空像孤魂野鬼似的游荡，你真觉得这样很完美吗？这样永生又有什么意思？”刚子愤愤地说道。

奇奇无奈地摇了摇头：“这世界上不是就你聪明，难道我们就不知道有这些问题吗？但我告诉你，脑电波是能实现人类永生的唯一可行的模式！你以为长生不老很难吗？其实现在几个大的生物公司早就掌握了通过基因编辑令人长生不老的技术。可你想过没有？太阳系的可利用资源是有限的，人类长生不老之后不断上涨的医疗费用、教育费用、社会治安问题、不断膨胀的人口的安置，等等，各种随之而来的问题怎么解决？你来给解决吗？”奇奇挑衅地反问。

见刚子哑口无言，奇奇接着说：“而我们的计划是本着增加一名永生者，又绝不占用现代人类任何资源为指导原则，变成零体积，不用吃喝，而且只能存在于外太空，不会打扰现代人生活的脑电波，难道这不是最佳选择吗？”

刚子被奇奇说得一时语塞，憋了半天才吐出一句带着醋味的话来：“你老公的计划这样完美，那你还找我干吗？”

“我们研发的‘脑电波计划’并没有成功。”奇奇神情落寞，喃喃地吐出这几个字。

刚子不相信：“你们公司的股票最近涨得这么厉害，不就是因为已经研发成功了吗？”

奇奇摇了摇头：“做了很多次动物实验，但都没有成功，更可怕的是没人知道问题出在哪里！”奇奇叹了口气，“我们为了这个项目，向银行借了大笔的贷款，每月光是还利息就是天文数字，我也是没办法，才放假消息出去，说研发已经成功，借此推高股价把股票变现来还利息，但如果被戳穿放假消息操纵股市的话，我将会被监管部门控告，会去坐牢的。”奇奇柔美的声音有些颤抖。

“可我能帮上什么忙呢？”听奇奇说她可能会有牢狱之灾，刚子动了心。

奇奇急忙说：“你是敬畏自然联合会的主席，人人都知道你反对脑电波永生这个计划，以前又做过电子工程师，所以如果你来我们公司偷走了核心技术的软件，然后把它毁掉，肯定不会有人怀疑。而我们只要不宣布研发失败，股市就不会有太大的波动，人们仍会看好，这样我们就为找出问题争取到了时间。”

气极了的刚子反而笑了，望着一脸期盼的奇奇，他有点儿走神，他想到了嫦娥，想到嫦娥背叛了后羿，自己吃了仙丹飞到了月亮上。可好歹后羿最后成了神仙，而自己呢？为了抛弃自己的前女友，成了犯人，成了偷东西的贼。

刚子不知道奇奇是有心还是无意，居然在月球上向他提出这么无礼的要求，难道月亮是负心女人的宝地？自己居然还自作多情地幻想她忘不了自己，而她却为了她的利益，轻易地牺牲了自己。刚子觉得自己已经不是窝囊，而是彻头彻尾的犯贱了。

“那我岂不是要等着蹲监狱了？”刚子压制着心中的怒火，尽量让自己的语气听着平和。

“不会，我已经问过律师了，因为这项技术还未经使用，也没有得到权威机构的认可，所以它的价值根本无法估计，你顶多是私自侵入他人公司，造成的损失也只是你毁掉的那个小芯片的价值，更何况我们公司根本不会起诉你。”奇奇焦急地辩白着。

奇奇看刚子一脸的狐疑，赶忙接着说道：“相信我，我们公司肯定不会起诉你，我们会召开一个记者招待会，表达对你行为的理解，对你敬畏自然理念的支持。而你也会一举成名，从而获得更多的资源来宣传你的理念，这不是双赢吗？”

奇奇说完见刚子依然没有表态，急得眼圈都红了，眼泪一个劲儿地在眼眶里打转：“我怎么会让你为了我去坐牢呢！我知道自己以前辜负了你，如果这件事有万分之一让你坐牢的可能，我都情愿自己去！”

奇奇情急之下提到了以前，这个他们俩从见面就刻意不去触碰的话题。这么多年过去了，当年奇奇决绝地离开，别说道歉，甚至连个解释都没给自己，这让刚子心里憋屈了很多年。刚才奇奇那一句“以前辜负了你”，终于让刚子心里舒服了一点儿，原来奇奇明白她对不起自己，刚子甚至想这么多年奇奇的心里怕也同样受着煎熬吧？

刚子答应了奇奇，他实在不忍心让奇奇整天担惊受怕，更不能眼看着她去蹲监狱。

从月球回来后的第二天深夜，刚子来到奇奇老公的生物公司，望着面前这栋超出了自己想象的宏伟建筑，刚子心里有点儿不是滋味，但还是硬着头皮从虚掩着的大门走进了大楼。

大楼内所有的安保系统已被事先关掉，刚子按奇奇给出的路线，顺着楼梯来到放着永生机的顶楼。

顶楼没有隔断，是个宽敞的大厅，大型的电脑设备整齐地靠着四周墙壁摆放着，只有一台足有三间房那么大的巨型机器孤零零地摆放在大厅中央，浑身上下散发着冰冷的金属光芒。奇奇给刚子看过虚拟影像，刚子知道这就是那台能让人的肉体消失，将人的意志转化为脑电波的永生机了。

机器呼啦啦地旋转着，刚子注视着自己面前的这个庞然大物，忽然觉得有点儿胆怯。刚子犹疑地推开设在机器中间的金属门，他忽然想起奇奇和她老公此刻就应该在监视器前看着自己，刚子希望自己的动作能做得潇洒漂亮，他不能在奇奇那该死的老公面前丢脸，给他留下刚子胆小如鼠的话柄。刚子调整呼吸，挺直了脊背，大步走进机器。

永生机的外形那么庞大，机器里的操作间却非常狭小，只够刚子将将转身。电子工程师出身的刚子很快就分辨出设置密码的控制器，刚子如释重负，现在只要他输入奇奇给的密码，记载着核心技术的芯片就会自动弹出，他只要把芯片往外轻轻一抽，他的任务就算大功告成了，刚子的眼前忽然浮现出奇奇崇拜的眼神和开心的笑脸。

公司一层的会议室里，奇奇和她的丈夫，以及公司的几名专家，都守在模拟影像前，关注着刚子的一举一动。在刚子走进金属门的一刹那，永生机外部代表“操作”的红灯突然亮了，刺耳的鸣叫声响彻整个大楼，出了什么状况吗？奇奇紧张地屏住了呼吸，专家们交头接耳地交换着意见，估计着可能发生的状况，一分钟、两分钟、三分钟过去了，刚子并没有从机器里走出来，代表“操作”的红灯在第四分钟的时候熄灭，旋即代表“完成”的绿色按钮亮起。

“不会是成功了吧？”一名专家狂喊着奔向电梯，其他人也都兴奋地跟着他跑了出去，只有奇奇眼前一黑，晕倒在了地上。

奇奇醒来后，被告知永生计划成功了，刚子的肉体已经消失，他变为了“脑电波”，从此永生了。

2202 年，“脑电波永生技术”被太阳系法庭颁令禁止使用，理由是这项技术和安乐死一样，容易给不法分子以可乘之机。

后记

在刚成为“脑电波”那会儿，刚子还强打着精神去狮子座看看流星雨，去人马座的“独角兽”星云溜达一圈儿，可千百年的时间划过去，他现在懒得再“看”，也懒得再“动”，只想这么“飘”着，漫无目的，在无垠的宇宙中孤独地飘下去。

刚子有时候想，如果“脑电波”会做梦该有多好呀！那样自己还能在梦里听到鸟语，闻到花香，回到那有生命的、会呼吸的、带着温度的四合院，妈妈手里端着刚煮好的手擀面，对大槐树下玩得正酣的他们喊：“奇奇、刚子，吃炸酱面啦！”

扬垒大马戏团

终于，克里花了三倍的价钱从黄牛手里买到了扬垒大马戏团的首演门票，虽然这违背了他一贯奉行的公平竞争原则，但为了讨好正在和他冷战的女友娜娜，克里觉得这根本算不了什么，毕竟违心比伤心要好对付多了。

顾名思义，扬垒大马戏团来自遥远的扬垒星球，如果不是因为这次演出，很少有地球人知道宇宙中还有它的存在。主办方的营销手法非常成功，演出前各种宣传吊足了地球人的胃口，以至于一票难求。

当黄牛把两个以玫瑰星云为图案的电子手环交到克里手里，克里不得不承认，连门票都设计得这么有创意，这次演出的确令人期待。克里看着手环上那怒放的玫瑰，心想这可真是个好兆头，希望美丽的娜娜也能够感受到这份来自宇宙深处的爱意。克里幻想着娜娜看完演出后会激动地投入他的怀抱，然后两个人重修旧好。

但现实往往使人失望，当克里把手环递给娜娜的时候，娜娜留意的却不是那份浪漫的爱意，她恼羞成怒地发现克里买到的门票不但不是 VIP 区，不是前排，甚至不是最后一排的中间位置。娜娜当即飞舞着她那头金黄色的秀发，扭着 S 曲线转身离去。

克里心里虽然十分不舍，但他并没有试图去挽留娜娜。克里随手就把手环门票送给了一个孤独地站在剧场门口等退票的小女孩儿，看着那孩子双目放光、如获至宝的神情，克里快乐极了。

理智告诉克里，他和娜娜之间早该结束了。漂亮的娜娜希望得到最好的物质享受，她不会甘心跟着自己过那种偶尔吃吃小馆子，看演出不能坐 VIP 区，家务机器人只能买功能最简易型号的“苦”日子。而克里作为一名生物科研机构的研究员，虽然在生物病毒领域已经取得了相当不错的成绩，被业界称为年轻有为，但克里知道自己这辈子也不可能跟巨额财富或顶级的物质享受产生什么联系。

尽管挽救恋情的目的没有达到，但就这场演出而言，克里认为还是相当精彩的。各种超出人类想象的技巧在布置得有如浩瀚星海的舞台上轮番上演，观众席不时爆发出口哨声和雷鸣般的掌声。

不过给克里留下最深印象的倒不是各种令人眼花缭乱的炫技，而是静静地站在舞台一角，样子在人类眼中有些滑稽的扬垒小孩儿的演唱，他那小小的身子和硕大的头随着音乐有节奏地晃动着，他那纯净美妙，有如天籁般的歌声令克里仿佛悠游云间，置身天堂。

反而是演出前吊足人们的胃口，号称宇宙独家的怪兽展示部分，在克里看来实在是无聊至极，除了能满足人们的猎奇心理，这节目既无观赏性又无技巧可言，而那些怪兽的样子更是令人作呕。

彻底失去娜娜后的日子，克里觉得相当难熬。他把这归因于自己是一名孤儿，据他自己分析，因为除了女友之外再没有其他亲人，所以他才会对女友格外依恋。克里本以为时间能冲淡一切，但现实告诉他，他大大低估了失恋的杀伤力，他的状态非但没有随着时间的流逝而好转，反而有愈来愈坏的趋势，当克里发现他的大脑已陷入一片混乱，无法再正常思考的时候，他不得不跟生物研究所请了假。

待在家里的克里什么都懒得做，在被思念痛苦煎熬的时候，克里会喝上一大杯红酒或威士忌，然后强迫自己躺在客厅的沙发上直到昏昏睡去。

这天晚上克里难得没有喝酒就进入了梦乡，却被《流浪者之歌》那略带忧伤的小提琴曲唤醒，这是失恋后他为电话新设置的铃声。克里挣扎着睁开眼睛，意识到曲子已经奏到第二部分的缓板，克里心里纳闷，这么晚了是谁非要找到他不可呢？

克里无精打采地抓起复古电话机的话筒问道：“哪位？”

“克里，我是肖恩所长，有紧急情况，你现在马上赶到圣乔治医院来。”肖恩所长声音低沉、语调急促地命令着。

没等克里回答，肖恩所长已经挂了电话。克里心想会出什么状况呢？作为生物研究所的所长，肖恩居然在深夜亲自给他打来电话，这也太不寻常了。顾不得多想，克里随手抓了件外套，将自动驾驶汽车的速度设置到最高，直驶圣乔治医院。

圣乔治医院大门外，警察已用红外线隔离带将医院围了起来，警车上炫目的警灯闪成一片，一架架空中警用飞行器在医院上空徘徊，投下巨大的光柱将医院范围照得如同白昼。

“我是生物研究所的克里研究员。”克里向阻拦他的警员报出姓名。

严阵以待的警员示意克里在红外线隔离带外等候，他通过耳麦向上司请示。不一会儿工夫，一名警官模样的人走了过来，他示意警员让克里进入隔离带。

“您好！克里博士，我得先给您带上这个，然后我再领您去综合楼的会议室。”说完，这名警官让克里转身背对着他，将一个豆粒大小的金属贴在了克里左耳的耳郭背面。

“这是什么？”克里感觉到耳郭处的一丝凉意。

“您不用紧张，这只是一个定位器，对您无害，所有进入医院范围的人都要带上，以记录您所到过的区域。现在请您跟我去综合楼。”警官说完做了个请的手势。

“您不用给我做向导，我大学毕业实习就是在这家医院，我对这里很熟悉。”克里疾步前行，转头向落在身后的警官解释。

“如果您独自在院子里走动会被警察拦截，您会费很多口舌，而总部通知说急等你们这些专家过来。”警官抢身再次走到克里的前面。

他们在一栋栋大楼间穿行，克里果然看到医院里有许多荷枪实弹的警员，正如警官所言，克里没有受到任何阻拦和盘问。

“到底出了什么事？”克里看到如此戒备森严，忍不住问道。

“听说从扬垒星球来的马戏团成员携带着一种致命疾病，接触过他们的人已经有五例死亡，还有人出现被感染的迹象，而且数量还在不断增加。”警官忧心忡忡地答道。

“真是糟糕！”克里脑中浮现出那个唱歌的扬垒小孩。

“更糟糕的是曾有扬垒人试图逃跑，不过好在没有成功。”警官神情凝重地接着说。

“天哪！他们一定是被吓坏了，应该好好跟他们沟通，告诉他们，我们地球人是友好、善良的，绝不会伤害到他们。”克里对这些远离家乡的扬垒人很是同情。

克里和警官来到一栋两百层高，警卫林立的大楼前，警官停住了脚步：“他们让您去九十八层的会议室，从大厅坐电梯上去，出了电梯左手边就是。顺便说一句，那些扬垒人就被隔离在这栋楼的第一百二十层加护隔离病房。我就只能送您到这里了，没有特殊许可证是不能进入大楼的，不过这对我来说未尝不是好事。”警官朝克里笑了笑。

“谢谢您带路。”克里向警官伸出手去。

警官用力地握住克里的手摇了摇，诚恳地说：“祝您好运！”

“谢谢！一定会的。”克里说完快步走进大楼。

守候在楼里的警员在核实了克里的身份后将他放行。

克里在自动感应电梯前按下按钮，几秒钟后电梯门打开，克里迈着大步走进宽敞的电梯间：“九十八层。”他向电梯下达语音指令。

就在电梯门即将合上的一刹那，一位穿着医生制服的女士跑了过来，克里赶忙命令电梯等待，女士身姿敏捷地冲进电梯，气喘吁吁地命令道：“去九十八层。”

电梯门关上，电梯中的两个人很自然地相互看了一眼，女大夫率先发出了一声惊呼：“天哪！克里！你怎么会在这儿？”

“朱迪！多年不见！”克里也认出了大学时代的同学，他高兴地伸出手臂紧紧地拥抱了她。“你还是那么漂亮，而且现在还是传染病领域的专家了。”

“谢谢鼎鼎大名的生物病毒专家克里博士的夸奖，我刚刚拜读了您最新发表的论文，您的研究成果对我们在传染病领域的工作很有帮助。”朱迪用开玩笑的口气夸奖着自己的老同学。

“我们就不用互相吹捧了吧？”克里微笑着回敬朱迪，与老同学的重逢暂时缓解了克里心中的紧张和积蓄多日的压抑。

“这里情况如何？”克里问。

“不清楚，我这几天在休假。”朱迪耸了耸肩膀。

说话间，电梯已经停在九十八层，朱迪在前面带路，两个人一前一后走进会议室。

会议室里那张硕大的椭圆桌旁已经坐了不少人，脸上都是一筹莫展、忐忑不安的模样。肖恩所长看到克里进来马上朝他招手，示意他坐到自己身边。

陆续有人到来。除了一位警官克里不认得外，大部分在座的人克里都在学术会议上见过。当外太空生物学家伯格进来后，圣乔治医院的院长鲁尼向坐在他旁边的比尔大夫说道：“人已经到齐了，你来给大家简单说一下情况吧！”

比尔清了下嗓子，开始介绍情况：“今天如此紧急地将大家召集过来，是因为从昨天开始和扬垒星球马戏团有过近距离接触的剧院工作人员，以及一些观看了节目的观众，陆续出现了体温降低，全身出现蓝色斑点和呼吸困难的症状，目前已经有五例死亡，初步确定是死于器官衰竭，三例是马戏团的工作人员，其余两例是在马戏表演过程中曾上台参与过互动的观众。”

“五例死亡均在发病七十二小时之内。”鲁尼院长补充说。

“这速度有点儿恐怖。”克里自言自语地嘟囔了一句。

在座的专家们个个面色阴沉，大家都意识到了事态的严重性。

比尔接着说：“今天下午，各医疗机构已将收治的共八例出现上述症状的患者送到我院，被隔离在医院的传染病病房。目前马戏团的扬垒人并没有出现任何症状，但为了慎重起见，马戏团里的三十名扬垒人也被隔离在医院的加护病房里。我们初步怀疑这是由他们带来的一种外太空疾病。”

这时坐着都比别人高出一头的警官说话了：“我是L警长，我想跟大家分享一下我们今天下午询问相关人员得到的一些信息，也许会对大家有所帮助。据马戏团的老板交代，这些来自扬垒星球的马戏团成员，是两个月前被一个贸易商人带到地球的，于是我们又派人找到了这位贸易商人。”

“贸易商人带其他星球的生物回地球是要通过严格检疫的，当时没发现任何异常吗？”外太空生物学家伯格提出疑问。

L警长挑起眉毛看着伯格道：“我们也问了贸易商人同样的问题，他向我们出示了当时的检疫证书，证明两个月前他把这批扬垒人带到地球上时，扬垒人没有携带任何具有传染性的疾病。”

“如果这样的话，我们是不是基本可以排除这种疾病来自外太空呢？”比尔大夫说道。

一直没有说话的生物研究所所长肖恩摇摇头说：“不一定，据我所知许多来自水平星座和天蝎星座的病毒，从无到有需要一个很长的周期，所以不能完全排除来自外太空的可能性。我们还是先听探长说完吧！”

肖恩所长做了个手势请探长继续讲下去。

“据贸易商人交代，他是在人马星座贩运货物的时候，无意间发现了一个地处偏僻的星球扬垒。贸易商人本以为能带点儿什么新鲜玩意儿回地球卖掉，但当他的飞船着陆后，他才得知这个叫作扬垒的星球即将遭受小行星的撞击，濒临毁灭，于是他出于好心，带回了躲在一个山洞里的三十名扬垒人。贸易商人说他为了能把这些扬垒人都带上，不得不舍弃了一部分飞船上的货物。之后贸易商人无意中发现这些扬垒人居然个个身怀绝技，于是为了弥补他在经济上遭受的损失，他回到地球后将这些扬垒人作为商品卖给了马戏团的老板。这就是我们今天了解的大概内容。”L探长讲完将身体靠回到椅背上。

“有谁会相信他这套鬼话？”朱迪对贸易商人的说法嗤之以鼻。“我看了扬垒大马戏团的表演，我觉得扬垒人从外表到行为和我们差别不大，绝不应该是能销售的非高等智能生物呀？贸易商人有权出售这些扬垒人吗？”

见大家面面相觑,朱迪赶忙说:“不好意思,我跑题了。”

L警长冷笑了一下：“这很简单，一定是贸易商人通过非法手段，比如贿赂了相关人员，从而拿到了非高等智能生物证明。”

“真是可恶！不过这贸易商人没有被传染吗？”若有所思的克里开口问道。

鲁尼院长摇了摇头："到目前为止，贸易商人没有被传染的迹象，其他船员也没有发现被感染。"

"如果这样的话，我觉得这种疾病未必与扬垒人有关。因为在宇宙飞船这样封闭的小空间一定更利于疾病的传播，而且即使如肖恩所长所说，致病的病毒当时还在潜伏期，但也并不代表在潜伏期的病毒没有传染性，而所有当时在飞船上的人至今没被感染，扬垒人也没有出现症状，基于这些情况我觉得这疾病由扬垒人传染的可能性不高。最起码我们应该放宽思路，多方寻找源头，而不是只把注意力放到扬垒人身上。"克里一口气阐述完他的观点。

"船员们经常在星际间游走，对一些地球上没有的疾病产生了抵抗力的可能性很大，所以我觉得船员们没有被感染并不能说明什么问题。现在我们主要关注的目标肯定还是扬垒人。"肖恩所长说完看了一眼坐在旁边的克里。

克里嘴唇微动，但略一思索他还是把要说的话咽了回去，毕竟这种争辩意义不大，还是等找到证据再说话吧！

这时鲁尼院长正色道："我作为主导者，希望大家能争分夺秒,尽快化解这次危机。我们现在的首要任务是：一，确认这种病毒的来源；二，搞清楚病毒的传播途径、传染性，以及危害程度；三，尽快找到控制住这种病毒的有效手段。警方和政府的相关部门也在等着我们的消息，以便确认是否向大众发布疫情预警和采取相应的措施。"

说完鲁尼院长和 L 警长交换了一下眼神，警长接过院长的话茬儿说道：“目前警方只是隔离了圣乔治医院、马戏团营地，患者和死亡者活动过的一些区域，是否要扩大隔离的范围就完全取决于疫情的发展和各位对疾病研究的结果。在这段时间里，大家都不能离开医院，确切地说连我在内都不能离开这栋大楼。我们已经为大家安排好了房间和所需的物品，大家保持 24 小时待命的状态。”

随后各位专家明确了分工，大家交头接耳地交流着走出了会议室。

“我们负责找出疾病的来源，你觉得该从哪里着手？”朱迪问走在身旁的克里。

克里若有所思，想了一会儿道：“我们这活儿可不好干，很多疾病几年、几十年都找不到病源，要是来自外太空那就更别想找了。”

“你的意思是我们干脆什么都别干了！”朱迪佯装怒色。

克里笑了笑：“别生气呀！我断定这疾病不是来自外太空。我们现在马上去实验室化验感染者的血样，我现在只希望引起疾病的病毒别隐藏得太深。”

克里和朱迪来到加护病房，这里刚好也是朱迪在医院里负责的病区。警卫查看了他们的证件后，值班护士把防护服递给他们。

“看样子材质比我们在医院实习那会儿穿得轻薄了很多，我不会穿上再像个笨鸭子了吧？”换上隔离服的克里张开双臂向朱迪展示。

“太记仇了吧！上学时候讽刺你的话到现在还记得。”朱迪透过隔离服脸部中央的一小块透明区域看着克里。

“我只是视死如归！你注意到了吗？鲁尼院长让比尔大夫去病区对感染者进行观察时，比尔拿着笔的手在一个劲儿地抖。”克里压低了声音说道。

“居然还有心观察别人，你是真不怕死呀？”朱迪的声音从防护服里瓮声瓮气地传出来。

“我才不怕呢？孤家寡人一个，没有亲人，也没有恋人，哎！”克里故意调侃。

“我知道你是想让我放松，不过我真的挺紧张的，这次的状况非比寻常，还好有你陪着我。”朱迪说完调皮地朝克里眨眨眼睛。

他们两个边说边往实验室走，在经过病房时，克里不由自主地往观察窗看进去，潜意识里他想看到那个唱歌的扬垒小孩。每个病房里都关有一名扬垒人，他们大都已经睡了。克里看到有几间病房的扬垒人手上和脚上带着电子镣铐。想起了今天自己进入医院时那位警官的话，想必这几个就是逃跑失败被抓回来的扬垒人。

克里觉得心里很不舒服：“这些扬垒人真可怜，你说我怎么能把电子镣铐给他们打开呢？”

“那你得跟警长说。”朱迪想了想答道。

走廊尽头，在紧挨着实验室的一间病房里，克里终于看到了那个扬垒小孩，只见他小小的身子在病床上蜷缩成一团，圆圆的大脑袋抵着膝盖，身子微微地抖动着。

“他唱歌非常好听，是我听到过的最纯净的歌声。”克里对朱迪说着话，眼睛却并不曾从小扬垒人身上移开。

“他看上去还很小，可能也就是人类孩子四五岁的年龄，你看他好像在发抖！肯定是在惊吓中进入梦乡的。”朱迪话语中充满了怜悯。

“他让我想起了我小时候在孤儿院里度过的一个个漆黑、无助的夜晚。”克里说完沉默了几秒，忽然转身疾步走向刚才进来时经过的护士站。

“那个扬垒小孩有亲人在这里吗？”克里问值班的护士。

值班护士答道：“有，他的妈妈关在 15C 房间。”

“好的，把这两间病房的开锁密码告诉我，我要给她们做一些检查。”克里随便找了个借口。

值班护士有些迟疑：“这个病区是朱迪大夫负责，如果要带出病房里面关的扬垒人，必须经得她的同意。”

“你照克里博士要求的去做就好了。”朱迪跟上来说道。

克里感激地和朱迪交换了个眼神。

隔着防护服，克里依然能感受到怀抱里扬垒小孩的体温，软软的小人本能地把头靠在克里的胸膛上，熟睡的扬垒小孩在克里的怀抱里不再颤抖，嘴角甚至露出了淡淡的微笑。

“朱迪，你把他送到他妈妈那吧，我先去检验室了。”克里把怀里的孩子交给朱迪。

朱迪小心翼翼地接过孩子，消失在走廊的尽头。

过了一会儿朱迪回到实验室，她看到克里正在机器上全神贯注地操作着。

“你没看到他妈妈见到孩子时有多激动，太感人了，我看着眼泪都快流下来了。”朱迪打开克里旁边的另外一台仪器。

“这对她们来说有如劫后余生，我总觉得让妈妈跟孩子分开是世界上最残忍的事。你有办法不把她们再分开吗？”克里看着朱迪，眼中闪烁着光芒。

“这个我可以做到。”朱迪温柔地朝克里笑了笑。

克里心满意足地笑着说：“祝你好运！看看我们今天谁先中大奖。”

朱迪听出了他们上学时常用的隐语，也笑着回敬道：“好吧！克里同学。”

也不知过了多久，克里突然大叫道：“朱迪，快来看，我找到这群坏家伙了。”

朱迪听了赶忙跑过来，克里旋转控制钮，将虚拟屏幕上的细胞内部结构图像放大。

克里指着虚拟屏幕上的图像说：“应该就是它了，看起来与丝状病毒有些相似，长为620纳米，单股负链，有12837个碱基，分子量为3×10^6，有外胞膜。”

“这种病毒我们以前从没见过，不过从现有的病人发病到死亡的速度来看，这种病毒应该在体内可以迅速繁殖、扩散。”朱迪表情严峻。

“先把这个结果给其他人发过去，然后我们再来检验一下扬垒人的血液标本。”克里说完在虚拟屏幕上一阵操作。

在第二天中午的会议上，眼中布满血丝的鲁尼院长向大家宣布：“今天又有四名感染者被发现，三名马戏团的工作人员，一名和感染者有过接触的人。”

“让大家看一下最新的检测报告吧！”肖恩所长提议。

鲁尼院长按下桌上的按钮，虚拟屏幕在狭长的会议桌上空展开，各种检测报告在屏幕上滚动。

大家七嘴八舌地讨论着，发表着各自的看法。

过了一会儿，鲁尼院长看大家讨论得差不多了，于是环视着在座的各位专家说道：“请大家说一下各自的进展吧！”

一脸疲惫的药理专家菲利普率先开口说道：“我来跟大家汇报一下我这边的情况，昨天晚上克里博士发现的这种病毒变异极快，我们不断地调整治疗方法和用药种类，但收效甚微。”

外太空生物学家伯格语气沉重：“我们和宇宙疾病疾控中心也取得了联系，提交了病毒的信息，得到的回馈是目前没有这种病毒的记录，但不排除是外太空病毒来到地球后产生变异。”

“目前社会上已经在流传一些小道消息。我们希望病毒专家可以尽快找到病毒的来源，这样一旦公布了疫情，公众们也好预防，否则如果连这个疾病从何而来都不知道的话，一定会在社会上引起更大的恐慌。”L 警长意味深长地说道。

“到那时学校被停课、公共运输工具全部停运、集会演出活动一律停止、超市被抢购一空……要是像去年传说是世界末日那样再有几个自杀的，那可就……”比尔大夫说完倒吸了一口凉气。

“通过对这种病毒的分析，我可以断定这个病毒与扬垒人没有关系。”克里十分笃定地说。

“还是先不要这么早下结论吧！现在所有被感染的人都是与扬垒大马戏团有过接触的人，如果说跟他们没关系似乎很难令人信服。而且会不会有可能，病毒欺骗性很强，藏在了扬垒人 DNA 的哪个序列段里逃过了我们的眼睛呢？所以我的意见是下结论前一定要反复论证，要慎重！”肖恩所长沉稳地说道。

会议室里一片死寂，大家都是一筹莫展。鲁尼院长看会议再开下去也没有什么意义，于是宣布散会。

从会议室出来，朱迪追上克里：“你对肖恩所长的意见怎么看？”

“当然有道理，但我坚信这次我们的检测不存在任何漏洞，不可能有病毒能藏在 DNA 的哪个序列段里逃过我们的眼睛。”克里信心满满地说。

“一会儿你去哪儿？”朱迪问克里。

“我想去病房看看扬垒小孩儿。”从昨晚到现在克里心里一直惦记着他。

“好的，你先去，我把早餐时的饼干和巧克力留下了，准备给他，我这就去房间里拿。”朱迪说着转身跑去了电梯间。

克里来到关着扬叁小孩和他妈妈的病房。也许是心灵感应，扬叁小孩看到克里竟主动让克里抱他，然后用大眼睛忽闪忽闪地看着克里。他的眼神是那样纯净，如同他的歌声。更让克里没想到的，是他竟然唱起了歌，他妈妈说这是因为他很高兴。

听着扬叁小孩儿的歌声，克里紧张、压抑的心情顿时得到缓解，脸上现出笑容。

扬叁小孩儿妈妈看着克里道：“有……什么不开……心的事吗？不过……现在……你……开心了。”她的发音听来古怪，但因为她说得很慢，所以克里可以听懂。

“因为最近暴发了疫情，我们遇到了一种以前从没见过的病毒。”克里随口说道。

她睁大眼睛：“那……病毒，不是我们……携带的。”

克里低下头躲开她那无助的眼神，换了个话题说道：“你们星球的动物可真丑呀！你看跟你们一起表演的那些怪物简直让人呕吐。”

“那……不是……我们星球的……动物，我们星球……没有……这样的……动物。”她摇头摆手地说道。

莫非是那个马戏团老板冒名顶替、欺骗观众？克里想了一会儿忽然意识到了什么，心中一动。

接下来的几天专家们依然毫无进展，但因为感染的人数不断增加，政府决定将疫情公布。社会上流传着各种版本，有人说是水源被污染，有人说是陨石带着病毒落在了地球上，但传得最广，大家最相信的，还是扬垒人把病毒传给了人类。

在每天的碰头会上，专家们轮流发言后，克里说出了他的看法。

“我和朱迪这几天进行了大量的研究，根据我们对检测的判断，和其他专家提供的各项检测报告，我和朱迪都认为扬垒人身上不可能产生这种病毒，而这种病毒也不能把扬垒人作为载体存活，从而通过扬垒人传给其他的人。所以现在可以肯定地说这病毒与扬垒人无关。我认为我们不应该再拖延时间，应该马上去寻找真正的源头。”克里十分肯定地说。

鲁尼院长听完问道：“既然你们认为这致命的病毒并不是扬垒人带来的，你们现在有什么想法吗？说说看。”

“我想去马戏团所在地进行检测，我现在还说不清这其中的缘由，但直觉告诉我这病毒应该跟马戏团有关系。”克里说。

“没这个必要吧？马戏团老板在买下这些扬垒人之前已经经营了很多年，以前都没有事，只有这些扬垒人来了之后才出事，所以我觉得这种病毒还是跟扬垒人有关，只不过还有什么东西没有被我们发现。”肖恩所长双眉紧锁，据理力争。

“我们现在可以离开这里吗？”鲁尼院长问L警长。

“这个我来协调，应该可以，但只能是医院和马戏团两点一线，我会派人跟你们一起去，马戏团现在也在隔离当中。”L警长答道。

鲁尼院长扭头对肖恩所长说：“既然现在毫无进展，我觉得试试其他方法也未尝不可。”

肖恩所长脸色难看，站起身严厉地说道：“鲁尼院长，我觉得您既然是主导，就应该能做出正确的判断，而不是人云亦云。克里虽然优秀，但毕竟年纪轻，做事毛躁，经验有限。现在疫情已持续了多天，性命攸关，时不我待，我们的首要任务是控制住局势，化解危机，给所有人一个交代。如果靠直觉就能解决问题，那还要我们这些专家干什么？”

肖恩所长说完气哼哼地坐下，会议室里一片安静，大家都不再说话。

沉默了一会儿，鲁尼院长说：“好吧，那暂时还是不要转移研究的方向。”说完鲁尼院长悻悻而去。

大家纷纷离座，L警长在经过克里身边时，用他的大手重重地在克里的肩膀上拍了两下。

夜很黑，不过好在克里的自动驾驶汽车定位准确，很快到了位于郊外的马戏团营地，营地里三栋小楼黑黝黝地竖立在克里面前。

克里说明来意并出示了证件，警员让克里稍等，然后进去把马戏团的老板叫了出来。

马戏团的老板是个四十岁左右的中年人，他手里带着半瓶威士忌一步三晃地走了出来，人还离得老远，克里就先闻到了他身上那股刺鼻的酒味儿。

“你是来看我破产的，还是来看我是否还活着？”马戏团老板说话时嘴里就像含了个鸡蛋，含糊不清。

“您好！我是来查病毒源头的。”克里答道。

马戏团老板听了不耐烦地说道：“查什么查，感染了的人不都被关进医院了吗？扬垒人也被你们带走了，这是我的私人领地，我不同意你检测！”说完马戏团老板对着酒瓶喝了两大口酒。

“因为危害到公众安全，所以您必须配合，请您把所有楼门都打开。”克里说得斩钉截铁。

“那你还假惺惺地把我叫出来干吗？直接进来搜不就得了吗？就我这门上的锁还能挡住谁吗？”马戏团老板不满地瞧着克里，然后极不情愿地说：“走吧，我去给你拿钥匙。”

说完，马戏团老板就要走人。

克里几步追上他：“我是生物研究所的克里博士，我还有一些问题需要问您，希望您能配合。”

“生物研究所？”马戏团老板停止脚步，眼神收缩了一下：“就是那个浑蛋肖恩当所长的生物研究所？”

“您认识肖恩所长？”克里追问道。

马戏团老板却并没有回答，嘴里嘟嘟囔囔地不停地说：

“这帮混蛋，不干人事的混蛋。”

走到一处小楼前，马戏团老板进去了半天，之后拿了一串钥匙出来。

“等着，我给你去开门。”马戏团老板说着，然后又咕嘟咕嘟喝了几大口威士忌。

克里想接着再问马戏团老板一些问题，可还没等克里开口，马戏团老板晃了两晃，一头醉倒在了地上。

克里蹲下身子扒拉了马戏团老板两下，见他毫无反应，只得从他手里拿过钥匙。

克里取出背包里的便携式病毒探测仪，他已经事先把需要检测病毒的信息输入了进去，这仪器非常灵敏，只要在方圆三十米内有这种病毒存在，探测仪就会根据距离病毒的远近，发出强弱不等的蜂鸣声。

为了安全起见，克里穿上了防护服，顺着走廊的通道开始进行检测。

他最先来到了马戏团的练功厅，克里将墙壁上的电灯按钮打开，看着散落在大厅里的各种道具、服装。仔细地用探测仪检测着，马戏团营地的建筑面积都不大，很快作为练功和员工宿舍的两栋小楼已检测完毕，并没有检测到病毒。

克里心里有点儿打鼓，莫非自己的判断错了？

在位于营地最后面的一栋红色二层小楼门口，见双扇门紧闭，克里试着推了推，门却纹丝不动。克里又把手里的钥匙都试了一遍，却没有一把能把这锁打开，难道是马戏团老板忘了拿这个楼门的钥匙？克里正想着，手中的探测仪报警装置突然发出了微弱的蜂鸣声，克里很快意识到秘密就在这里，那马戏团老板怕是有意为之。

克里将探测仪放到地上，然后从腰间掏出一把精巧的激光手枪。

对准钥匙孔，克里双手握枪，沉着地扣动了扳机，激光闪过，门锁瞬间脱落，克里上前一脚，将门踢开。

这里应该是马戏团的人平时用餐的地方，里面摆着一张张简易桌椅，还有一些没来得及收拾的盘子和杯子零散地放在上面。

克里寻找着蜂鸣越来越强的方向，来到了楼梯前，他先试着顺着楼梯往上走，蜂鸣声变弱，他又掉转头往地下室走去，这回蜂鸣声越来越强。

地下室漆黑一片，克里打开防护服上的探照灯，试探着往里走。

探测仪的蜂鸣声越来越大，可以肯定，他离病毒越来越近了。当他走到地下室的尽头，看到在一个空旷的空间里，摆着一个个硕大的冰柜。

克里走过去，用力将巨大的冰柜拉开，里面的景象把他惊得目瞪口呆，里面放着的竟是摞在一起的奇形怪状的动物。很快一个个冰柜的门都被大家打开，里面都是这些冻得硬邦邦的动物尸体。

夜半更深，克里带着从动物尸体上取下的样本回到了医院。

朱迪并不在实验室里，克里想她一定还在睡觉。虽然觉得困倦，但克里决定连夜奋战。

经过检测，很快克里就确定了病毒来自这些动物的身上。但这些奇形怪状的动物又是从哪里来的呢？扬垒小孩的妈妈告诉过克里，那不是他们星球的动物。

看着虚拟屏幕上的图像和各种数据，克里脑中的疑惑逐渐变得清晰，在几个小时的奋战后，克里终于从这些动物的基因中找到了他自己编写的一段，那是肖恩所长交给他的工作。

这时实验室的门突然开了。克里本以为是朱迪进来了，回头一看，不觉一惊，进来的竟是肖恩所长。

“您怎么来了？”克里慌忙问道。

“你以为晚上我来找你，朱迪帮你撒谎说你去睡觉了，我会信吗？”肖恩露出个不怀好意的笑容。

“发现了什么吗？你不是已经去过马戏团了吗？”肖恩所长直视着克里问道。

“是的，这些来自马戏团的动物并不是来自扬垒星球，他们是基因编辑、基因混合的产物。这次引起危机的病毒就来自这些通过 DNA 重组技术制造的人造动物，因为他们先天基因的缺陷，所以免疫力极差，在被普通病毒感染后，病毒在他们体内发生了变异。”克里脸上带着怒色。

“很好，你的确非常优秀。”肖恩所长说得很诚恳。

但此刻肖恩的夸奖在克里听来却是分外的刺耳：“但这还不是我最大的发现，我从他们的基因中找到了我编写的一段，而这一段我只给过您。”

肖恩所长哈哈大笑，然后开口道：“这个马戏团的老板为了能引起轰动效应大赚一笔，所以偷偷跟我定制了这批长相怪异的动物，我当然知道这违背了《银河系生命伦理法》，但我实在经不起那一大笔酬金的诱惑。你也知道我们虽然受人尊敬，但我们的报酬却无法维持一份优渥的生活……”

“我觉得您没有任何理由、任何借口，可以制造这种人类的灾难，我觉得您应该去自首，然后接受应有的审判。”克里怒斥道。

“如果我去自首了，那这将是我们星球巨大的丑闻，甚至会引起其他星球对我们的制裁，但如果我们把这事推到扬垒人身上，那就会不了了之，掩盖得天衣无缝。”肖恩所长厚颜无耻地说道。

“可他们身上明明没有病毒，这事跟他们无关！”克里气得浑身发抖。

“这就要看我们怎么解释了，这些扬垒人已经在社会上造成了恐慌，人们都相信这是他们带来的病毒，不如就让他们担当下去吧！当然，人们恐怕不会欢迎他们在我们的星球再待下去，而他们自己的星球现在已经毁灭，送走是不可能了，不如就人道毁灭，那就一劳永逸了，这个秘密也就彻底石沉大海了。而你，我会给你一大笔资金作为酬谢，我们以后还可以继续合作。对了，我前几天看见娜娜了，那真是个漂亮的姑娘，如果你有钱了，也许一切就都不一样了。”肖恩所长脸上露出无耻的笑容。

“很可惜,您的美梦恐怕要做不成了。”L警长走了进来，身后还跟着几名荷枪实弹的警员。

“你，你们！跟踪我！”肖恩所长惊慌失措地看着L警长，连一句整话都说不出来了。

L警长笑了笑：“不用那么麻烦，你的耳朵后边不是有定位器吗？当我看到你的定位器来到克里这里，我们就知道时候到了。”

“你们串通一气！”肖恩所长用手指颤抖地指着克里，又指指警长。

“你早就该想到，如果不是我给克里帮忙，你觉得他能出得了这栋大楼去马戏团的营地吗？”L警长说完颇为得意地笑了。

忽然L警长想起了什么，转头瞪着克里说道：“我的激光枪呢？还不快还给我。”

一万年

杰和他老爸正式恢复邦交，是在他接到银河大学录取通知书的那一刻，喜出望外的老爸竟把高出自己大半个头的儿子举过了头顶，但紧跟着就是“咚”的一声巨响，两个人姿势狼狈地摔倒在地上，老爸笑得岔了气，他用一只手臂撑起臃肿的上半身让自己坐起来，另一只手臂伸向杰结实的肩膀，搂着他喘着粗气说道：“儿子，你想要什么，老爸都买给你！”

“当真？”杰有点儿不相信自己的耳朵，做了老爸十八年的儿子，老爸还从没这么豪爽过。

“是的，无论你想要什么！”老爸脸上的五官十分卖力地诠释着他的诚意。

杰被这极具煽动性的表情感染了，他用手指快速地在嘴边细细的唇髦上蹭了两下，神态腼腆但语气坚定地说：“我想要个机器人女朋友。”

老爸一愣，上下打量着眼前这个乳臭未干的儿子，他忽然意识到杰长大了，那个两年前还因为错过一场球赛就跟自己断交的男孩儿，竟然想要个机器人女朋友了。

作为父亲，老爸认为儿子的要求非常合理而且极具建设性。事实上在他们居住的 W 星球，哪怕是再吝啬的父母也会对孩子的这一要求欣然应允，因为父母们普遍认为，这有效地防止了孩子们在求学阶段为谈情说爱浪费时间和精力。

在家长们的理解和纵容下，如今机器人男女朋友几乎成了 W 星球每个青春期男孩、女孩的标配，大家都认为这跟满十六岁就可以开悬浮车，满十八岁就能喝带酒精的饮品一样理所当然。

“没问题，这个周末爸爸就带你去机器人商店，一定买个让你满意的送给你！”老爸讨好地向杰保证。

周六吃过早饭，老爸就带着杰来到了一家很有名的机器人商店，本来杰的妈妈也想跟来，但却被老爸和杰异口同声地拒绝了。他们的理由是“这是男人们的事情。”

父子俩刚到店铺门口，一个穿着精致，做派稍嫌扭捏的男士就热情地走出来迎接他们。

“二位好，我是这家店的销售员霍克，欢迎光临。”他面带微笑，细声细气地做着自我介绍。

随后父子俩跟着他来到展厅，虽然只是刚到开门营业的时间，但展厅里已经来了不少的顾客，而且绝大部分是父母带着跟杰年龄差不多大的孩子。

“生意不错呀！但会不会增加了等待的时间呢？”老爸问。

“现在是毕业季，也是我们店每年最忙的时候。不过您不用担心交付的时间，因为我们的工艺近年来有了很大的改进，只要您挑好了型号，个人定制部分要求别太刁钻的话，两个星期就可以交付了。可不像您十八岁的时候，至少也要等个一年半载的吧？”霍克瞧着老爸“咯咯”地笑着。

老爸略带尴尬地答道：“我们小时候机器人配偶还不流行，哪里像现在的孩子这么幸福。”

杰根本没有留意老爸和霍克之间的谈话，他兴奋地对老爸说：“如果不是预先知道他们是展厅里的机器人样品，我就要走上去跟他们打招呼了。”

“当然，我们这里只卖高档仿真机器人，他们的外表和真人几乎一模一样，这种逼真程度在咱们星球上可没几个机器人商店能做出来。”霍克不无骄傲地说。

“儿子你可别挑花了眼呀？”父亲朝杰挤挤眼，“我要是你就挑你身后展台上那个棕红色头发的美女。”

杰转身向后，果然看到展台上站着一位一头棕红色头发的美人，她的身材和五官都十分夸张，浑身上下无处不散发着狂野和激情。望着她大大的嘴巴和厚厚的红嘴唇，杰非但提不起兴趣，甚至还有点儿害怕。老爸却直勾勾地盯着那美人异常丰满的胸部，一副丢了魂的模样。

杰有点儿替他难为情：“你自己要吧，我可不喜欢。”

老爸听了不禁吹了声口哨：“你老爸可是没有这个福

气喽，我要是把她买回家，你妈还不把我给活剥了？”

霍克这时凑到杰身边耳语道：“这款只是为了符合老色鬼的审美，我带你去看一款，保证你会喜欢。”说完把父子俩领到一款金黄色头发的机器人面前。

这款机器人拥有一张独立的展台，而不像展厅里其他的机器人被摆放在一起。

霍克仰着脸，满眼宠溺地看着这款机器人介绍说：“这就是我们店的杰作，我们的镇店之宝，她叫伊莲，是一个很有钱的客户花了大价钱，请大师级的师傅手工制作的，程序也设置得非常讲究，情绪变化、敏感度、细微表情都不是流水线生产的机器人所能比的。只不过还没等做出来，那个客户就改变主意了，确切地说是他儿子改变主意了。”

“小孩子就是这样没有常性。”老爸附和道。

“她真美！”杰发出由衷地赞叹。

站在伊莲面前，杰觉得自己的心跳在加快，脸在发烧。伊莲的表情是那样的生动，大而明亮的眼中含着纯真懵懂，嘴角微微上翘，带着友善的笑意。在杰眼中她是那样的超凡脱俗，有如纤尘不染的花朵。

杰被迷住了，他腼腆地对老爸说：“我决定了。”

“您儿子可真有眼光。”霍克兴奋地夸奖着杰，“我一定要帮你编一个完美的爱情故事输入她的记忆里，比如在蒙蒙细雨中你们相遇，在春花烂漫中你向她表达爱意，在落日余晖中你们海誓山盟……”霍克语调温柔地叙说着，他将双手握在胸前，双目微闭，一副陶醉的样子。

没等霍克抒情完毕，老爸便不耐烦地问了一个很现实的问题："这款卖多少钱？"

听完霍克的报价，老爸连连摇头道："不行！不行！这也太贵啦！这个价钱都够买一辆豪华悬浮车的了。而且我儿子这个年纪，说不定三两天就变主意要换其他的了，那可就太不划算了。不如挑个便宜点儿的，以后即使换掉了也不觉得心疼。"

"爸爸，你不是保证说要买个让我满意的吗？"杰委屈地看着父亲。

老爸自知理亏，竟一时语塞。

霍克解围道："我觉得您儿子对伊莲简直就是一见钟情，说不定这个机器人女朋友能陪他到二十五六岁，要是您儿子大学毕业后继续读硕士、博士、博士后，他哪有时间去追女孩子呀？这个机器人女友陪他到三十岁也说不定，您算算从现在起到他三十岁还有十来年，这个价格就很划算了。"

老爸明知这是他的生意经，但也觉得万一要是真能像霍克说的那样倒也值了。再看看杰阴云密布的小脸，老爸动摇了，他问儿子："你能保证在交正式女友之前不再换了吗？"

杰的脸上泛着红晕，赌气说道："一万年都不换。"

旁边的霍克听了拍着手掌尖叫道："天哪！一万年！

也就是说要一生一世，海枯石烂都要在一起，这誓言真是太浪漫、太感人了！我一定把这句话也编进你们的爱情故事里。”

八年后，杰终于在银河大学取得了博士学位。

此刻，杰刚刚下了星际飞船，正坐在 W 星球航空站宽敞明亮的休息室里等着老爸来接他。

“嗨，儿子！”老爸兴奋地离着老远就开始喊杰，全然不顾自己的大嗓门让周围的人为之侧目。

如今的老爸可比三年前杰放假回家的时候胖多了，人没到眼前，他的大肚子就先晃了过来。老爸热情地张开双臂，和杰紧紧地拥抱在一起。

“妈妈呢？”杰问。

“你妈在家给你准备好吃的呢！她忙活了一个早上，烤了你最爱吃的牛肉，还准备了她拿手的苹果馅饼。”老爸边说边环顾四周问：“伊莲呢？她没跟你一起回来吗？”

“我把她托运了，要两个月后才到，星际货运飞船虽然慢些，但价格便宜很多，这么多年我花了你不少钱，能省就替你省点儿吧！”杰充满爱意地拍拍老爸的肚子，和父亲往停车场走去。

“还是我儿子心疼我，不像你妈总怕我手里有钱！”坐上自动驾驶悬浮车，老爸不无感慨地说。

“这是为什么？”杰不解地问。

“你妈的理论是男人有钱就比较容易去干坏事。但其实像你老爸这么有魅力的男人，没钱也照样能干坏事。”老爸说完自己先哈哈大笑起来。等老爸笑够了，他问坐在身旁的杰：“你也不小了，怎么还没正式交个女朋友呀？”

“运气不好呗！”杰耸耸肩膀做了个无奈的表情，“上大学三年级的时候，我喜欢上一个体育系的女孩，她跑得快极了，有如矫健的小鹿，在我们学校的运动会上无论长跑、短跑总能拿第一名。可还没等我向她表白，她就在一次去野外郊游的时候从山上摔了下来，腿骨被摔断了，而且无法再恢复，只能退学了。”

“你可真不走运呀！”老爸替杰觉得可惜，“这以后就没别的女孩让你心动吗？”

“当然有，在读硕士的时候我又喜欢上一个开普勒星的女孩，她是学化学的，是个非常热情、善良的好姑娘，这回我倒是向她表白了我的爱意，可就在我们第一次约会之后，她在做一个化学实验时发生了意外，眼睛被炸瞎了，不得不去了火星，那里有治疗眼睛最先进的技术。她走后我曾多次试图联系她，但她却拒绝再跟我联系了，之后我再也没有她的消息了。”杰悠悠地向老爸诉说着他不幸的爱情故事。

“她一定是不想连累你才这样做的，的确是个善良的姑娘，可惜呀！”老爸感慨道。

“最后这个是一年前我实习的时候，在一家公司里认识的一位姑娘，她不但人长得漂亮，而且非常善解人意，我刚去实习的时候什么都不懂，她帮了我很多忙。跟她在一起如沐春风，我们不但约会了，我甚至还吻了她，但就在我已经决定跟她在一起，把伊莲送去机器人回收站的时候，那个姑娘竟然神奇地失踪了。”杰瞪大眼睛向老爸讲着自己这令人难以置信的经历。

“儿子，你的桃花运比起你老爸可真是差远了。”老爸本想借机吹嘘自己的泡妞史，但看杰毫无兴趣便又转移话题道：“别去想这些烦心事了，你在咱们星球找到了份不错的工作，以后有大把机会交女朋友。我不得不说摩微咨询公司很有眼光，没有错过我儿子这样的人才，那可是咱们星球最大的培训机构，你在那里做讲师不但薪资待遇优厚，还能借着四处讲课免费旅游。他们让你什么时候开始上班？”

“下周一，我还有将近一周的时间休整。”杰说完扭头望向窗外，心中踌躇满志地期待着自己新生活的开始。

回到家里，母亲已经准备好饭菜，她盛了满满一大盘食物端给杰，仿佛杰是个无家可归的流浪汉，已经很久没吃饱过似的。

“你想把儿子撑死吗？”实在看不下去的老爸讽刺着老妈。

“儿子在外读书这几年肯定吃得不好。”老妈眼巴巴地望着心爱的儿子，从杰进门开始，她的目光就始终没有离开过他。

杰大口地吃着老妈做的可口饭菜辩解道："伊莲这些年把我照顾得不错，她做的饭虽然不如您做得好吃，但比起学校食堂的饭菜那还是可口得多。"

"还好当时你爸没舍不得花钱，我听隔壁邻居里德太太说，他家儿子那款机器人女友因为买得便宜，不但什么都不会做，还三天两头闹毛病。有一次居然见人就打，把家里弄得天翻地覆，她是机器人，力气大得不得了，里德太太的儿子根本弄不住她，最后只能报了警。真是不走运呀！"妈妈对里德太太家的遭遇很是同情。

"我多英明呀！钱该省的时候要省，不该省的时候想省钱，不自找麻烦才怪。不过话说回来，杰马上就要交女朋友了，那个伊莲报废了还是有点儿可惜。"老爸砸着嘴巴表示着惋惜。

"没什么可惜的，我儿子这么优秀总不能跟个机器人过一辈子吧？只有那些娶不上老婆或丑得实在嫁不出去的人才会这样呢！我可丢不起这人，再说我还等着抱孙子呢？机器人可不会生孩子。"母亲理由充分地辩驳道。

一想到将来自己怀里能抱个肉嘟嘟的胖娃娃，老爸立马不觉得把伊莲报废可惜了，他赞同道："对，等杰有了女朋友，就马上把伊莲送去回收站销毁掉，总不能让未来的儿媳妇心里不痛快呀！"

"当然，那还用说。"老妈说着又切下一块牛肉放到杰的盘子里。

过了一会儿老爸还是忍不住说："要是在生产这些配偶型机器人的时候，不把他们的程序锁死就好了，那样就还能改动。总之我还是觉得这样有点儿浪费。"

"估计是商家为了多赚钱才做了这样的设计，要是能循环利用，他们的机器人不就卖不出去了。"老妈发表着高见。

老爸煞有介事地点点头："嗯，有道理。"

一直只顾着咀嚼美食，没有加入谈话的杰这时候觉得自己非发言不可了："这么做主要是因为作为配偶的机器人身份特殊，在设定上必须要考虑到伦理道德的因素，所以他们才会被设定成死心塌地爱着，并忠实于人类配偶的模式，而且任何人不能更改。"

宝贝儿子的话老爸老妈自然不会反驳，而且还觉得儿子不愧是博士，说出来的话就是有道理。

在父母家住了三天，体重长了五磅之后，杰找了个离公司比较近的公寓搬了出去。

上班后，杰很快就对公司分配给他的课程熟练掌握，而且还利用他这么多年所学的专业知识丰富了其中的内容。公司对他的表现非常满意，不久就给他安排了讲课的机会。

杰要去讲课的是一家软件编程公司，杰对这家公司做了充分的了解后，与这家公司负责员工培训的负责人梦梦约定了周四见面，以便确定最终的培训方案。

周四，穿戴整齐的杰如约而至，负责培训的梦梦已经在公司的大厅里等他了。

“会议室在这边，请跟我来。”礼貌地和杰握手后，梦梦优雅地做了个请的手势。

见到梦梦的一瞬间，杰居然体会到了一种从没有过的感觉，他不得不承认自己对这个女孩相当有好感。他们两个一前一后地走着，杰忍不住瞥了几眼梦梦婀娜的背影。梦梦穿着一身深蓝色的套装，合体的剪裁勾勒出她美丽性感的曲线，虽说比不上伊莲的身材，但她的线条却看着自然、舒服。

梦梦把杰带到了位于会议室旁边的一间小休息室，简单地寒暄过后，她和杰开始讨论着杰制定的为期五周，每周一次的培训方案。杰看得出，梦梦一定是经过精心准备的，因为从培训开始之前的员工访谈、到课程的具体安排、上课的内容，以及课后的效果回访，梦梦都给了杰很好的建议。

杰在心里赞叹，看来梦梦不但长得漂亮，而且还是个做事情非常认真、非常聪明的女孩，特别是她身上不经意间流露出的那种温婉的气质，他被梦梦深深地吸引了。

经过修改和完善，培训的第一节课被定在了第二周的周三下午。

上课那天，杰精神饱满如等待发射的利箭，在说了几句开场白之后，他非常自然地将课程带入了正题。整堂课，杰凭着自己扎实的专业知识、充分的准备，以及出色的临场发挥，收获了很大的成功，教室里上百名员工的眼睛都牢牢地聚焦在杰的身上。

杰也没想到自己初试牛刀就能表现得如此出色，居然超水平地完成了第一次课程。大家都听得意犹未尽，课程结束后久久站立，为杰的精彩表现鼓掌。

如果非要鸡蛋里挑骨头，说出这节课有什么地方美中不足的话，那就是杰发现自己在讲课的时候，目光总是不由自主地朝梦梦坐的位置望去。

梦梦在送他的时候兴奋地对他说："这是我上过的效果最好的一节课，你是个天才的讲师，今天的表现真是太棒了！"

梦梦那近乎崇拜的话语令杰顿时觉得脚下像踩了棉花。

到了公司大厅，杰看梦梦没有停下来的意思，便体贴地说："请留步吧，外面在下雨。"

梦梦停住脚步："你是开车来的吧？下雨天悬浮车禁止升空，肯定会很堵车的，路上当心，我们下周见。"说完梦梦妩媚温柔地给了杰一个甜甜的微笑。

"如果觉得课程有什么问题，可以随时联系我，下周见。"说完杰朝梦梦点点头，竖起风衣的领子向办公大楼外的地面停车场走去。

坐在车里，杰的脑中不时出现梦梦的身影，莫非这是段"艳遇"的开始？想到这儿杰不禁哑然失笑，才是第一次见面，自己心中就已经情海翻波、想入非非，也太自作多情了。

杰的心情很好，他甚至没有觉察到自己在路上已经堵了两个小时。回到公司，杰的同事们都已经下班。杰准备加个班，他要根据今天上课的情况，再给培训课增加一些更有针对性的内容。

现在正值雨季，窗外又稀里哗啦地下着大雨，这种天气即使在室内依然让人觉得有些阴冷，杰搓了搓冰冷的面颊，又稍微活动了一下因坐久而略觉僵硬的身体，杰今天的工作效率并不高，脑子里总是开着各种有关梦梦的小差。他尽力地让自己集中精神，希望能将这次培训课尽善尽美地完成，希望能把自己最优秀的一面展示给梦梦。

第二周的课程不出杰所料，比第一周还要成功，而让杰没想到的是，他约梦梦一起吃饭，梦梦竟然应允了，虽然这是他打着一起讨论课程的幌子。

梦梦公司附近只有一家印度餐馆，这让从没吃过印度菜的杰在用餐的时候显得有些笨拙，在他拿不定主意，是用刀叉、勺子，还是干脆用手吃盘子里的饭菜时，梦梦看着他为难的样子竟被逗得笑出了声。

“你是在笑我笨吗？”杰故意装作横眉立目地问她。

“哈哈，没有，我是觉得你笨笨的样子很可爱。”梦梦笑着解释。

虽然杰觉得印度菜实在是不合他的胃口，但这顿饭他依然吃得相当愉快，因为杰发现他和梦梦有很多共同的话题，而梦梦无意间对他流露出的好感和亲密，更是让杰在想入非非中充满了幸福和甜蜜。

第三周上课的时候，杰提前了整整一个小时就到了梦梦的公司，如果不是怕大门紧锁，他没准儿会提早得更多，昨晚因为马上就能见到梦梦的缘故，杰竟然兴奋得一夜无眠。

但杰望穿秋水等来的却并不是梦梦，而是她的同事南希。南希告诉杰，梦梦今早已经跟公司请假，要晚到公司一会儿，所以先由她来配合杰的工作。

杰听了有如被撒了气的皮球，立马就蔫得没了精神。

课堂上，杰完全不在状态，梦梦迟迟没有出现在教室，以至于杰不是跑题，就是答非所问。一直熬到课程过半，终于看到梦梦从侧门进来，杰才精神为之一振，恢复了状态。

“不好意思，我今天来晚了，错过了许多内容。”下课后梦梦走到杰的身边，遗憾地说。

“没关系，我可以把讲义发给你。”杰盯着梦梦问，“你今天看起来怎么这样憔悴呀？早晨请假是因为生病了吗？”

“不是，应该是我昨天没有休息好。房东把我住的公寓卖掉了，给我搬家的期限只有三天，我后天就必须要搬走。我昨天连夜收拾东西，今早又四处去找房子。”梦梦疲惫地诉说着。

“找到了吗？”杰关切地问。

“没有，市中心的房子本来就紧张，通常是半年之前就要定下来。实在不行，我只能住到郊区去，可我平时又不开车，来市中心上班会非常不方便，我算了一下，每天将近有六个小时要花在路上。我是从E星球过来这边工作的，也没有什么亲戚朋友可以帮我。”梦梦无奈地苦笑了一下。

没想到杰听后却如释重负地笑了：“我还以为是什么大事，我刚搬到一所公寓，离你们公司不远，而且有两个卧室，现在一个卧室正好空着，你就先搬到我那里去住吧，然后再慢慢找房子。”

杰迫不及待地发出邀请，他觉得真是天公作美，能让他有机会和自己爱上的人朝夕相对。

“但你的女朋友会同意吗？”梦梦不安地问。

“我没有女朋友。”杰答道。

“不会吧，你们W星球的人到了十八岁，不是都会有一个机器人男朋友，或是女朋友的吗？”梦梦不解地问。

“反正我没有。”杰觉得伊莲的事根本没必要向梦梦提及，免得节外生枝，反正伊莲就是个机器人，根本不会对他跟梦梦以后的发展有任何影响。

梦梦欣然接受了杰的提议，并对杰的帮助连连道谢。

这天的课程结束后，杰没有回自己的公司去做课程的总结和调整，而是陪着梦梦去取了行李，然后开车回到自己住的公寓。

“欢迎光临！”杰兴高采烈地将屋门打开，请梦梦进去。

“这么乱！你是刚被抢劫过吗？”梦梦参观了杰的家之后和他开着玩笑。

“屋子是乱了点儿。”杰不好意思地挠挠头，“我现在就收拾。”

“好吧！那我去做晚餐，你来收拾房间。”梦梦说完转身就要去厨房。

杰赶快叫住她，吞吞吐吐地说：“冰箱里什么都没有了，我们凑合一顿订外卖吃吧！”

梦梦又被杰的样子给逗乐了：“我冰箱里的东西都带来了，不吃也会坏掉，那就太浪费了。”说完，梦梦拿起放在门口的两个大袋子走进了厨房。

对杰来说，这是一顿美妙绝伦的晚餐，不知是梦梦手艺真的好到让他惊叹，还是爱屋及乌，总之虽然他没有夸张到舔盘子，但所有饭菜都被他吃得干干净净。

雨季虽然还在继续，但自从梦梦住过来之后，杰觉得自己仿佛每天都沐浴在夏日的暖阳里，乱糟糟的家里现在被梦梦收拾得一尘不染，饭菜更是做得可口无比，而且两个人每天还能海阔天空地聊各种话题。

甚至有时两个人都变得跟小孩似的，玩耍打闹，追逐嬉戏。杰不由得想难道这就是所谓爱情的魔力，无论你拥有多渊博的知识、多丰富的阅历，一旦掉进爱情的漩涡里，那智商立马便清零了。

一个月过去，杰觉得他的生活已经离不开梦梦了。他决定就这样生活下去，去问梦梦的态度，梦梦毫不犹豫地答应做他的女朋友。

至于伊莲，杰没有跟梦梦提起过，就像他不曾在父母面前提起梦梦，两个月后是母亲的生日，他准备到时候再把梦梦带去给老妈一个惊喜。

杰在心中暗自庆幸，要不是当初拖运伊莲必须要给她关机，否则的话让杰面对“活”着的伊莲，他可能还真下不了手。但无论如何，杰准备等伊莲被送到后连箱子都不拆，直接送去机器人回收站销毁掉。

接下来的日子，杰所在的公司安排他去给木卫三的一个公司上培训课，而那段时间梦梦正好也有假期，于是杰决定带梦梦同去，顺便欣赏一下木卫三著名的粉红色雪花。

到了木卫三后，因为那里的法定工作时间是每天四个小时，所以杰的课程也就入乡随俗，只安排半天，余下的时间他便带着梦梦，在粉红色的世界里四处游览。

这天傍晚，杰正搂着梦梦躺在酒店舒适的大床上，欣赏窗外纷纷扬扬飘落的雪花，突然接到了老爸的电话。

老爸平时轻易不打扰他的，杰以为父亲有什么急事，赶忙起身把视频打开。

父亲的半身全息影像出现在杰的面前：“你跑哪去了，我去了你家没有人，这么堵车还让我白跑了一趟。”老爸抱怨着。

“我出差了，现在在木卫三，家里有什么事吗？”杰问。

“没什么大事，拖运伊莲的箱子今天早上送到了，我想你平时忙，干脆我晚上给你送过去算了。结果你还没在家。你妈找不到你有点儿担心，催着我打电话给你。”老爸说。

杰这才想起当初办托运的时候他还没自己租房，所以留的是父母家的地址。杰怕梦梦听见，于是下了床走出了卧室：“我挺好的，让妈妈放心吧。装伊莲的箱子就先放在您那吧，等我回去再去取。”

老爸说：“好的，我告诉你妈妈。我从你那回来的时候，你妈正好把腰扭了，做不了家务，我就把伊莲从箱子里取出来开机了，所以你要是不着急就等你妈腰好了再过来接她。”

接下来可能是信号不好，老爸又说了什么，杰完全没有听到，他目瞪口呆地挂了电话。

一周后，杰忧心忡忡地回到了 W 星球。自从接到老爸的电话，他就开始苦思冥想，怎么能够蒙骗伊莲，把她的开关再次关上呢？

把梦梦送回家安顿好后，杰马不停蹄地开车去了父母家。

伊莲见到杰格外高兴，一个劲儿地问杰是不是过来接她的。杰闪烁其词，只说自己最近要被派往火星的分公司，所以要把伊莲再次关机托运。

在征得伊莲的同意后，杰长长地出了口气，心想总算就要结束了。但当他走到伊莲身边去关位于她左上臂的开关按钮时，杰整个人都定在了原地。他看到伊莲的永久开机按钮被按下了，这就意味着杰没有任何方法再让伊莲处于没有知觉的状态。

杰心想一定是父亲开机的时候搞错了。懊恼万分的杰推说母亲腰还没好，需要伊莲在父母家多住几天，然后也不理身后追出来的伊莲，独自开车走了。

一连很多天，伊莲天天都打电话给杰，杰总是借故挂断，即使偶尔接了，对伊莲也是十分冷淡。

起初伊莲在电话里还总是问杰什么时候会接她回家，杰只得胡乱找些理由搪塞过去。尽管他觉得这么拖着不是个办法，但心里又不想面对伊莲。

一段时间以后，伊莲依然每天联系杰，但即便是杰接听了，伊莲也不再问什么，只是说一些让杰注意身体的客套话。杰心想也许伊莲看出了什么，因为自己不接她过来同住，通电话时的态度也是要么冰冷，要么心不在焉。总之，杰觉得伊莲应该是预感到了什么。

有一天吃晚饭的时候，梦梦跟杰说："这些天我在公司门口总是遇到一个金黄色头发的美女盯着我看，她长得非常漂亮，但我觉得她盯着我的眼神很不友好，真是奇怪！"

杰心里一激灵，他极力掩饰着内心的烦躁和慌乱安慰梦梦道："也许只是凑巧，可能明天你就见不到她了。"

出了这件事后，杰决定跟伊莲摊牌。杰跟公司请了假，趁父母早上出去散步，家里只有伊莲一个人的时候回了家。

"伊莲，我慎重地考虑过了，决定结束我们之间的关系。"杰说话的时候目光并没有看向伊莲。

伊莲没有回答，杰听到了她微微的抽泣声。

她的反应是杰始料不及的，杰觉得心里有些慌乱，还有一丝愧疚。杰赶忙提醒自己，伊莲不过是比其他机器人的感情更加细腻，更加接近人类，他在心里不断重复着：“她只是接近人类，只是接近人类……”

“是因为那个现在跟你住在一起的女孩，你才要杀死我，对吗？”伊莲的口气十分平静，但目光却如两道闪电射向杰。

“别把话说得这么危言耸听！在W星球上生活的人谁没有把机器人伴侣送去销毁的经历？我只不过是要去做我们这个星球上几乎人人都做过的事而已。你是个机器人，你的宿命就是如此，就跟人类老了要面对死亡一样。谈不上什么杀你不杀你的。”杰心烦气躁地反驳着。

“杰，我们星球不是也有和机器人白头到老的吗？这可是太阳系中只有我们星球才有的福利。我们俩以前在街上不就看到过帅气的机器人小伙子，一脸宠溺地搂着个白发苍苍的老太太；还有美丽的机器人少女，满眼爱意地望着穿着寒酸的小伙子。只有在我们星球，无论你是否贫穷、是否健康、是否年华老去，都决不会被你的机器人伴侣嫌弃，你的机器人伴侣在什么情况下都会义无反顾地爱着你。难道这样不好吗？你不想得到这样一份毫无保留、毫无条件、真挚无私的感情吗？”

“那只是极少数人没办法的选择！极少数！”杰尽力压制着自己的情绪，“我承认我们幸福地过了八年，这八年你对我的照顾无微不至，生活上的一切事情都不用我来操心，我得以全力以赴地学习，我能成为博士你功不可没。”

杰停下来，稳定了一下自己的情绪接着说：“但你的想法太天真了！我怎么可能和一个靠程序运作的机器人生活一辈子？我要过正常人的生活，我要生儿育女，我的妻子不能光有漂亮的外貌，更重要的是和我有思想上的交流和碰撞，情感上的升华！”

见伊莲沉默不语，杰喘了几口粗气接着说：“而我跟你在一起，就像是观看一场预先知道了结果的球赛，这让我觉得索然无味，永远没有惊喜，也就不会有乐趣。我把你送去回收站，对我来说其实也是个痛苦的选择，但那也是没有办法的事。”杰近乎崩溃地看着伊莲。

“我看到她了，她不但没有我漂亮，也没有我会照顾你，你看，你最近瘦了。”伊莲走到杰的面前，用她那双美丽的眼睛凝视着杰。

“对！你还跟踪她！你可真是长本事了，居然能找到她的公司去！”杰气愤地嚷道。

“你忘了吗？我刚回来的时候，你父亲曾把我送到你的住处，所以我知道了你现在住在哪儿。我看到你跟一个女孩儿在傍晚的时候，手拉着手出来散步，于是我就记住了她的模样，就是这么简单。”伊莲答道。

“你监视我们？真是卑鄙！”杰大声对伊莲吼着。

“我只是想看你一眼！”伊莲哀伤地看着杰，“让我留下来吧！其实我可以做很多让你意想不到的事，只是你没有留意而已。我还有超出人类的学习能力，你喜欢的我都可以学。我甚至可以把头发染黑，改变穿衣服的风格，让自己像她那样。让我留下来吧，看在我们曾经有过那样完美的爱情，一起生活过八年的情分上。”伊莲乞求着。

“我已经决定了，不可能让你留下，人的感情是强求不来的，我怎么才能让你明白？我对你的感情并不是爱情，我对你的喜爱跟喜欢一台悬浮车、一块古董手表、一件漂亮的衣服本质上是一样的。我对你的不舍也只不过跟要抛弃一根用了很久的笔、一个杯子无异。当然我确实觉得这对你来说可能有些残忍，但其实你的反应也不过是程序里的一段运行结果而已，别再让我为难了，我不可能留下你。”杰态度决绝地说。

“你真的决定了？”伊莲的声音听起来颤抖得厉害。

“决定了。”杰不假思索地回答。

“好吧，你容我想一下，过几天我答复你。”伊莲沉下眼眸不再看杰。

回到家，杰如坐针毡、度日如年地过了几天，他怕伊莲会死活都不答应，如果那样他可下不去手把她强行拖走。好在没过多久，他就等到了伊莲的电话。

伊莲在电话里告诉杰，她同意了。

事情总算是要解决了，杰挂了电话后如释重负地瘫在椅子上。

杰和伊莲约定第二天一早来杰的父母家接她，然后送她去机器人回收站。

第二天一早，杰准时来到父母家里，可老爸却告诉他伊莲已经出门了。

杰在父母家里足足等了两个小时也没见到伊莲的影子。因为公司下午还有个很重要的会议，杰只得憋着一肚子气回了公司。

下午杰和公司的咨询部开会，也搞得不欢而散，杰觉得咨询部的同事对于讲义内容的修改意见过于保守，而咨询部的同事则觉得杰的着眼点天马行空、不切实际。最后，还是杰败下阵来，加班改写了全部的讲义。

晚上 11 点，杰拖着疲惫的身子，饥肠辘辘地回到家里，迎接他的却只有一团漆黑，通常已经在家里做好饭等他的梦梦今天却还没有回来。杰心想梦梦也许晚上和同事有聚会吧，没准儿是哪个同事生日，或是升了职位。杰在冰箱里翻了大半天，但除了生肉和蔬菜，没什么立马就能吃的东西。

没办法，杰只能饿着肚子喝了一整瓶红酒，然后迷迷糊糊地和衣睡倒在沙发上。

第二天，因为喝多了酒的缘故杰起晚了，他匆忙地穿戴整齐，才发现梦梦居然一夜都没回来。上午的培训课杰迟到了将近一个小时，使得学员们对他非常不满，在课上想尽办法出他的洋相。

杰却顾不得计较这些，心绪不宁的他下了课马上拨打梦梦的随身电话，却被告知电话已经关机。于是他又打电话给梦梦的公司，得到的消息是梦梦从昨天起就没有来公司上班，他们也在四处找她。杰又给梦梦的朋友们打电话，结果也没有人知道她的消息。

在决定报警之前，杰想回家再看一眼，万一梦梦回家了呢，就没必要还惊动警察弄得鸡飞狗跳。但当杰迫不及待地掏出钥匙打开门进去，他看到客厅沙发上端坐着的竟然是伊莲。

杰心里一沉，顿时有了种不祥的预感："你怎么会在这儿？"

"这是我们的家，我当然应该待在这儿。"伊莲展颜一笑，不卑不亢地回答。

"你怎么会有这里的钥匙？"杰觉得不对劲儿，回想最近发生的一系列事情，杰厉声怒问道："梦梦呢？你把她怎么样了？"

伊莲歪头看着他，微微一笑："提她干什么？忘了她吧！"

杰阴沉着脸瞪着伊莲，因竭力压抑心中的怒火，导致他胸膛剧烈地起伏着。

伊莲瞥了他一眼，噘着嘴说："你这么激动干什么，她只不过是消失了。"

"消失了？消失了是什么意思？"杰焦急地追问。

"消失了，就是再也不会出现了。"伊莲说完挑衅地看着杰，"你那么生气干吗？这又不是第一次了，在你实习时跟你约会的那个女孩子不也是消失了吗？”

伊莲的话如同空中的炸雷，杰当即被震在了原地：“快说！你把她们怎么样了？”

“我只是让她们都消失了而已，在这个世界上永远消失了。”伊莲嘴角上翘露出得意的微笑。

杰身子前倾，朝伊莲扑了过去：“你居然杀了她们！你这个魔鬼！”

他本想抓住伊莲，没想到他的双臂竟被伊莲的双手轻松反制住。杰挣扎着试图和伊莲对抗，但却没有伊莲的力气大，根本挣脱不出来，反而被伊莲用事先准备好的绳子将他的手脚牢牢地捆住了。

“早就想到你会这么冲动，你不是总口口声声提醒我是机器人吗？你自己怎么倒忘了呢？你觉得你能比我的力气大吗？”伊莲讽刺他道。

“你这个魔鬼！杀人犯！”杰声嘶力竭地骂着。

伊莲听了冷笑了两声：“索性都告诉你吧！你还记得上大学时那个腿摔断的女孩吗？还有个瞎了眼睛的女孩，这些都是我做的。没想到吧？你现在不会再说我给不了你惊喜了吧？”

伊莲突然收起脸上的笑容，面目变得狰狞：“谁让你跟她们眉来眼去呢！你别忘了，当初你亲口承诺不会换掉我，我们要在一起一万年，一万年！结果这才几年呀，你就变心了，就把你许下的誓言都忘了？”

杰记起了几年前自己在机器人商店里说的话，他哭笑不得地说："那是我在跟父亲赌气说的话，我怎么可能跟一个机器人过一万年呢？而且这世界上有谁能活一万年呀？"

"我不管，总之是你许下的誓言就要算数。你别忘了，我们曾经有过最完美的爱情，在蒙蒙细雨中我们相遇，在春花烂漫中你向我表达爱意，在落日余晖中我们海誓山盟……你亲口承诺要跟我在一起一万年，所以少一天，少一个小时，少一分钟也不行！"伊莲愤愤不平地质问着杰。

杰听了伊莲这些胡搅蛮缠的话简直要崩溃了，他大喊道："这些都是机器人商店在你程序里编的一个故事！那不是真的！不是！"

伊莲不动声色，就像没听见一样，起身去了厨房。杰听到从厨房传来的响动声，伊莲似乎是在烧水。

片刻后，杰看到伊莲端着一个冒着热气的咖啡杯走到了他的身边，但奇怪的是杰并没有闻到浓郁的咖啡香气，他下意识感觉到有些不妙。他拼命地想把手从绳子里挣脱出来，但伊莲绑得太紧了，杰费了很大的劲儿也只是松动了一点儿。

"别费力气了，把这杯东西喝了吧！"伊莲叹了口气，"唉！真没想到我们会走到今天这一步，现在请你履行对我的誓言吧！"伊莲将杯子端到杰的嘴边。

看着咖啡杯中深褐色的液体，杰惊恐地望着伊莲："这是什么东西，你难道想害死我吗？"

“喝了吧，像个男子汉一样履行你的诺言。”伊莲脸上挂着残忍的微笑。

“你没权力剥夺我的生命，你没有！”杰喘着粗气，拼命摆头躲着伊莲手中的杯子。

伊莲抬起手肘，然后重击在杰的脖颈上，杰眼前顿时金星四溅，脑中瞬间失去了意识，伊莲趁势将那杯毒药灌到了杰嘴里。

不知过了多少年，几名游人在野外一处悬崖下发现了一具男性骨骼，他的身边还散落着许多已经生锈的电子零件。